北京文化书系
创新文化丛书

北京文学艺术的创新与发展

中共北京市委宣传部
北京市社会科学院　　组织编写
北京市文学艺术界联合会　主　编

北京出版集团
北京出版社

图书在版编目（CIP）数据

北京文学艺术的创新与发展 / 中共北京市委宣传部，北京市社会科学院组织编写；北京市文学艺术界联合会主编. — 北京：北京出版社，2023.3
（北京文化书系. 创新文化丛书）
ISBN 978-7-200-16911-9

Ⅰ. ①北… Ⅱ. ①中… ②北… ③北… Ⅲ. ①文艺—研究—北京 Ⅳ. ①I209.91

中国版本图书馆CIP数据核字（2021）第256839号

北京文化书系　创新文化丛书
北京文学艺术的创新与发展
BEIJING WENXUE YISHU DE CHANGXIN YU FAZHAN
中共北京市委宣传部
北京市社会科学院　　组织编写
北京市文学艺术界联合会　主　编

*

北　京　出　版　集　团
　　　　　　　　　　　　　出版
北　京　出　版　社

（北京北三环中路6号）
邮政编码：100120

网　　址：www.bph.com.cn
北京出版集团总发行
新　华　书　店　经　销
北京华联印刷有限公司印刷

*

787毫米×1092毫米　16开本　15.5印张　214千字
2023年3月第1版　2023年3月第1次印刷
ISBN 978-7-200-16911-9
定价：210.00元
如有印装质量问题，由本社负责调换
质量监督电话：010-58572393；发行部电话：010-58572371

"北京文化书系"编委会

主　　　任　莫高义　杜飞进

副　主　任　赵卫东

顾　　　问　（按姓氏笔画排序）
　　　　　　于　丹　刘铁梁　李忠杰　张妙弟　张颐武
　　　　　　陈平原　陈先达　赵　书　宫辉力　阎崇年
　　　　　　熊澄宇

委　　　员　（按姓氏笔画排序）
　　　　　　王杰群　王学勤　刘军胜　许　强　李　良
　　　　　　李春良　杨　烁　余俊生　宋　宇　张　际
　　　　　　张　维　张　淼　张劲林　张爱军　陈　冬
　　　　　　陈　宁　陈名杰　赵靖云　钟百利　唐立军
　　　　　　康　伟　韩　昱　程　勇　舒小峰　谢　辉
　　　　　　翟立新　翟德罡　穆　鹏

"创新文化丛书"编委会

主　　编　赵卫东　赵　弘

顾　　问　文　魁　赵　毅　吴殿廷　沈湘平　张颐武

编　　委　（按姓氏笔画排序）
　　　　　王　立　方　力　石晓冬　伊　彤　杜德久
　　　　　李晓壮　杨　松　张　际　陆小成　陈　宁
　　　　　罗　植　赵继敏　唐立军　董丽丽　鲁　亚
　　　　　赖洪波

"北京文化书系"
序言

　　文化是一个国家、一个民族的灵魂。中华民族生生不息绵延发展、饱受挫折又不断浴火重生，都离不开中华文化的有力支撑。北京有着三千多年建城史、八百多年建都史，历史悠久、底蕴深厚，是中华文明源远流长的伟大见证。数千年风雨的洗礼，北京城市依旧辉煌；数千年历史的沉淀，北京文化历久弥新。研究北京文化、挖掘北京文化、传承北京文化、弘扬北京文化，让全市人民对博大精深的中华文化有高度的文化自信，从中华文化宝库中萃取精华、汲取能量，保持对文化理想、文化价值的高度信心，保持对文化生命力、创造力的高度信心，是历史交给我们的光荣职责，是新时代赋予我们的崇高使命。

　　党的十八大以来，以习近平同志为核心的党中央十分关心北京文化建设。习近平总书记作出重要指示，明确把全国文化中心建设作为首都城市战略定位之一，强调要抓实抓好文化中心建设，精心保护好历史文化金名片，提升文化软实力和国际影响力，凸显北京历史文化的整体价值，强化"首都风范、古都风韵、时代风貌"的城市特色。习近平总书记的重要论述和重要指示精神，深刻阐明了文化在首都的重要地位和作用，为建设全国文化中心、弘扬中华文化指明了方向。

　　2017年9月，党中央、国务院正式批复了《北京城市总体规划（2016年—2035年）》。新版北京城市总体规划明确了全国文化中心建设的时间表、路线图。这就是：到2035年成为彰显文化自信与多元包容魅力的世界文化名城；到2050年成为弘扬中华文明和引领时代潮流的世界文脉标志。这既需要修缮保护好故宫、长城、颐和园等享誉中外的名胜古迹，也需要传承利用好四合院、胡同、京腔京韵等具有老北京地域特色的文化遗产，还需要深入挖掘文物、遗迹、设施、景点、语言等背后蕴含的文化价值。

组织编撰"北京文化书系"，是贯彻落实中央关于全国文化中心建设决策部署的重要体现，是对北京文化进行深层次整理和内涵式挖掘的必然要求，恰逢其时、意义重大。在形式上，"北京文化书系"表现为"一个书系、四套丛书"，分别从古都、红色、京味和创新四个不同的角度全方位诠释北京文化这个内核。丛书共计47部。其中，"古都文化丛书"由20部书组成，着重系统梳理北京悠久灿烂的古都文脉，阐释古都文化的深刻内涵，整理皇城坛庙、历史街区等众多物质文化遗产，传承丰富的非物质文化遗产，彰显北京历史文化名城的独特韵味。"红色文化丛书"由12部书组成，主要以标志性的地理、人物、建筑、事件等为载体，提炼红色文化内涵，梳理北京波澜壮阔的革命历史，讲述京华大地的革命故事，阐释本地红色文化的历史内涵和政治意义，发扬无产阶级革命精神。"京味文化丛书"由10部书组成，内容涉及语言、戏剧、礼俗、工艺、节庆、服饰、饮食等百姓生活各个方面，以百姓生活为载体，从百姓日常生活习俗和衣食住行中提炼老北京文化的独特内涵，整理老北京文化的历史记忆，着重系统梳理具有地域特色的风土习俗文化。"创新文化丛书"由5部书组成，内容涉及科技、文化、教育、城市规划建设等领域，着重记述新中国成立以来特别是改革开放以来北京日新月异的社会变化，描写北京新时期科技创新和文化创新成就，展现北京人民勇于创新、开拓进取的时代风貌。

为加强对"北京文化书系"编撰工作的统筹协调，成立了以"北京文化书系"编委会为领导、四个子丛书编委会具体负责的运行架构。"北京文化书系"编委会由中共北京市委常委、宣传部部长莫高义同志和市人大常委会党组副书记、副主任杜飞进同志担任主任，市委宣传部分管日常工作的副部长赵卫东同志担任副主任，由相关文化领域权威专家担任顾问，相关单位主要领导担任编委会委员。原中共中央党史研究室副主任李忠杰、北京市社会科学院研究员阎崇年、北京师范大学教授刘铁梁、北京市社会科学院原副院长赵弘分别担任"红色文化""古都文化""京味文化""创新文化"丛书编委会主编。

在组织编撰出版过程中，我们始终坚持最高要求、最严标准，突出精品意识，把"非精品不出版"的理念贯穿在作者邀请、书稿创作、编辑出版各个方面各个环节，确保编撰成涵盖全面、内容权威的书系，体现首善标准、首都水准和首都贡献。

我们希望，"北京文化书系"能够为读者展示北京文化的根和魂，温润读者心灵，展现城市魅力，也希望能吸引更多北京文化的研究者、参与者、支持者，为共同推动全国文化中心建设贡献力量。

"北京文化书系"编委会

2021年12月

"创新文化丛书"
序言

习近平总书记指出,"文化是一个国家、一个民族的灵魂","创新是一个国家、一个民族发展进步的不竭动力"。深入把握创新文化发展规律,积极推进创新文化体系建设,激发全民族创新的热情和活力,为实现中华民族伟大复兴中国梦凝心聚力,是全面建设社会主义现代化强国的战略支撑,是实现中华民族伟大复兴宏伟蓝图的精神追求。

党的十八大以来,北京市委市政府坚决贯彻习近平总书记对北京一系列重要讲话精神,深入落实习近平总书记关于社会主义文化建设的重要论述,坚决扛起建设全国文化中心的职责使命,不断深化首都文化的内涵的认识,集中做好首都文化这篇大文章。首都文化主要包括源远流长的古都文化、丰富厚重的红色文化、特色鲜明的京味文化和蓬勃兴起的创新文化。做好首都文化建设这篇大文章,就要把上述四种文化进一步挖掘并弘扬光大。

在北京四种文化中,创新文化是富有时代感,与新时代首都发展联系紧密的一种文化形态。北京的发展史也是以创新文化为内核的城市发展史,是贯穿于不同时期、不同领域、各个方面创新实践活动之中的底蕴和精神内核,从而塑造出北京的首都风范、古都风韵和时代风貌的城市特色,缔造出首都独特的精神标识。进入新时代,放眼世界,面向未来,以创新文化引领为先导,以实现中华民族伟大复兴为己任,以高度文化自信,推动创新文化完善与弘扬,必将不断为新时代首都高质量发展开创新境界,提供新动力。

一

　　创新文化是在一定社会历史条件下，在创新实践中所形成的文化生态，以追求变革、崇尚创新为基本理念和价值取向，在促进资源高效配置中发挥着重要作用，主要包括有关创新的观念文化、制度文化和环境文化等。创新文化是以创新为内核的文化体系，为一切创新实践提供方向引领、精神动力和营造文化氛围。

　　北京创新文化深深根植于首都经济社会生活，她以创新理念引领新时代首都发展，以创新制度支撑新发展格局，以创新环境助力高质量发展，以创新成果促进人的全面发展。

　　"不忘本来才能开辟未来，善于继承才能更好创新。"北京这座历史文化名城是中华文明源远流长的伟大见证，历经3000多年建城史、860多年建都史，继承兼容并蓄的开放理念和进取精神，深厚的文化底蕴为北京创新文化的形成奠定了坚实的基础。新中国成立以来，从首都建设到首都经济，再到首都发展，北京始终坚持把传承和弘扬中华民族文化和建设全国文化中心有机统一起来，以悠久的北京地域文化为基础，涵容国内不同地域、不同民族的多样文化，吸收海外文化，特别是作为首都城市，在波澜壮阔的伟大实践中所形成的精神理念和价值追求，不仅具有开放包容和与时俱进的特征，更富有鲜明的使命担当和首善一流的特质。

　　使命担当是北京创新文化的固有特征。北京是伟大社会主义祖国的首都、迈向中华民族伟大复兴的大国首都、国际一流的和谐宜居之都，北京创新文化具有强烈的国家富强、民族复兴的使命感和责任感。北京创新文化始终把"四个中心""四个服务"作为定向标，自觉从国家战略要求出发谋划和推动发展，书写了从首都建设到首都经济，再到新时代首都发展的一幅幅辉煌篇章。

　　开放包容是北京创新文化的本质特征。在北京，传统文化与现代文化融合，东方文明与西方文明交汇，为北京注入更为丰富的创新文化内涵。中关村鼓励创新、支持创造、宽容失败，一大批高科技企业从这里走向全国、走向世界，成为北京创新文化的优秀代表。在经济全球化深入发展的大背景下，北京持续奋力深化国际交流合作，充分利用全球创新资源，在更高起点上推进自主创新。

时代引领是北京创新文化的重要特征。新中国成立初期，为彻底改变旧中国贫穷落后的面貌，北京提出"建设成为我国强大的工业基地和技术科学中心"的发展目标。改革开放初期，北京积极响应"科学技术必须面向经济建设，经济建设必须依靠科学技术"的方针要求，中关村成为中国科技创新发展的一面旗帜。新时代，北京迎接新一轮科技革命和产业变革浪潮，肩负建设国际科技创新中心重任，加快建设国际数字经济标杆城市，抓住"两区"建设重大历史机遇，为党和人民续写更大光荣。

首善一流是北京创新文化的独有特征。"建首善自京师始，由内及外"。首都工作历来具有代表性、指向性，善于在"首都"二字上做文章，始终把"建首善、创一流"作为工作标尺，先觉、先行、先倡，善于在攻坚克难上求突破，推动各项工作创先争优、走在前列、创造经验、发挥表率，努力创造多彩多样的首都特色的"优品""名品"。

北京是国家理念、制度、技术、文化创新发展主要策源地，集聚了国家级创新资源和平台。北京创新文化表现形态无比丰富，北京科技创新、城市规划建设创新、文学艺术创新、社会生活创新等领域的创新文化，是北京创新文化的重要体现，这些创新文化成果既来之于人民丰富多彩的创新实践，也得益于党和政府对创新文化的自觉建设和不懈培育。北京在创新文化培育建设中不断探索和积累，不仅善于从人民群众火热的创新实践中总结提升，更注重创新文化中的制度文化建设，注重营造鼓励创新、尊重首创的浓厚的文化氛围。

尊重首创是北京创新文化建设的首要原则。"历史是人民书写的，一切成就归功于人民"，北京在创新文化培育实践中，充分尊重人民群众的首创精神，最大程度汇聚人民群众的智慧，最大限度发挥人民群众在创新实践活动中的能动作用，将不同时期人民群众在创新实践活动中形成的创新文化予以总结、提炼和升华，形成人民群众喜闻乐见和自觉践行的文化理念和文化价值。

与时俱进是北京创新文化建设的基本要求。北京在培育创新文化实践中，始终紧扣时代发展的脉搏和国家发展的需求，与民族复兴、社会发展同频共振，积极主动承当攻坚克难重任，发力代表未来发展方向、有利于社会进步的重大创新实践活动，回应时代需求、满足人民需要。

制度保障是北京创新文化建设的重要支撑。北京在创新文化培育实践中，既注重将人民群众创新实践中的好做法、好经验制度化，使其在更大范围、以更稳定的制度形式促进和保护创新实践，更重视调查研究、重点突破制约创新实践活动的痛点、难点，在体制机制上改革创新，形成适宜于创新的制度体系，为创新实践提供动力和保障，让各项创新事业都有章可循、有法可依。

环境营造是北京创新文化建设的重要抓手。北京在创新文化培育实践中，始终以"营造一流创新生态，塑造科技向善理念"为目标，聚集全球人才、资本、技术等创新要素，健全激励、开放、竞争的创新生态，让每一个有创新梦想的人都能专注创新，让每一份创新活力都能充分迸发，为新时代首都高质量发展贡献聪明才智。

历史的北京是创新融入血脉、化为基因的文明之城；今天的北京是富有创新优势、创新实力、创新潜质的活力之城；未来的北京，是在创新引领中迈向中华民族伟大复兴的大国首都，在迈向中华民族伟大复兴进程中实现创新引领的光荣之城。

二

北京的创新文化根植于首都丰富多彩的创新实践。回顾北京创新文化的发展历程，创新文化与首都建设、首都经济和首都发展阶段的中心任务紧密联系，在促进发展的同时，形成了不同阶段创新文化的鲜明特色和亮丽成绩。

新中国成立伊始，为保卫新生政权，中国必须在较短的时期建立完整的国防体系和工业体系，由此国家确立优先发展重工业的战略。

北京加快工业项目建设步伐，建成酒仙桥电子城等六大工业基地，全力支持"两弹一星"攻关，取得一系列国防科技重大突破。北京创新文化中使命担当的精神内核正是在这个时期更加凸显出来。在这个时期，一大批科学家和首都广大建设者们以忘我的精神，艰苦奋斗，艰苦创业，体现出热爱祖国、无私奉献的爱国情怀；也是在这个时期，钱学森等一批海外爱国学子冒着生命危险辗转归国，投身新中国伟大的事业，体现出强烈的赤子情怀和爱国精神。

改革开放伊始，邓小平提出科学技术是第一生产力，开启了科技创新的新时代。"知识就是力量"成为时代信仰，"尊重知识、尊重人才"为创新文化营造了良好的发展环境。这一时期，国家提出面向经济建设的追赶战略，北京也开始积极探索经济转型之路。作为首都和全国政治中心、文化中心，北京从自身优势出发，紧抓实施"科教兴国"国家战略与"首都经济"城市发展的重大机遇，充分发挥文化、科技、教育、人才等优势，调整和限制工业结构，大力发展第三产业和高新技术产业。在这个时期，一大批科研工作者纷纷下海创业，在中关村创立了首批民办科技企业，以"勇于突破、敢为人先"的创业精神，推动中关村由"电子一条街"向北京市新技术产业开发试验区发展。中关村也成为我国科技园区建设的开拓者、先行者。此后，一大批海外留学归国人员归国创业，新浪、搜狐、百度等一批科技企业应运而生，北京发展成为全国高技术创新创业高地，鼓励创新、宽容失败、包容开放的创新文化氛围日益浓厚。

党的十八大以来，习近平总书记多次视察北京并发表重要讲话，要求北京坚持"四个中心"城市功能定位，回答好"建设一个什么样的首都，怎样建设首都"这一重大时代课题，为新时代首都发展提供了遵循。北京认真落实习近平总书记一系列重要讲话精神，以创新理论推动创新实践，以创新精神驱动创新发展，高水平编制《北京城市总体规划（2016-2035）》，以创新的规划引领首都未来可持续发展，以创新理念回答新时代首都高质量发展中所面临的挑战。具体包括以下几方面。

加强"四个中心"功能建设、提高"四个服务"水平。十八大以来，北京以创新驱动为引领，加快形成国际科技创新中心，发挥"三城一区"主平台作用，加强三个国家实验室、怀柔综合性国家科学中心、中关村国家自主创新示范区建设，逐步形成世界主要科学中心和创新高地。同时围绕"一核一城三带两区"总体框架，深化全国文化中心建设，文化事业和产业蓬勃发展，文化软实力和影响力不断提升。

主动服务和融入新发展格局，推动经济高质量发展。近年来，北京发挥科技创新优势，巩固完善高精尖产业格局，前瞻布局未来产业，培育具有全球竞争力的万亿级产业集群。同时，以制度创新为核心，高标准推进"两区"建设。坚持数字赋能产业、城市、生活，实施智慧城市发展行动，建设全球数字经济标杆城市，打造引领全球数字经济发展高地。以供给侧结构性改革创造新需求，加紧国际消费中心城市建设。坚持"五子"联动融入新发展格局，将"两区"建设、国际科技创新中心建设和全球数字经济标杆城市建设有机融合，扎实推动高质量发展。

紧抓疏解非首都功能这个"牛鼻子"、促进京津冀协同发展。北京不断进行制度创新，深入开展疏整促治理提升专项行动，高水平建设城市副中心，扎实推进国家绿色发展示范区、通州区与北三县一体化高质量发展示范区建设，疏解非首都功能取得重要进展，成为全国首个减量发展的城市，环境质量明显改善，大城市病治理取得积极成效，京津冀协同发展迈出坚实步伐。

持续推动北京绿色发展。北京以科技创新和理念创新为抓手，全面推进绿色低碳循环发展，大力发展绿色经济，倡导简约适度、绿色低碳生活方式。持续开展"一微克"行动，深化国家生态文明建设示范区、"两山"实践创新基地创建，强化"两线三区"全域空间管控，完善生态文明制度体系。

不断提升首都城市现代化治理水平。北京以民生和社会领域改革创新为切入点，将"七有""五性"作为检验北京社会工作的标尺，以"接诉即办"改革为抓手,及时回应民众诉求,提升基层治理水平,探索形成以接诉即办为牵引的超大城市治理"首都样板",不断增强人民群众的获得感、幸福感和安全感。

三

北京创新文化不仅根植于不同时期首都创新发展的生动实践,同时也体现在首都发展的方方面面。本丛书从丰富的北京创新文化中选取了科技、文学艺术、城市规划建设、社会生活等领域的创新文化实践,从更鲜活更生动的视角反映北京创新文化的不同侧面。

科技创新领域所体现的创新文化最能够体现北京创新文化的本质特征。北京的科技创新理念从建国初期的"自力更生,军民兼顾"到改革开放时期的"敢为人先,科技与经济结合",再到新时代的"创新驱动,高质量发展",始终随着国家大政方针和科技战略的演进,以及北京自身发展的需要而不断发展,由此形成了特有的北京科技创新文化。中关村创新文化是北京科技创新文化的典型代表。中关村始终站在我国改革开放的潮头,是我国科技创新的领头羊,也是我国体制机制创新的试验田,是中国创新发展的一面旗帜。

文学艺术领域的创新文化既是文学创新生命力所在,也是北京创新文化的生动体现。北京文学艺术在70多年的发展进程中,引导了各种新思想、新观念和新潮流,同时充分显示出北京这座历史古城的鲜明特色。新中国成立初期,北京积极进取的文学艺术氛围,激励培育出新中国第一代作家,也产生了《雷雨》《茶馆》《穆桂英挂帅》等一批经典作品。改革开放后,北京文艺界所创作的《青春万岁》《渴望》《皇城根》等一批文学艺术精品,是北京文学艺术领域解放思想、鼓励创新文学创新的结果,同时这些成果又进一步促使人们从"文革"伤痛中解脱出来,解放思想,打破禁区,开创美好未来新生活。随着科技的进步和发展,数字技术进入人们生活的方方面面,北京文学创作与数字技术紧密结合,"新文创"成为数字文化领域的发展主流,数字赋能文化,使得北京的文化创新焕发出更为蓬勃的生机。

北京日新月异的城市面貌离不开不断创新的北京城市规划建设。在首都建设时期，北京城市规划与建设领域以创新的精神，把具有3000多年悠久历史的城市与现代城市发展要求相结合，大手笔规划城市建设，既保持了传统首都发展的韵味，又呈现国际大都市的发展气魄，尤其是这个时期建设的人民大会堂、中国历史博物馆等"十大建筑"成为世界瞩目、载入中国建筑史册的经典"名品"。在首都经济时期，北京以2008年奥运为契机，加快建设城市轨道交通，优化城市空间格局，城市面貌发生深刻变化，尤其是这个时期建设的鸟巢、水立方、国家大剧院、中央电视台等一批现代化建筑耀眼世界。新时代首都发展时期，北京城市规划建设领域遵循习近平总书记提出的关于"建设一个什么样的首都，怎样建设首都"这一指示要求，编制新的一版北京城市总体规划，坚持一张蓝图绘到底，以规划引领城市发展，统筹经济社会和空间布局优化调整，推进首都城市向减量提质方向转型发展，成功举办冬奥会和冬残奥会，成为世界上首个"双奥"之城。

北京社会生活创新文化是北京创新文化中与人民群众幸福感、获得感联系最紧密最直接的创新文化形式。北京社会生活创新与时代发展和生产力发展水平紧密关联。从新中国成立初期艰苦奋斗、"勒紧裤腰带过日子"到改革开放人民物质生活日益丰富、精神生活不断充实提高，再到新时代人们日益追求更高品质的生活，北京始终坚持以人民为中心的发展理念，以"民有所呼、我有所应"为目标，紧扣"七有"要求和"五性"需要，不断创新社会治理，切实增进民生福祉，为建设国际一流的和谐宜居之都贡献北京方案。

四

创新文化随着创新实践不断发展，同时又为创新实践提供方向引领和重要动力，加强创新文化建设也要与时俱进。

进入新时代，世界百年未有之大变局加速演进，各国围绕科技创新的竞争日趋激烈，中华民族伟大复兴也进入了新的阶段，弘扬和繁荣蓬勃向上的创新文化不仅是提升科技创新硬实力的重要基础，更是保持强劲国际竞争力和实现中华民族伟大复兴的关键所在。北京作为全国创新资源最富集的城市，要在创新驱动国家战略实施中发挥更大的作用，实现更大的作为，就必须把加强新时代创新文化建设与发展放在突出地位。

第一，坚定文化自信，强化文化引领。北京创新文化是在北京数十年伟大创新实践中形成和发展起来的，她一方面源自于中华优秀传统文化，另一方面也源自于社会主义制度巨大优越性，源自于首都广大干部群众对于社会主义事业的无限热爱和不懈追求。新时代北京创新文化建设要进一步坚定文化自信，进一步弘扬崇尚科学、大胆探索、敢于创造、自强不息、日益进取的创新文化，同时，要充分发挥北京创新文化对首都发展的精神引领作用，进一步聚集人才、资本、技术等创新要素，充分释放创新文化对凝聚人心、激励创新的价值，形成北京创造活力竞相迸发、聪明才智充分涌流，推动首都高质量发展的强大动力。

第二，坚持首都定位，牢记国之大者。首都工作关乎"国之大者"，建设和管理好首都，是国家治理体系和治理能力现代化的重要内容。进入新时代，弘扬繁荣北京创新文化要坚持首都城市功能定位，把创新文化建设与"四个中心"和"四个服务"紧密结合起来，发挥北京创新文化对北京工作的引领作用，以首善标准更好履行首都职责和使命，同时，在新的伟大创新实践中进一步丰富北京创新文化。

第三，紧扣时代脉搏，突出守正创新。北京创新文化的形成发展与北京在不同时期所承担使命责任紧密联系，与时代发展的要求相适应。新时代北京创新文化建设要与时俱进，自觉承担新时代国家发展和民族复兴对首都的新要求，自觉履行首都城市功能定位、服务国家建设。北京创新文化建设要处理好"守正"与"创新"的关系，坚持社会主义核心价值观和中国传统文化的优秀文化基因，同时，要根据变化了的形势和新时代要求赋予创新文化以新的内涵，不断丰富北京创新文化。

第四，坚持面向世界，讲好"北京创新故事"。弘扬和繁荣北京创新文化还要坚持引进来与走出去相结合。北京创新文化具有海纳百川的开放气概。进入新时代，北京创新文化的繁荣和壮大更需要文化认同感，更需要发挥走出去的作用，把北京的创新文化传播出去，一方面要总结好各行业、各领域、各群体的创新经验、创新事迹，另一方面要积极融入全球创新网络，创新载体平台和传播方式，向世界讲好"北京创新故事"。

"创新文化丛书"编委会

目 录

前　言 … 1

第一章　开时代先河的北京文学 … 1
第一节　当代北京文学的发展与创新 … 3
第二节　"京味文学"的传承与变迁 … 11
第三节　北京都市文学的兴起与繁荣 … 18
第四节　迈向国际化的北京文学 … 24

第二章　传承创新的北京戏剧艺术 … 33
第一节　北京戏剧艺术传承发展 … 35
第二节　北京戏剧艺术的创新和多元生态 … 42
第三节　全球视野中的北京戏剧 … 49
第四节　北京戏曲的现代化开拓 … 56

第三章　引领潮流的北京影视艺术 … 63
第一节　时代发展中的北京影视艺术 … 65
第二节　京味影视与"新启蒙" … 71
第三节　京味影视与现实题材的回归 … 78
第四节　新时代光影艺术的北京形象 … 89

第四章　守正出新的北京美术、书法　　95
第一节　北京美术、书法的发展　　97
第二节　新时代北京美术、书法的创新发展　　108
第三节　艺术与文创产业集聚区兴起与市场繁荣　　116

第五章　时代律动中的北京音乐、舞蹈　　123
第一节　京腔京韵的艺术塑造　　125
第二节　价值高扬的艺术创作　　135
第三节　彰显中国文化的国际传播　　156
第四节　引领时代的艺术探索　　166

第六章　快速发展的网络文艺　　189
第一节　全媒体时代网络文学的兴起与发展　　191
第二节　北京网络影视剧的繁荣与走向　　198
第三节　新文创中的北京网络音乐　　207

后　记　　215

附　录　　217

前　言

一

在近代以来的中国历史上，新中国70年是波澜壮阔的一页，而在文学艺术史上，北京文学艺术70年则是杰出的代表之一。因此，回顾和总结经验，对未来发展进行前瞻性的预期和研究，就显得很有必要。

1949年新中国的成立，标志着北京文学艺术开始了一个新纪元。"解放区的天是明朗的天，解放区的人民好喜欢"这首激昂向上的歌曲，成为北京城的主旋律。解放区和国统区的两支文艺大军，会聚在这里，成为新中国文艺最强大的阵容。恢宏清新的开国气象，积极进取的文学艺术氛围，培养扶持了新中国的第一代作家，孕育出第一批引人注目的文学艺术作品。中国话剧的经典作品《雷雨》《茶馆》在此诞生。创建于1952年的北京人民艺术剧院，成为北京乃至全国最负盛名的剧院。1959年，陆静岩、袁韵宜根据同名豫剧改编的京剧《穆桂英挂帅》，由梅兰芳带领梅兰芳剧团首演，成为戏曲创新的典范。50年代初期北京舞蹈学校创立的中国古典舞，以继承传统舞蹈为依托，以体现古典文化精神为宗旨，创作了以《春江花月夜》《霸王别姬》《宝莲灯》《鱼美人》为代表的优秀作品。其他艺术门类，也都有亮丽的表现。

进入改革开放新时期后，北京的文学艺术进一步焕发青春，引领着全国文学艺术的新潮流，始终处在时代的前沿。在文学创作上，北京作家群勇于打破禁区，扮演了拨乱反正、引领文学新潮流的重要角色。其中，王蒙的《夜的眼》《布礼》，刘心武的《班主任》《公共汽车咏叹调》，张洁的《爱，是不能忘记的》，从维熙的《大墙下的红玉兰》，宗璞的《三生石》，陈建功的《飘逝的花头巾》，刘恒的《伏羲伏羲》，王朔的《动物凶猛》，以及刘庆邦的短篇等优秀小说，成为新时期文学的代表性作品。其他艺术门类的文艺工作者同样富于探索创新精神，在内容和形式上进行了大胆开拓。例如北京人民艺术剧院率先创作的先锋话剧，兴起于不同街区的小剧场，北京电视台的热播电视连续剧《渴望》《皇城根》《贫嘴张大民的故事》等；"原料原汁"的京韵音乐，如鲍元恺的《京剧》交响曲（2006）、邹航的管弦乐小品《北京色彩》（2012）等，营造出鲜明的北京特色。1983年开创的央视春晚，成为全国综艺节目最重要的品牌，在广大观众中享有盛名。北京的京剧舞台，更是精彩纷呈。北京演出京剧的场所完备，既有现代化的戏曲专门剧场，如地处市中心的长安大戏院和梅兰芳大剧院，还有畅音阁大戏楼和德和园大戏楼这样活化石般的古代剧场，以及各种综合剧场里的大舞台。

在新时代，北京的文学艺术更是上了一个新台阶。值得一提的是新文创产品，显露出极其活跃和创新性的一面。新文创是当前数字文化领域的发展主流，其核心要旨在于五点：关注IP"产业+文化"的二元价值，生态化地连接多元的文化主体，构建立体的综合数字文化体验，对前沿科技进行紧密关注和前置准备，打造精品文化IP。在一定程度上，新文创是一种更加系统的发展思维，它通过广泛的主体连接，推动文化价值和产业价值的相互赋能，从而实现高效的数字文化生产与IP构建。这些创新性驱动，出现在朝阳区的1919音乐产业基地、朝阳区的北京音乐创意产业园、西城区的中国唱片总公司创作园等多个园区。

70年的北京文学艺术，不仅成为新中国文学艺术的中心舞台，引导了各种新思想、新观念和新潮流，而且充分显示出北京这座历史古城的鲜明特色。

二

需要指出的是，新中国成立70年来，北京的文学艺术之所以取得如此骄人的成就，其创新动因，源自以下一些因素：一是加强引导，坚守正确创作方向；二是讴歌时代，展现北京历史变迁；三是扎根人民，书写浓重人文情怀；四是博采众长，引领文艺创作潮流。作为"首善之区"，北京始终对文学艺术的发展秉持加强引导、坚守正确创作方向的态度，例如北京文联前主席、著名作家老舍先生，在新中国成立初期，先后创作了热情讴歌新北京新景象的话剧《茶馆》和《龙须沟》。两部话剧采取新旧对比的叙事方式，描写了旧的时代背景下人们的落后和愚昧，表现了新中国成立初期人民政府开展城市改造、人们创造新生活的积极向上的精神风貌。为此，北京市政府特别授予老舍先生"人民艺术家"的崇高称号。在新时期文学中，北京市各级政府和相关部门，更是坚持改革开放的大方向，对它的发展采取了积极引导、团结鼓励的各项政策措施，对北京文学思想和艺术形式上的探索精神起到了积极推动作用。2019年9月17日，国家主席习近平签署主席令，授予王蒙"人民艺术家"的国家荣誉称号。以上两个标志性事例，显示出北京文学艺术坚持主旋律、积极参与改革开放和新时代伟大历史进程的主导方向。创新动因的另一动力，还来自北京文学艺术对讴歌新时代、展现北京历史变迁的这个重要面向。北京既是新中国成立之地和全国人民的首都，又是北京乃至中国历史变迁的缩影。王蒙创作的第一部长篇小说《青春万岁》，以"少共"视角，反映了新中国成立之初一代青年对新生活的向往和对美好未来的热情憧憬，由此镌刻上北京这座大都市新颖的年轮。杨沫创作的长篇小说、改编成同名电影的《青春之歌》，既表现了北平知识分子在当时社会背景下的艰难选择，也显示出他们向往革命的理想情怀。这部电影上映后，不仅激励了那一代的青年知识分子，也在日本受到广大青年观众的欢迎。

历史证明，文学艺术只有扎根于人民，表现他们的喜怒哀乐，反映他们对未来美好生活的期待，才能获得创新的动力。20世纪90年代作家王朔编剧、赵宝刚执导的电视连续剧《渴望》，21世纪初刘恒编剧的电视剧《贫嘴张大民的故事》，以通俗易懂的艺术形式，在思想内容、人物情感、社会变迁和家庭故事等多个点上发力，描写了北京老百姓在社会转型之际夹杂着苦恼和欢乐的平凡人生。在《渴望》中，年轻漂亮的女工刘慧芳在两个追求者之间犹豫不定：一个是车间主任宋大成，另一个是来厂锻炼的大学毕业生王沪生。宋大成有恩于她；王沪生则身处困境，需要帮助。因为王沪生的父亲、著名学者王子涛在"文化大革命"中下落不明，母亲急忧交加，病发身死；他的姐姐王亚茹却与相爱的人生下了小芳（后被遗弃）。善良朴实的刘慧芳，不仅在同情中对王沪生产生了爱情，而且对捡来的弃婴萌发了母爱。一年后，他们生下了自己的儿子王东东。刘慧芳在夜大与教师罗冈相识。偶然间，小芳的身世真相大白（原来是罗冈和王亚茹的孩子）。这时，刘慧芳发现自己与丈夫感情不睦，再次面临人生的抉择。这部电视剧热情讴歌了刘慧芳舍己为人的高尚品德。她同情身处逆境中的王沪生，后来却在这个知识分子家庭遭到歧视，这唤起了广大观众的深切同情。作品对80年代尊重知识、尊重人才的潮流，带有某种反思意味，这是它产生巨大反响的基本动因。《贫嘴张大民的故事》，出自擅长描写北京城市平民生活的作家刘恒之手。作品选取张大民一家的平凡生活，揭示了胡同内住房狭窄、工人下岗、平民子女教育等急迫的社会问题，但作者不是采取尖锐的批评叙事，而是以温婉含蓄的笔法，细致描述了这个家庭平常感人的生活细节。张大民的豁达隐忍，妻子的怨言与谅解，非常真实地表现了传统北京居民在各种压力下坚忍达观的生活理念。两部电视剧获得成功的另一原因，也与其博采众长、引领潮流的超前意识有直接关系。正是由于摒弃了说教口吻，贴近老百姓的日常生活和心理感受，因此它以更接地气的叙述风格和描写普通人生活故事的结构方式，受到广大观众的欢迎。20世纪80—90年代，中国社会正值转型期，淡化英雄叙事，突出平民生活，是那时文学艺术中出现的新潮流。北京的剧作家和电视剧导演，及时抓住这个文艺改革机遇期，率先在全国改造了电视连续剧的艺术形式，将这种适应中国观众口味的电视剧成功搬上了舞台，使之成为一个热播的剧种。

在20世纪90年代的电视剧市场，值得称道的还有编剧兼导演英达创作的家庭情景喜剧《我爱我家》、贺岁喜剧《家和万事兴》、生活喜剧《闲人马大姐》和《东北一家人》等。《家和万事兴》是第一部贺岁剧，开创了新中国贺岁剧的先河。《我爱我家》运用北京方言，以幽默喜剧的叙述口味、编排自然松弛的情节内容以及传唱一时的主题曲，抓住了在经济高速发展过程中每天为生活奋斗、奔波，业余时间则追求休闲放松形式的社会公众的审美心理。它一经播出，立即成为北京电视台的热档节目。与上述在黄金档热播的电视连续剧一样，成为20世纪90年代甚至21世纪中国大众电视剧的领跑者。

三

新时代北京文学艺术的创新，来自以下一些要求：一是时代责任要求文艺创新；二是大众需求呼唤文艺创新；三是媒体融合促进文艺创新；四是全球互动推动文艺创新。这几个方面彼此递进，又相互关联，缺一不可。

首先，进入新时代，如何写好中国故事，成为要求文艺创新的时代责任。随着各项改革措施的进一步深化，尤其是党的十九届五中全会规划的未来发展的伟大目标，必然对文艺的继续创新提出新的更高的要求。这就是，文艺创新要围绕着上述目标来开发创新性思维、展开创新性设计、落实创新性工作，为把北京文学艺术创新推向一个新阶段，进行更自觉更积极的努力。

其次，改革开放措施带动了经济发展的新趋向。例如，以电影院线为标志的大众文化的蓬勃发展及其对公众生活的渗透参与，必然会使大众需求产生呼唤文艺创新的新要求。这就是本书撰写者所预见的——"90年代以来，尤其是新世纪以来文化消费市场有两个重要的变化，一是以电影产业化为代表的文化市场化改革吸引民营资本成为文化市场的主导力量，这也导致经济效益成为文化产品最重要的标准；二是以'80后''90后''00后'等为代表的青年、青少年成为文化消费市场的主力军，这使得包括电影、电视在内的文化产品带有青春的面孔"。因此，大众需求带动了文艺产业的探索性创新，催化了观众群代际的迅速更新，与此同时，也使影视市场的进一步青春化，倒逼着文艺政策和生产机制进行相应的改革。这不仅表现在影视市场，也表现在互联网上的文化娱乐站点，以及大众文化所覆盖的所有范围。

  再次，媒体融合促进文艺创新。在我们的理解中，媒体融合不仅表现为互联网与纸质媒体、电视媒体的相互渗透、相互影响，也表现为由此发展而出的文艺形式的多元化内容上。以网络文学为例，表现出以下一些特点：其一，超文本和多媒体特性，即网络文学往往是集文字、图像、声音于一体的文学形式。其二，视觉性与趣味性。网络文学的特殊传播介质使其拥有更好的视觉效果。其三，交互性与即时性。网络文学平台往往赋予作者较大的自由度与便捷的互动性。其四，开放性与融合性，即在数字化场景中，文学作品不再是作者个人的事情，而是作者加编辑，再加媒介技术人员甚至读者共同努力的结果。这就是从"PC时代"到"移动时代"，再到"IP时代"的历史变迁。再看雕塑和绘画的发展。雕塑和壁画以新的面貌和身份参与重塑了城市的公共空间，伴随着北京的建设和改造而繁荣起来。伴随着媒体发展，上一阶段起到重要作用的年画、连环画、宣传画、漫画却渐渐变得"小众"起来，成为北京城市文化的历史记忆，而新的设计概念呼之欲出。北京美术的发展从这一角度呈现出更为现代化的特征。也就是说，随着媒体融合进程的进一步加快深入，雕塑和壁画这种传统文艺媒体，也在经历着自身深刻的变化。它虽然不像网络文学的变化那么直接，但其创新的幅度和广度也不容小觑。

  最后，全球互动推动文艺创新。必须注意到，在全球化时代，世界各国人民生活的一体化、同质化速度在大大加快。一国的文艺，虽然尽力维持着本民族的特殊形式和美感，但其他国家和文化产业的大范围创新，必然会推动该国文艺创新的进程。北京作为中国的首都，自然会最先敏锐地捕捉到这一潮流。这在新时代电视纪录片中表现得尤为突出。2012年，第65届戛纳电影节上有两部中国中央电视台制作的纪录片同时推出：一部是讲述中国悠久饮食文化的《舌尖上的中国》，一部是讲述近些年中国重大工业项目的《超级工程》。传统美食和工业化是当下中国最重要的两副面孔，但两部纪录片的播映效果却大相径庭。这两部纪录片的不同遭遇，正好反映了后工业社会的文化逻辑。众所周知，通过电视纪录片等大众媒体塑造一个国家的文化软实力，以便在各国文化产业的竞争性发展中保持领先地位，曾经是发达国家的成功经验。在新时代，如何讲好中国故事，成为文艺创新的主旋律。因此，上述电视纪录片不仅是讲好中国故事、塑造中国文化软实力的成功例证，而且也再次证明了全球互动推动文艺创新，不单是一种新的时代性要求，也是进一步促进和推动北京文学艺术再上一个新台阶的紧迫任务。

抚今忆昔，新中国的北京文学艺术已经走过了70年风雨沧桑的历程，积累了丰富的经验，创造了无数个让人惊叹的奇迹。这种经验，既是北京文学艺术70年最重要的历史遗产，也是推动它向着一个更高、更伟大目标迈进的无穷尽的历史动力。

第一章

开时代先河的北京文学

作为中国的政治和文化中心,北京一直也是当代文学的重镇。新中国成立70年,尤其是改革开放40年来,北京涌现了一大批在全国有着重要影响的优秀作家。他们将时代特色与北京元素有效结合,不断创造着北京文学的辉煌成就。在论述这些发展成就时,值得关注的除了"京味文学"的传承与变迁,显然还包括新的都市文学的发展与繁荣。而在建设世界文化之都的旗帜之下,迈向国际化的北京文学,也在不断吸引着人们的目光。

第一节 当代北京文学的发展与创新

70年来,北京文学的发展与创新一直备受瞩目,许多有益的经验都值得我们认真总结。概括来说,以下几点尤为关键。

一、"先行一步"的引领意识

1949年中华人民共和国定都北京后,中央国家机关和全国性的文学艺术机构大部分都设立在了这里。一时间,繁荣社会主义文艺,以及把北京建设成新中国的文化中心,成为紧迫的现实任务。为此,新生的人民政权陆续从各地调集大批作家、艺术家进京工作。这些怀着报国之心的文艺工作者,从四面八方齐聚北京城,这也让北京得以在极短的时间里聚集起一批具有全国重要影响的作家。而在此后以及相当长的一段时间里,北京地区作家的主要构成包括3个部分:北京文联作协成员、居京自由作家以及中央国家机关在京机构的相关作家,这也几乎奠定了今天北京文学人才队伍的基本格局。70年来,正是中央单位和北京市属作家的创作活动,共同促进了北京文学艺术的发展繁荣,也由此形成了其他城市无法比拟的首都文学优势。这种优势,以及由此而来的"先行一步"的引领意识,始终贯穿在北京文学发展的历史之中。

70年来,尤其是近40年,这种"先行一步"的引领意识,已然体现在了北京文学发展的方方面面,就像孙郁教授所言,"现在了解半个世纪的中国文学史,北京的人文地图占了半壁江山。重要的文学作品、文学批评、文学理论思潮,都出现在这里"[1]。这种说法毫不夸张。综观北京文坛,单就小说创作来看,就能找到为数众多的开风气之先的大师级人物。作为"人民艺术家"的老舍自不待言,而《艳

---

[1] 孙郁主编:《新中国北京文艺60年:1949—2009》(文学卷),中国文联出版社2010年版,第1页。

阳天》和《金光大道》的作者浩然，虽因时代的转折而逐渐被人淡忘，但对其文学成就的重新评价早已为学界所重视。此外，从王蒙、刘心武、邓友梅到汪曾祺、林斤澜、陈建功，从张洁、张承志、史铁生到莫言、刘庆邦、刘震云，这些无疑都是当代文坛响当当的人物。甚至潮流之外的王朔和王小波，也因其拥趸无数，堪称另类的文学大师。

近年来，北京作家获得全国奖项的势头更是不可阻挡。在第九届茅盾文学奖评选中夺得头名的《江南三部曲》，作者就是清华大学中文系的格非教授，而第十届茅盾文学奖的5位获奖者，有4位都是名副其实的北京作家，他们是梁晓声、徐则臣、徐怀中和李洱。这里有意思的是《主角》的作者陈彦。因工作关系，他目前已被调到中国戏剧家协会担任驻会副主席及分党组书记，这便让他一举从陕西作家"变成"了北京作家。

不仅是文学创作，在文学批评领域，北京对于当代文学的引领作用也是极为明显的。根据程光炜教授在《"北京批评圈"与新时期文学》一文中的考察，新时期文学发展之初便存在着一个"北京批评圈"，他们与20世纪70—80年代新时期文学批评的发展繁荣有着密切联系。在他看来，所谓"北京批评圈"，其实更像是一个"松散的批评联盟"。这个在冯牧、陈荒煤等老一代思想开明的批评家营造的民主氛围中涌现出的小群体，其成员主要是来自在京的中国作家协会、中国社会科学院文学所、北京大学、北京市文联等单位的文艺干部、编辑、教师和研究人员等。与他们遥相辉映的是彼时活跃的另一个批评群体——"上海批评圈"。两座城市开放超前的文学环境，为两大群体共同构建新时期文学批评的繁荣局面奠定了基础[①]。

20世纪70—80年代，"北京批评圈"对于文坛活跃的王蒙、张洁、张贤亮等人的批评与阐释，对新时期文学发展产生了重要影

---

① 程光炜：《"北京批评圈"与新时期文学》，《武汉大学学报》（哲学社会科学版）2018年第1期，第43—55页。

响。此后,"北京批评圈"分化出"现实主义深化派"和"现代派小说"两个分支。后者以李陀、黄子平等人为代表,批评对象也转向了更年轻的写作者。这里值得一提的是时任《北京文学》副主编的李陀,他与主编林斤澜一道,利用《北京文学》这个阵地,不遗余力地发掘新人,扶持有艺术创新精神的年轻作家。现在看来,倘若没有1986年《北京文学》的"青年作者改稿班",想必就不会有后来名满天下的余华,以及他的成名作《十八岁出门远行》,更不会有人将这位浙江嘉兴海盐县原武镇卫生院的牙医写进任何版本的当代文学史。

提到《北京文学》,就不得不谈到它近些年的期刊改革。在纯文学创作日益僵化的市场环境中,文学期刊如何为适应生存而作出实质性的变革,是一件万众瞩目的事情。就此来看,《北京文学》的诸多举措,也生动体现出北京文学"先行一步"的引领意识。众所周知,北京的文学期刊很多,其中不乏《人民文学》《十月》《中国作家》等诸多名刊。为了适应今天市场化的文学环境,各个刊物都有许多举措。其中最引人注目的,当数21世纪以来的《北京文学》。

其实,早在20世纪90年代,《北京文学》就在全国率先实践了诸多商业化的举措,引起业内的强烈反响。而近些年来,它更加注重与读者之间的互动联系,在期刊栏目上大做文章,分别设立《作家热线》《纸上交流》《文化观察》《新人自荐》等全新栏目,让读者能够广泛参与其中。比如《文化观察》栏目,就曾推出关于大众文化的系列讨论话题,包括"忧思中学语文新教材""今天我们需要什么样的文学青年""向当代文坛进言"等。这些讨论极大丰富了刊物内容,提升了刊物活力。《新人自荐》栏目则每期发表文学新秀的"处女作"。这一重要举措,之后也纷纷为其他期刊所效仿。另外值得关注的还有《现实中国》栏目。该栏目曾推出过《天使在作战》等重要的报告文学作品,这让刊物显示出关注现实、紧跟时代的鲜明特色,也似乎预示了今天非虚构写作的热潮。

二、"海纳百川"的首都气质

作为中华人民共和国的首都,作为一座有着三千多年建城史和八百多年建都史的世界著名古都和历史文化名城,北京,对于全国乃至全世界的文艺创作者,无疑有着强烈的吸引力,而北京也以其海纳百川的首都气质,容纳并承载着无数迁徙者的文学梦想。首都的特殊地位,成就了北京汇八方名流于一域的人才分布格局,而城市与人的互动互塑,则共同促进着文学的发展。

从古至今,北京都是八方人才的会聚之地。似乎从元代开始,这座著名的城市就受益于文学人才的这种迁徙与流动,而这些人则通过自己的创作来塑造城市的形象,诠释城市的意义。比如"北漂大都"的关汉卿,连同他的"玉京书会"与"燕赵才人",就是这种迁徙者与城市相互塑造的产物。明清以降,从龚自珍、曹雪芹到梁启超、鲁迅、张恨水,无数的"外省青年"都流连于此。他们的墨迹文采、思想亮光,长久铭刻在北京的文学记忆之中。

20世纪20年代,随着现代大学体制的建立,新文化运动的蓬勃发展,北京更成为知识分子的中心、一座名闻中外的文化城。需要指出的是,新文化运动中的知识分子绝大多数都不是北京本地人。现代作家中出生于北京的其实很少,除了老舍、萧乾等少数人之外,都是来自全国各地的。当时王鲁彦、台静农、彭家煌、许杰等人虽居住在北京,但小说都取材于自己的家乡,描写乡土中国,抒发自己的乡愁。鲁迅将他们的作品称为"侨寓文学"。

新中国成立后,更多的文学青年(其中不少是革命干部)带着革命成功的喜悦,投奔到共和国的首都,实现了文艺队伍的大会师。一时间,国统区和解放区,北京的与非北京的作家都聚集于此。他们以不同的方式,共同塑造着北京文学的辉煌。而近30年以来,北京作家的成分则更为复杂。世易时移,"北京作家群"一直在扩大。在霍达、张洁、张承志、史铁生、刘恒、徐小斌、周晓枫、石一枫之外,更多的"外省青年"以各自不同的方式纷纷加入,从莫言、刘庆邦、刘震云、阎连科到张柠、格非、李敬泽、李洱、徐坤,再到更年轻的徐则臣、马小淘、文珍、笛安……即便是居无定所的"北漂一族"，也为了玫瑰色的文学梦想而不断向北京靠拢。北京最吸引人的个性就在于这种海纳百川的气度和包容一切的襟怀。

毫无疑问，70年来的北京文学，见证的是一个从老北京的传统过渡到红色革命语境，再到现代化进程中的不断探索，以及今天这个全球化真正开启的多元时代。在这个漫长的过程中，北京文学始终以其海纳百川的气质铸就着文学的辉煌。因此在今天乃至将来很长一段时间里，关于北京的人才战略，有以下几点经验值得总结：

其一，北京高校文学相关专业学生通过毕业择业的方式，从事与文学创作研究相关的行业，成为首都文学发展的重要力量。北京无疑是中国教育最发达的城市之一，这里有高等院校80余所，其中包括北京大学、清华大学等全国最为著名的学府。而就中国语言文学专业而言，在最近一次学科评估中仅有的两所被列为"A+"的高校（北京大学和北京师范大学）都在北京。另外，在全国65所具有一级学科博士点的高校中，北京独占10所。北京这些高校和研究机构每年培养大量的硕、博士研究生，而这些学生超过三分之二来自北京以外的地方，他们毕业后有相当一部分直接在北京就业，从事与文学创作研究相关的行业，成为首都文学发展的重要力量。

其二，得益于市委、市政府领导对文艺事业的高度重视关心和经济上的支持，通过各种制度创新，网罗文学人才为我所用。正是在市委、市政府的重视和支持之下，北京作协从1997年开始探索合同制专业作家的聘任工作。2000年，根据作家的不同需求，开始实行"一制多元"的聘任方式，按签约形式，分为驻会合同制、专职合同制、兼职合同制、返聘合同制、选题合同制等不同形式。这便有利于打破地域、户籍、进京指标等各种限制，进一步网罗天下人才为我所用。事实上，这些政策也取得了很好的效果，一时间出现中国作协和外地作协会员纷纷签约北京作协的情况。2007年，从内蒙古赤峰作协"转会"北京作协的实力作家荆永鸣，成为签约作家当中的亮点。2010年，旅居加拿大的华人女作家张翎成为北京作协第十一届合同制作家，也引起了广泛关注。

其三，充分发挥北京地理区位优势，多方获取中央行政和社会资源，借助高校、科研单位以及社会团体力量，不断充实文学创作队伍，繁荣文学事业。这包括依托首都高校或研究机构资源，通过升学或人才调动，丰富北京文学创作队伍，活跃文学教育氛围。2011年5月，中国人民大学文学院特聘著名作家阎连科、刘震云为该院教授。据时任中国人民大学文学院院长的孙郁教授透露，此举是为了改变学生只学理论、不会写作的现状。而成立于2012年11月，由著名作家、诺贝尔文学奖得主莫言担任主席和主任的北京师范大学国际写作中心则探索的是"驻校作家"制度。从2013年开始，北京师范大学国际写作中心相继聘请贾平凹、余华、严歌苓、欧阳江河、苏童、西川、迟子建、翟永明、格非、韩少功、阿来等著名作家担任"驻校作家"，探索不同的文学教育形式。此外，中国人民大学文学院从2015年开始招收创造性写作硕士研究生，而北京师范大学则与鲁迅文学院联合招收非全日制作家研究生，一部分学有所成的毕业生，也顺利投身到北京文学创作的队伍中来。这些制度创新既为高校探索了一条特色办学之路，也为首都文学繁荣提供了一种路径。

此外，北京作为中国作协所在地，能够非常便利地获取中国作协系统的诸多资源，这为繁荣发展北京文艺奠定了坚实基础。一方面，庞大的中国作协机构为众多文学创作者的升学就业提供了首选去处，这既是个人工作的安身立命之所，也是有利于提升文学创作的学习机会。这一点从马小淘、刘汀和梁豪进入《人民文学》杂志社，石一枫、孟小书进入《当代》杂志社等便可看出。另一方面，中国作协通过人员调入的方式，网罗天下人才，客观上为北京文学的创作发展贡献了力量。比如2009年，中国现代文学馆和鲁迅文学院分别从山东引进著名文学评论家吴义勤和施战军，为首都文学评论队伍增添了重要力量。而2011年，中国现代文学馆从河南引进著名作家李洱，后者凭借长篇小说《应物兄》荣膺第十届茅盾文学奖。中国作协系统的作家、评论家，为繁荣首都文学创作作出了不可磨灭的贡献。

三、书写时代的价值追求

70年来，北京作家的优良传统在于始终坚持书写时代的价值追求，始终坚持贴近人民，反映百姓生活的价值理念。这或许正是自"人民艺术家"老舍即已形成的北京文学传统。现在看来，《骆驼祥子》《四世同堂》《茶馆》《龙须沟》等经典作品里的市井人物与地域风情，始终是与寻常百姓的生活息息相关的。而写出了《艳阳天》和《金光大道》的浩然又何尝不是在坚定地体现时代的价值追求？只不过他是以更加意识形态的方式呈现出来的罢了。老舍之后，汪曾祺、邓友梅、陈建功、刘心武等"京味小说"作者始终坚持这种贴近市井人物与地域风情的写作倾向，由此形成了鲜明的写作风格。比如，刘心武就极为迷恋那种新旧夹杂的万花筒式的现代生活，长篇小说《钟鼓楼》展现的便是浮世绘式的都市景观，而其长篇小说《飘窗》则再次重申了这一点。相较于老一辈"京味小说"作者笔下老北京温柔敦厚的市井百姓，王朔的小说颇为不同。《千万别把我当人》《玩的就是心跳》等作品呈现的是新兴的市民形象，凝聚的是新的城市生活。徐坤、邱华栋则为我们展示了欲望都市里那些"新新人类"的生存状态。而被林斤澜先生评价为"来自平民，出自平常，贵在平实，可谓三平有幸"的刘庆邦，始终专注的是煤矿工人的现实生活，他的长篇小说《家长》提醒人们关注矿工子女的教育问题。

这里值得一提的是新近获得茅盾文学奖的5位北京作家，他们的创作其实也是时代价值追求的生动写照。徐则臣的《北上》大概就是那部他长久以来一直想要书写的关于运河的大书。徐怀中的《牵风记》体现的是新时代价值对于战争的重新诠释。陈彦的小说一向善于塑造普通人，聚焦小人物。从《装台》到《主角》，他执着于讲述寻常人物的人生百态。李洱的《应物兄》这部"百科全书式的小说"则讲述了大学知识界乃至整个社会的众生百态，背后则隐喻着儒学的当代命运。

需要重点谈论的是梁晓声那部被称为"五十年来'平民史诗'"的《人世间》。作为中国当代文学史上知青小说的代表人物，梁晓声早在20世纪80年代就创作了一系列人们耳熟能详的作品,这包括《这是一片神奇的土地》《今夜有暴风雪》等。在这些小说中,高扬的理想主义情怀是其主要的审美特征。时至今日,这些作品带给人们的激情与感动,仍然令人难以忘怀。此后,随着中国社会现实矛盾的逐渐突出,梁晓声相继出版《中国社会各阶层分析》《中国生存启示录》等一系列关注社会底层百姓命运的作品,由此完成了自己由强烈的理想主义者向现实批判者的角色转变。而在这个过程中,他开始专注于生活中的百姓,也乐于站在平民立场上思考中国问题,于是便顺理成章地孕育了这部被誉为"平民史诗"的三卷本长篇小说《人世间》。小说正是沿着核心人物周秉昆的生活轨迹铺展开去,辐射到A城共乐区10多位平民子弟的跌宕人生,这也是作为共和国同龄人的梁晓声无比熟悉的个人成长史。小说继而以他们的活动为线索,展示了波澜壮阔的时代面貌。这里几乎囊括了50年来发生在中国的最主要事件:从知识青年上山下乡到大三线建设,再到知青返城;从推荐上大学到恢复高考,再到平民子弟通过读书改变命运成为社会精英;从改革开放、经济搞活到国企改革,再到个体经济蓬勃发展;从下海潮、出国潮到棚户区改造,再到反腐倡廉;等等。整个社会的广泛变动,这些变动带来的欣喜、磨难或困苦,以及困苦之中依然怀抱的尊严与梦想,都被作者生动地展示了出来。而在此之中,人性的良善,那些正直与坚忍,悲悯和温情,也被这些具体可感的人物所生动诠释。梁晓声正是以这种贴近百姓生活的方式,书写出时代的价值追求。这是北京文学最值得珍视的精神财富。

第二节 "京味文学"的传承与变迁

提起北京,最值得关注的当数"京味文学"的概念。作为最具有辨识度的地域文学概念,"京味文学"的传承与变迁当然离不开作家们不懈的艺术探索。而要对当代北京文学的发展与变迁做更透彻的讨论,对"京味文学"的详尽论述必不可少。

一、"京味文学"与北京地域风情

众所周知,任何一种文学和文学现象,都应该生长在一定的时空之内,北京文学的发展轨迹当然也不会例外。那么,我们在看待作为地域风情与文化特色之载体的北京文学时,也会不可避免地将其与蔚为大观的"津味"文学、苏州小巷的"苏味"小说、荷花淀派或是楚文学,以及崛起于三湘四水的"湘军"放在一起考察。如此一来,北京人引以为豪的"京味文学"便成了需要认真讨论的重要议题。

简要来说,人们热烈讨论的"京味文学"之"京味",其实主要指的是体现在作家作品中围绕北京具体展开的一系列地域文化特色。甘海岚在其主编的《北京文学地域特色研究》一书中,将这种地域特色概括为"北京作家、作品所反映的北京地域自然环境、风俗民情、价值取向、思维特点、行为方式、心理特点、生活习惯、语言风格等方面"[①]。论其历史渊源,当然与五方杂处之北京千百年来的民族融合有着莫大的关联。据研究者考察,北京文明包括民俗与风情,性格与气质,心理与语言方式,以及认识态度与内心规范等一整套文化模式。而作为一种文学风格,"京味文学"的源头最早可以追溯到曹雪芹的《红楼梦》,而真正将其发扬光大的则是老舍。作为文学传统的"京味"被后世更多生活在北京的作家所继承。概括来看,这种被称为"京味"的地域特色,主要体现在以下几个方面:

---

① 甘海岚主编:《北京文学地域特色研究》,北京燕山出版社1990年版,前言第2页。

其一，故都景象与市井风光。自老舍以来，北京文学中最常出现的小胡同和大杂院，无疑构成了这座文化古都百年来最为经典的城市景观，这也是古都北京最为显眼的外部标志之一。据统计，北京在20世纪80年代时仍有4000多条胡同，而四合院则是自12世纪以来北京最主要的建筑样式，它们各自有着诉说不尽的故事。就拿北京标志性的胡同来说，相信许多读者对《四世同堂》里的"小羊圈"记忆犹新。这个形状颇似葫芦的小胡同，有着一个极为隐蔽的葫芦嘴入口，而进去之后才豁然开朗，主人公祁瑞宣家的房子"便是在葫芦胸里"。正是围绕这些标志性的地点，小说中的人物和故事才有了特有的色彩，如老舍所说的："有了这个色彩，故事才有骨有肉。"因此，在老舍的作品中，写到的北京地名数以百计，西四牌楼、护国寺……每个地方都被赋予了特殊的情感，因此显得如此亲切自然，令人心驰神往。自老舍以来，北京的故都景象与市井风光不断成为汪曾祺、邓友梅、陈建功、刘心武、叶广芩等作家笔下的重要内容，这几乎形成了一种写作传统。

其二，民风民俗及乡土人情。作为地域文化的重要内容，北京本地的民风民俗及乡土人情，往往成为"京味"的重要内容。这方面主要包括一些岁时节令、地方风俗等，如邓友梅笔下的市井生活，就被称为"民俗文学"，这也被人视作北京这座文化古都最深厚、最耀眼的文化底色。这里值得一提的是林海音的《城南旧事》。这部经典小说凝聚了作者多年的思乡情感。她通过儿时的记忆，在一种温情和忧伤中完成了对旧时北京南城的时空重建，而民俗风情和人文景观也尽收其中。对此，吴贻弓改编的同名电影体现得更加明显。蜿蜒的长城，威严的故宫，以及行走在黄土路上的骆驼，成为观众对于老北京挥之不去的记忆。影片带领观众寻觅北京独有的味道：穿过悠长的胡同，耳畔回响的是此起彼伏的叫卖声，街角的剃头挑子"嗡嗡"作响，捏面人儿的手艺人专心致志，卖糖葫芦的高声吆喝，胡同口有人在汲水喂骆驼……如此旧年风物，才是最令人心动的景象。

其三，各式各样的"京味"人物。这些深深浸润在北京文明中的各色人物，永远是"京味"的核心。他们广泛存在于北京作家们的笔下，比如陈建功《找乐》里"和一帮子'戏迷''票友'一块儿混"的李忠祥，非常迷恋京味十足的戏曲演唱。这不是一种简单的爱好，而是凝聚对过往生活方式的独特纪念，以及一代人值得留恋的青春岁月。汪曾祺的《云致秋行状》同样写的是一个京剧演员的生活。主角云致秋活得虽不轰轰烈烈，却在死后"还会有人想起他"。此外，还有邓友梅的《那五》。那五属于八旗子弟，贵族家庭出身，是货真价实的名门后裔。然而，自从把祖上留下的产业挥霍一空后，他就成了名副其实的破落户。小说通过讲述那五几十年坎坷生涯中那些荒唐、可笑又可悲的故事，为我们揭示了生活的某种真谛。

其四，京腔京调与京韵京声等语言元素。方言土语永远居于小说等文学作品中最显要的层面，也是地域文化最直接的呈现方式，这便凸显出了北京方言的重要意义。从老舍到刘心武，从汪曾祺到邓友梅，小说语言的亲切中总会带有一丝幽默与温情。而在离经叛道的王朔那里，所谓的"京片子"，依然是小说里极有魅力的元素。这一点甚至在更年轻的石一枫那里依然有所体现。无论如何，北京方言永远是北京作家笔下值得重视的东西，正如赵园在《北京：城与人》中所说："北京方言是北京文化、北京人文化性格的构成材料。"[①]

二、时代变迁与"京味"的演变

作为一种文学风格的"京味文学"，之所以有着独特的意义，显然是因其能够超越地域文学特色的局限，而获得更加深远的意涵。这包括作家对北京的特有风韵、特定人文景观的展示，以及在其中注入的人文情怀与文化趣味。刘颖南、许自强主编的《京味小说八家》[②]一书，收录了老舍、汪曾祺、刘绍棠、邓友梅、韩少华、陈建功、浩然和苏叔阳等8位具有代表性的"京味小说"作者。事实上在当时，

---

① 赵园：《北京：城与人》，北京大学出版社2001年版，第125页。
② 刘颖南、许自强主编：《京味小说八家》，文化艺术出版社1989年版。

这8位作家基本涵盖了"京味小说"的最重要人物。

然而正如研究者所指出的，围绕北京的风土习俗和人情世故，用北京话写北京人、北京事和北京情的所谓"京味"，其实是个相对模糊又带有"不确定性、变异性和灵活性"的概念，因此它不可避免地会在历史中发生变迁。而在现在看来，我们不得不承认，前文所论及的"京味"更多还是属于老北京的市井文化，就像《城南旧事》里的旧北京。这种旧有的，某种程度上可以说是市镇文化的表征形式，在20世纪80年代迎来了它最后的辉煌。这也是"京味小说"引起热烈讨论的重要原因。在此之后，在新的现代化浪潮的冲击之下，传统"京味"所赖以承载的社会生活已渐趋消失，而现代北京人身上的所谓"京味"正逐渐"融合于时代的潮流中，而愈显淡漠了"。

越来越多的研究者倾向于认为，所谓的"京味"不应该局限在狭隘的"旧城圈"之内，而应该把它作为进化的或发展的历时性范畴来理解，将其理解为显示出鲜明北京城市风格的共识性系统。也就是说，任何现代城市都不应该由单纯的土著居民构成，对于日渐庞大的北京城来说更是如此。因此，摆在我们面前的将是一个成分更加复杂的北京，其"旧城圈"的天地无疑会随着城市的演进而变得越来越小，而北京人的心灵情感和价值观将面临极为深刻的调整。如此一来，"京味文学"的变化也将不可避免。

其实早在20世纪80年代"京味小说"的热潮期时，这种兴盛中的危机以及变化的迹象就已经开始显现。当时的汪曾祺、陈建功、邓友梅等人的创作，已然显出后继乏人的窘境。对他们来说，向前追溯，老舍当然是"京味小说"难以逾越的高峰，如人所说的，"老舍之后，不会再有第二个老舍"。而向后看去，一批更加具有现代城市意识的作家开始对"旧城圈"形成巨大冲击，这里面就包括此后被称为新潮小说家的刘索拉和徐星。现在看来，《你别无选择》和《无主题变奏》，完全具有重新定义北京文学的潜质。

这里最具有冲击力的无疑要数王朔。现在看来，正是从军区大院走出来的王朔，给人带来了耳目一新的感觉。我们姑且将其称为"新京味"。说这是"京味"，是因为王朔笔下的故事发生在北京，小说人物都出生成长在北京，说的是地道的京腔京调，接触的也都是关于北京的一切。然而，综观《顽主》《橡皮人》《玩的就是心跳》等作品，"新京味"之"新"终究体现在大城市中青年人非传统的生活方式和观念，并摆脱了以往"京味小说"的结构程式和审美规范之上。这也难怪。"大院"风格的年轻主人公，毕竟不同于温和典雅、讲究礼数的老北京人，他们身上更多体现出一种时代的焦躁与冲动，他们是货真价实的新一代北京人。研究者认为，王朔小说的"新京味"是北京大院文化和胡同文化沟通融合之后的产物，体现出城市文化的某种兼容性。从这个意义上看，这既是"京味文学"的延续，更是一种全新意义上的发展。

王朔的小说，以及根据其小说改编的电影、电视剧，给北京乃至全国观众造成了巨大的冲击。《渴望》被称为"'京味文化'的第一个浪头"，而《编辑部的故事》则是为这种"京味文化"真正定性定名。在王朔这里，传统意义上的"京味小说"在经历了它自身的灿烂辉煌之后，终于出现了面貌不同的"新京味"，它因与刻意追求醇正优美的传统"京味"背道而驰而显得意义非凡。这种突如其来又有其必然性的巨大变化，给"京味文学"研究者带来了新的课题。尽管这里的"京味"并不等于"痞味"、调侃语以及脏话、黑话等，但不可否认的是，温柔敦厚的传统美学意义上的"京味"已然消亡。如此来看，"京味"似乎终将变成一个供人凭吊和缅怀的对象。而于文学而言，培育"京味文学"新的传人势在必行。

三、培育"京味文学"新的传人

需要指出的是，这里的"京味文学"新的传人，肯定不再是传统意义上的"京味"作者。因为正是"忽视新北京人的心理特征及个性和新北京城的景观，缺乏对新文化形态的感性把握而把视点移到易于把握的角落"，使得20世纪80年代的京味小说陷入窘境，以至于有学者不断呼吁，"京味"不应该停留在大杂院和胡同里，它同时应该思考如何走出来。

也正是在这样的呼吁声中，20世纪90年代以后，传统意义上的"京味"作家群已经趋于解体，而另外一些并不追求地域特色的北京作家开始走上前台。比如徐坤、邱华栋等新一代北京作家，更加关注的是作为文化都市的北京，观察并描述处于迅速都市化中的北京人。他们的作品越来越引起重视，也越来越受到欢迎，这也意味着"京味文学"事实上的转型正在显著发生。这其实从侧面说明，一个都市化的北京，正在消解它自身独特的地域标记。所以对于创作者来说，一方面，固然要考虑有意识地突破"老舍模式"，对北京的地域特色进行更深入的挖掘；另一方面，也要考虑在北京新的都市景观面前，如何表现北京人的文化心态与文化选择，以此为"京味"风格与叙述方式找到新的支点。

21世纪以来，更多的外来作家正在不断丰富北京文学的形式与韵味，"京味"也在其历史的流转中不断塑造自身。格非、徐则臣等人也会尝试以北京作为写作对象并各有侧重，但他们的小说并不会太在意作为一个北京人究竟意味着什么，因此也对描写北京市民社会的世相心态，以及有关北京人完美俗世人格的刻画并没有太大兴趣。在今天依然活跃的北京作家里，更接近于传统"京味小说"的，无疑当数叶广芩了。尽管从年龄上看，她早已不再年轻，但依然保有着那份热忱与感念。这位生长于胡同，皇族父家与草根母族的记忆均与胡同文化紧密相连的女作家，似乎成了传统"京味文学"遥远的绝响。综观其作品，《状元媒》中南营房胡同里底层百姓的日常生活，可以看到作者自己的影子，而从《全家福》到《采桑子》，我们看到了世纪风云里的宅门兴衰与平民沧桑。就这样，叶广芩一面回瞥旗人的生存境遇，一面体味京味文化的流行，让这遥远的绝响得以时时令人反顾。

然而不得不说的是，在年轻一代的北京作家中，土生土长的北京人并不多见，这便使得培育"京味文学"新的传人的任务陡然变得棘手起来。环顾今天的北京文学圈，当更多的作者属于新一代移民时，流连传统"京味"无疑显得有些不切实际。在为数不多的本土作者中，青年作家侯磊的创作虽多涉北京史地民俗，甚至他也自诩精神世界是"穿着长衫用毛笔写文言"，但在他那里，"老北京"终究是个遥不可及的神话。而出身大院的石一枫，虽颇能体现出王朔的某种神韵，但也仅止于语言的模仿。他的经典作品《地球之眼》《世间已无陈金芳》《借命而生》等，更像是新的都市传奇，具有强烈的"去地方性"。

今时今日，倘若非要给"京味文学"找到一个新的传人，那么他必须以全新的面貌出现，就像人们所说的，在他的笔下，唯有让胡同、四合院与国家大剧院、鸟巢等北京新地标并立并存、交相辉映，才能体现出北京作为历史文化名城和国际化大都市的双重魅力。换言之，既要接续传统，也要面向未来，守正创新方可重新焕发活力。这或许才是新的"京味文学"的题中应有之义。

第三节　北京都市文学的兴起与繁荣

20世纪90年代以来，北京都市文学的发展与繁荣令人瞩目。面对这座日新月异的国际化大都市，新的都市文学样式也正在以全新的面貌出场。

一、北京都市文学形象的变迁

对于现代文明来说，都市的重要性不言而喻，正如斯宾格勒所言："人类所有的伟大文化都是由城市产生的……世界的历史就是城市的历史。"①中国都市有着悠久的历史，但作为一个更为悠久的农业大国，都市及都市文学在近代以来的尴尬处境不言而喻，就像李欧梵在谈及中国现代小说时所说的，"城市从来没有为中国现代作家提供像陀思妥耶夫斯基在彼得堡或乔伊斯在都柏林所找到的哲学体系，从来没有像支配西方现代派文学那样支配中国文学的想象力"②。看得出来，文学与都市的疏离令人遗憾，而更为激进的观点在于，"在中国，还没有一个作家能够像狄更斯描述伦敦那样描述自己所在的城市"，"无论是老舍笔下的北京，还是张爱玲所描述的上海，城市的轮廓并不清晰。张爱玲的上海与她所处时代的上海有很大差距，而老舍则依然是从乡村的角度去描述北京，使得北京更像一个大村镇，而不是都市"③。这几乎奠定了我们今天对于都市尤其是北京都市文学的基本想象。

回溯新中国成立之初，城市的位置虽然相对尴尬，却也提供了诸多可能。在此期间，《我们夫妇之间》堪称新中国第一部城市题材小说，而老舍的《龙须沟》则是一部城市改造的"寓言"。整个17年

---

① ［德］斯宾格勒：《西方的没落》，齐世荣等译，商务印书馆1991年版，第206页。
② ［美］李欧梵：《论中国现代小说（摘要）》，邓卓译，《中国现代文学研究丛刊》1985年第3期，第140—156页。
③ 李琴：《先锋对话：中国没有城市文学》，《东方早报》2005年6月5日。

中，为数不多的都市题材作品，呈现出一个不一样的北京城。对于中国革命来说，城市的位置已然预设了乡村和都市的伦理姿态。在一种"乡村社会主义"与"城市资本主义"的现代性对峙之中，都市被革命话语建构成一个复杂含混而暧昧不明的所在。这一点在浩然的《艳阳天》里体现得尤为明显。小说中的"东山坞"匍匐在城市"大鸣大放"的阴影下，承受着来自城市的"负面"消息。马之悦、"弯弯绕"等人，正是通过从北京城里读书的子辈以及躲在城市里的反动分子（如范占山）那里获得信息，而对农业社进行攻击和破坏。这是当代北京文学中最早的关于都市的表述。

新时期以来，北京作家传承老舍的创作风格，探索富有北京历史文化韵味的文学作品。具体来看，即是尝试用具有北京特色的语言来叙写北京市井生活，从而构建新时期北京文学的都市形象。这方面的代表人物就是后来被称为"京味小说"的一批小说家，代表作品有刘心武的《如意》、汪曾祺的《安乐居》、邓友梅的《那五》、苏叔阳的《我是一个零》，以及陈建功的《谈天说地》系列等。他们总体上体现着一种"文化化"的都市写作方式。在"京味小说"作者笔下，北京更像是一个传统乡村价值观占据主导地位的城市。相对于"摩登都会"上海来说，北京呈现的是一种以乡土文化为核心的"古都景象"，或者像郁达夫所说的，"具城市之外形，而又富有乡村景象"的田园都市。当然，随着整个北京都市文化的迅速发展，这些作为历史遗留物的地域风貌也发生着显著变化，而"京味小说"中那些闲适幽雅的人生况味也终将消失，一种新的都市形象开始展现。

由此我们看到，几乎是与"京味小说"作者同一时间，另外一些更年轻的作者，比如刘索拉、张辛欣和徐星等人，接连以《你别无选择》、《蓝天绿海》、《在同一地平线上》和《无主题变奏》等小说，捕捉到了中国开启现代化城市进程的敏感信息。他们塑造的具有叛逆性的现代青年形象，暗示着北京城市功能的急剧变化。与此同时，王朔的作品中开始大量出现饭店、酒吧、歌舞厅，这是他用来安置新市民形象的主要场所，这大概正是商品经济和市民文化兴起的主要标志。尽管在王朔这里,也不乏怀旧视野下的北京家园形象,比如《动物凶猛》《看上去很美》等小说,似乎是对童年或青少年时期北京城市记忆的倾情再现,但他更多的作品所表现出来的新型话语方式,还是能够让人感受到明显的反讽性张力,这无疑对传统"京味"的权威性构成了显著挑战。也正是在王朔的冲击下,一种不同于大杂院和胡同的北京的文化想象方式在新都市话语中出现了。而在另一些作家那里,日常生活的意义开始逐渐凸显,比如刘震云的《一地鸡毛》便突出了城市日常生活琐碎而坚硬的一面。对于主人公小林(大概是王蒙《组织部来了个年轻人》里林震的当代转世)而言,"豆腐馊了"可能要比所谓的诗歌、理想和爱情严峻得多。

20世纪90年代之后,一种新的都市景观和文化类型开始显现。确切来说,一种逐渐为我们今天所熟悉的巨大物质形象与光怪陆离的声色光影,开始成为北京文学中都市景观的主流。在此之下,古老的历史文化与审美风情更是渐行渐远。比如我们看刘心武的《风过耳》,这部小说几乎以一种纪实的方式展示了消费主义热潮中都市的物质化外观,这与他之前的《钟鼓楼》大异其趣。

而到了更年轻的作者那里,这种物质化叙事所内含的欲望图景无疑更加鲜明。作为90年代北京都市文学的重要代表人物,邱华栋的《环境戏剧人》《时装人》《公关人》等小说,为我们展示了欲望都市里"新新人类"的生存状态。另外如刘毅然的《摇滚青年》,关注的是新都市青年的个性欲望和生活情调,而"学院派"女作家徐坤的诸多作品,则关注的是现代女性、知识分子以及边缘人群的精神状态,他们各自展现了不同维度的北京都市景观。

二、新北京都市文学的发展与繁荣

作为一座历史文化名城,北京同时也是一座日新月异的国际化大都市,关于北京的都市书写理应同时体现这两个层面的内容,如张鸿声在《"文学中的城市"与"城市想象"研究》一文中所表述的,"城市文学研究,强调的是城市之于作家的经验性,但是,在文学与城市的关系中,城市文学之于城市,也绝非只有'反映''再现'一种单纯的关系,而可能是一种超出经验与'写实'的复杂互动关联"①。也就是说,城市塑造了城市文学,而城市文学又反过来塑造了城市的形象。这一点对于北京来说尤其如此。21世纪以来的北京都市文学,被赋予更加丰富的审美内涵。这突出地表现在以下几个方面:

其一,随着城市化浪潮的席卷而来,大量的农村人口涌向城市,"到城里去"成为城市文学写作的一个新议题。由于众所周知的区位优势,"到北京去"早已成为一股热潮,这在21世纪以来的底层文学中体现得尤其明显。刘庆邦的《到城里去》、荆永鸣的《北京候鸟》等一些作品,关注的是城乡之间的人口迁徙,以及新北京人的城市适应,由此呈现城市化浪潮中无数小人物的情感与命运。

其二,崛起的中产阶层,构成了北京都市人群的重要部分,他们的经验与情感成为文学表述的重要对象。青年作家焦冲的小说一向以北京城市空间为背景,以极具现实感的方式呈现城市生活的方方面面。小说《微生活》聚焦的是网络"段子手"的生活及其媒介真相,涉及行业内幕与新媒体时代的文化思考,而《旋转门》则重回作者《北漂十年》等作品的路数,以都市白领并不如意的人生来串联五光十色的北京生活。笛安在《景恒街》中用北京的两个地名为她小说里的人物命名,一个是"景恒街",另一个是"灵境胡同",仿佛要将男女主人公的肉身嵌入北京城的符号系统之中。她试图深切呈现这座城市的欲望,并由此洞见资本年代的情感征候。

其三,城市的精神深度,也成为作家们时时关注的问题。在如今这个资本全球化的时代,城市早已失去了它的新奇性,但其意义却更加暧昧不明,甚至重新成为令人困惑的思索对象。越来越多的写作者逐渐告别对城市的艳羡和陶醉,开始试图切入城市的精神世界。关注

---

① 张鸿声:《"文学中的城市"与"城市想象"研究》,《文学评论》2007年第1期,第120—126页。

城市人的孤独、颓废和绝望，或者某种精神疾病，以及个人主义的唯我独尊的状态，成为新的城市文学的流行议题。李陀的长篇小说《无名指》便直指当下城市的精神状态。小说通过主人公杨博奇心理医生的职业设置，会聚了荒诞城市里形形色色的"病人"，由此见证我们时代的精神生活：经济在不断发展，而人的内心却无处安放。小说并没有提供确切的答案，却把困惑和问题留在了写作之中。

当然，关于新北京都市文学的发展与繁荣的问题，青年作家徐则臣的创作经验值得认真总结。作为一位以"小说北京"为己任的重要作家，这么多年来，徐则臣一直坚持以小说来塑造北京都市形象。具体来看，他其实是从城市空间的三重维度来为北京都市赋形的。

在此，城市空间的第一重维度在于：城市人群所构成的空间的广度。这主要体现在他早期的小说《跑步穿过中关村》《啊，北京》《西夏》等作品中。在这些小说里，经常会游走着一群"外乡人"、"城市边缘人"和"底层奋斗者"，比如造假证的、卖光盘的等形形色色被认为是"低端人口"的人群。小说通过"京漂"来建构一种北京城市空间的文化想象方式。这里指向的是我们城市里"看不见的风景"。让那些"隐匿的人群"浮现，正是徐则臣最突出的艺术贡献之一。他在过往的"市井北京"之外，叙述了一个"底层北京"。这不仅为北京增加了新的城市文化元素，也拓宽了城市空间和人群的广度。

由此，城市空间第二重维度在于：通过小说人物来切入城市的内心，赋予城市一种精神深度。这一点突出体现在他的长篇小说《王城如海》里。小说通过主人公余松坡——一位外表光鲜的海归知识分子、先锋戏剧家，讲述了一种摆脱不掉的噩梦般的个人记忆，进而呈现城市中暗藏的阴影。在此，余松坡的"黑暗记忆"其实象征着城市的内心。由此表明，城市不仅有其乡土的底色，更有其雾霾一般挥之不去的过往。通过这样的方式，徐则臣得以窥探城市光鲜亮丽背后的时代真相。

城市空间的第三重维度在于：小说如何为城市赋予一种文化的

厚度。这里需要讨论的是徐则臣2019年荣获茅盾文学奖的长篇小说《北上》。小说的主人公并不是某个具体人物，而是具有象征意义的大运河。徐则臣一直想要写一部关于运河的小说，不仅写它的历史，也写它的当下。现在来看，徐则臣成功地将"运河"融入了故乡与北京的两种写作脉络之中。这既是关于故乡的小说，又是一则别开生面的北京故事。作者选取的时间段也极为巧妙：从漕运废止的1901年到大运河申遗成功的2014年。小说将大运河的历史叙述与现代中国的百年命运紧紧联系在一起。就整个小说而言，徐则臣巧妙运用了"文化"这把钥匙，最大限度地汲取"运河文化"的方方面面。在小说中，几乎所有人都在操持着各种文化活动。在徐则臣看来，正是文化的厚重，让他在天马行空的虚构中，把小说的意蕴落到实处。小说最大的意义在于：通过运河，徐则臣在大院、胡同之外，为北京的城市空间找到了一个更具有文化内涵的新地标。

综上所述，第一重维度是城市人群和空间的广度，第二重维度是精神的深度，第三重维度则是文化的厚度，这三重维度是徐则臣小说之于北京都市空间的文化建构方面的重要启示。小说致力于从三重维度为城市赋形，这正是对新北京都市文学发展与繁荣的重要启示。

第四节　迈向国际化的北京文学

21世纪以来,北京开始逐渐走上建设世界文化之都的快车道。在各方的努力之下,通过打造一批文学品牌,不断扩大海外传播力度,北京文学的国际化程度越来越高。

一、文学院、文学月与文学节——北京文学品牌的打造

作为国际化大都市的北京,必须建立属于自己的标志性文学品牌。在这个过程中,作为个人精神活动的文学,或许能够在参与城市文化建设的过程中发挥独特作用。当然,作为城市文化建设中具有标志性意义的文学品牌,固然与作家的创作息息相关,然而我们知道,乔伊斯之于都柏林,帕慕克之于伊斯坦布尔,老舍之于北京城,都是可遇而不可求的事情。所以有时候重要的并不单单是作家的创作,还包括帮助作家的作品在城市文化中广泛流布,在作家文学创作与群众日常生活之间建立沟通的桥梁。也就是说,一座城市的文学环境包括各种文学活动的组织与开展。就北京来说,文学环境不仅包括各种文学期刊和文学批评活动的积极策划,也包括近些年一直在努力开展的各种文学活动,比如举办北京文学节,成立北京十月文学院及举办"北京十月文学月",成立北京老舍文学院,等等。这些活动对于积极打造具有标志性的城市文学品牌具有重要的推动作用。

(一)北京文学节

被称为"中国内地第一个文学节"的首届北京文学节于2004年9月19日在北京举行。北京作家协会举办的此次文学节,旨在"给热爱文学、献身于文学、在文学领域里常年耕耘的人提供一个展示、交流、庆贺的平台,以不同流俗的评奖活动,高扬文学理想主义的旗帜,展示当代文学成就,重塑文学的神圣感"。首届北京文

学节主要由四大板块组成,包括举办"全城文学讲坛"、中国文学名著改编电影放映展、首届国际华文儿童文学网络大赛,以及评选出"终身成就奖""文学创新奖""北京作家最喜爱的华语作家奖"等奖项。第二届北京文学节以"21世纪,人人都能写作"作为大会宣言,主题是"面向基层,面向大众,面向文学的基础队伍"。第三届北京文学节在评奖之外,还举办了"乡村文化讲习所""百名作家手稿展"等别开生面的文学活动。北京文学节以北京为中心,以北京的文学爱好者为受众,有力地推动了北京文学的发展。它以全新的理念和独特的运作方式,带给人们崭新的感受,并逐渐形成品牌效应。

(二)北京十月文学院与"北京十月文学月"

2016年10月12日,北京十月文学院在永定门公园佑圣寺盛大开院,同时首届"北京十月文学月"也正式启动。作为"北京十月文学月"的主舞台,十月文学院在文学月期间成功主办了一系列高品质的文学活动,具体包括:其一,"十月签约作家"项目,与来自北京和全国其他地区的实力作家签约;其二,会聚著名文学评论家,成立专家顾问委员会,为文学院发展提供智库与资源支持;其三,打造"为作家服务"的平台,举办丰富多样的专业文学活动,深入促进创作出版的交流合作;其四,创立"十月翻译版权交流计划",推动北京文学成果的海外译介和版权输出;其五,通过"名家讲经典",面向公众普及古今中外文学经典,通过"名家对谈"活动从北京走向全国;其六,建立海内外"十月作家居住地",推动"十月"品牌与中国文学走向世界等。"北京十月文学月"的活动热度和覆盖面辐射北京市民的文化生活,取得了良好的社会效果。通过"北京十月文学月"活动的主平台效应,十月文学院确立了作为首都文化建设重要载体的地位,为未来发展奠定了坚实的品牌基础。十月文学院的发展目标是成为代表北京特色、首都水准,与世界文学发展的先进方向接轨的中国著名文学品牌。

（三）北京老舍文学院

2016年12月29日，在市委宣传部的直接领导下，筹备了3年的北京老舍文学院在市文联挂牌成立。这无疑又为北京作家和广大文学爱好者提供了一个基地和精神家园。老舍是新中国第一位获得"人民艺术家"称号的作家，文学院以老舍命名，既是为了纪念这位杰出的北京作家，也是希望新一代作家能够继承传统，把北京文学推向新的高峰。北京老舍文学院聘任著名作家刘恒为院长，曹文轩、毕淑敏、刘庆邦、徐坤、邹静之为副院长，聘请陈晓明、孟繁华、张清华、陈福民、程光炜等19位作家、批评家担任客座教授。北京老舍文学院旨在架起作家、作品、读者之间的桥梁，以创作优秀作品为己任，积极打造北京作家的新名片。北京老舍文学院成立后，在4个方面发挥着积极作用：一是文学人才培养和创作指导工作，积极培养北京文学人才；二是文学研究及舆情分析工作，大力推介北京名家名作，促进北京与国内外作家及文学组织之间的学术交流活动；三是做好作家职称评审工作，充分发挥职称评定在团结作家、促进创作方面的积极作用；四是做好相关文学奖项评奖工作，提升首都文学品牌的影响力。此外，北京老舍文学院还不断探索在网络作家中开展职称试评工作，推动首都文学创作，扩大其在首都文艺界乃至全国文艺界的影响力和知名度。北京老舍文学院举办了多届北京中青年作家创作高研班、北京市中小学老师作家培训班、寒暑假小作家培训班，以及"文学托举梦想"系列培训班，组织各类对外文学交流活动，开展驻会作家的创作管理和服务工作，推动作家梯队建设，为打造"北京作家的摇篮"奠定了坚实基础。

二、北京作家"走出去"：翻译、交流与国际版权开发

在最近几年里，北京作家"走出去"的步伐日益加快。在斩获世界性奖项的中国作家中，北京作家占据了绝大多数。莫言获得诺贝尔文学奖、曹文轩获得国际安徒生奖自不必多言，而阎连科获得卡夫

卡文学奖、刘震云获得埃及文化最高荣誉奖等都是值得一提的重要事件。随着一系列重量级国际文学奖项颁发给中国作家，中国文学的国际影响力正在日渐扩大。

中国文学需要世界，世界当然也需要中国文学。从国家层面来看，中国文学对外传播作为文化"走出去"的重要一环，早已上升到国家战略的高度。从这个角度来理解北京作家"走出去"的种种举措，就不会认为这只单纯关乎北京文学，而是与整个中国文学的命运息息相关。总的来看，近些年来，北京作家在"走出去"方面作出了许多极有意义的尝试，这具体体现在文学翻译、文化交流以及国际版权开发等诸多方面。

文学翻译显然是一个日益引起人们重视的话题。过去我们也曾做过许多工作，但对产生的效果一直缺乏有效评估，以为翻译完成后效果自然会达到，因此不可避免地存在基于文化战略考虑的单方面输出行为。比如，向海外读者介绍中国经典文学的"熊猫丛书"、多个部门联合展开的《大中华文库》等工程，实际市场效果欠佳，并没有得到海外读者的广泛认同。中国政府一直重视翻译的有效性问题，为此推出了许多卓有成效的举措。如北京语言大学提供学术支持的"新世纪中国当代作家、作品海外传播数据库"项目，旨在向全球推介100位中国当代优秀作家。考虑到新媒体时代的特点，该项目的运作者决定将作者简介、代表作品以及展示作家风采的短视频一同翻译为10种世界语言，从而有效解决了中国文学对外传播中不平衡、不充分的问题。如策划者所言，"此次1000张中国作家名片集体'亮相'，是中国文学走出去的一大创新，会让世界更加全面、客观、公正地了解中国优秀作家作品"。文学翻译是个系统工程，需要相关部门在政策层面采取相应举措，比如设立翻译基金，将外籍翻译家来华参与短期文化研修项目常态化，挖掘培养文学翻译新人，以及提供各种便捷的网络信息服务等。从这方面来看，十月文学院积极开展的"翻译家汉学家交流计划"，就旨在培养翻译人才，为北京文学的扬帆出海奠定基础。

北京作家对外文化交流的机会较之其他地方无疑更加丰富，这体现在"引进来"和"走出去"两个方面。就前者来说，北京广泛存在的各种官方、非官方的文化机构，各大高校科研院所，以及其他商业机构平台，无疑扮演着重要角色。它们积极展开各类名目繁多的对谈、采访、学术讲座和研讨会等等，方便北京作家与世界知名作家进行深度交流。而对于后者来说，更多有益的探索值得借鉴。比如十月文学院与"北京十月文学月"开展的诸多活动中，就涉及北京作家"走出去"的诸多议题，其中中俄"双十月"论坛、"十月作家海外居住地"论坛等皆属此类。

这里值得重视的是"十月作家居住地"计划。这一计划作为"北京十月文学月"的重要内容，是北京出版集团在"一带一路"沿线国家和地区拓展出版合作的重要平台，也是十月文学院的创作项目延展地和文学交流平台。"十月作家居住地"计划旨在以文学为载体联结中外，推动"十月"品牌与中国文学走向世界。这主要包括组织作家前往"居住地"进行创作体验，开展丰富多样的文学文化交流活动等。在推动中国文学"走出去"方面，"十月作家居住地"计划开创了集作家创作交流、版权交易、图书展示、品牌传播于一体的新模式，其海外项目得到"中国图书对外推广计划"工作小组的高度评价，入选国家新闻出版广电总局"丝路书香"工程。事实上，"十月作家居住地"计划已成为十月文学的重要品牌，也成了北京作家乃至中国文学"走出去"的重要基地之一，在海内外产生了良好反响。目前，十月文学院已在海内外设立10处各具特色的"十月作家居住地"，包括布拉格、爱丁堡、加德满都、北京、拉萨、李庄、武夷山、丽江、西双版纳和莫斯科，先后有叶广芩、刘庆邦、徐则臣、万方、文珍、陈晓明和梁鸿等北京作家入驻，在社会效益方面取得了丰硕成果。作家驻留海外"居住地"期间，举办读者见面会、主题演讲等多种形式活动，并安排作家深入当地文学、翻译、出版等各领域，到世界名校开展交流活动，有效促进作家作品和"十月"品牌的海外传播，推动文学成果海外译介传播和国际版权合作。

事实上,"十月作家居住地"计划还是一个版权输出的组织平台,其中的子项目"中国图书对外推广计划"旨在开创集作家创作交流、版权交易、图书展示、品牌传播于一体的新模式。当然,更重要的版权开发平台则是北京国际图书博览会(BIBF)。北京国际图书博览会自1986年创办,截至2019年已成功举办26届,始终坚守"把世界优秀图书引进中国,让中国图书走向世界,以促进国际科技文化交流,增强各国人民的相互了解和友谊,扩大中外合作出版和版权贸易,发展图书进出口贸易"的宗旨。每届博览会上,有来自英、法、美、日等国家和地区的2000多家中外出版机构参展。北京作为展览会主办方,在做好服务保障的同时,充分利用这个平台帮助出版企业了解、进入国际市场,组织和资助北京市出版单位参加法兰克福书展、美国书展、伦敦书展、巴黎书展等国际书展,帮助北京作家开展版权贸易工作。另外,在国家新闻出版广电总局的支持下,北京市先后建立了多个国家版权贸易基地,重点推动版权贸易活动。与此同时,北京市也加大了版权经理人的培养力度,帮助他们尽快走上国际舞台。

三、中国文学海外传播的北京元素

21世纪以来,"文化走出去"成为我国国家文化改革发展的一项重要任务。在这一"推动中华文化走向世界"的国家战略里,文学一直扮演着极为重要的角色。正是在这一背景之下,中国文学的海外传播成为一个需要认真面对的问题。而在此之中,北京作家有着怎样的表现?或者说,中国文学海外传播中的北京元素究竟成色如何?这一问题值得我们认真讨论。

2012年10月,瑞典皇家文学院将当年的诺贝尔文学奖授予中国作家莫言,这也是中国作家首次获此殊荣。自此之后,莫言这位出生在山东高密而大部分学习和工作经历都在北京的当代著名作家,便一跃而成为世界范围内的阅读、评论和研究对象,其作品的海外传播逐渐受人瞩目。在谈到莫言作品的海外传播时,一个重要人物不能忽略,那就是美国著名汉学家葛浩文。作为莫言作品的英文译者,葛浩文堪称莫言获得诺贝尔文学奖的最大幕后推手。这里有意思的地方在于，葛浩文在翻译莫言作品时并没有局限于"精确的还原"，而是基于自身的理解进行翻译与改写，以适应西方读者的阅读习惯。他与其说是在"翻译"，不如说是在"改写"莫言的作品。这便最大限度地消弭了莫言作品中的模糊与多变，其实也体现了对目标读者的最大尊重。由此看来，用通俗的语言传达中国文化的思想内涵与文化特质，扩大交流和理解，消弭隔阂，才是译介推广中国文学作品的现实选择。

葛浩文之于莫言，足以说明一位优秀的作家遇到一个同样优秀的译者，是一件何等重要的事情。无独有偶，同为北京作家的曹文轩，其儿童文学作品能在英语国家广受欢迎，也与他遇到了一位好的译者有着莫大的关系。以他的代表作《青铜葵花》为例，小说创作于2005年，其英译本由英国汉学家汪海岚翻译，英国沃克出版公司出版。汪海岚娴熟的翻译技巧和扎实的中华文化底蕴将《青铜葵花》推向了更广的国际阅读视野。应该说，曹文轩在英美世界的成功，乃至获得2016年的国际安徒生奖，其作品本身的优秀自不必说，他"用诗意如水的笔触"，描写"生活中真实而哀伤的瞬间"，然而汪海岚高质量的翻译同样不可忽略。此外，英国版权代理人姜汉忠也是功不可没的人物。目前，曹文轩的代表作《草房子》《青铜葵花》《羽毛》等作品版权已输出50多个国家。其中，《青铜葵花》（美国版）获得《纽约时报》2017年最佳童书奖，这表明中国儿童文学已经获得国际公认，正在进入世界儿童文学最高殿堂。这也说明，在中国文学海外传播领域，作家和作品的成功是一个复杂的系统工程。

针对中国文学海外传播领域儿童文学的迅猛发展势头，国家出台了资源倾斜力度较大的政策。自2004年"中国图书对外推广计划"启动以来，国家陆续开展了"中国文化著作翻译出版工程""丝路书香工程"等项目，切实帮扶中国儿童文学完成从"走出去"到"走进去"的身份置换。仅就曹文轩的作品来看，"中国图书对外推广计划"便资助了中国少年儿童出版社等多家知名单位，促成了多种作品的翻译、发行、宣传。而其他身居北京的儿童文学作家也受益匪浅，如杨红樱和她的《笑猫日记》《淘气包马小跳》等名家名作也开始走向海外，产生了更广泛的影响。

剖析中国文学海外传播的经典案例可以发现，各类出版项目的作用十分重要。"经典中国国际出版工程""丝路书香翻译资助项目""中国当代作品对外翻译工程"等把中国文学送出去的工程不断推进，《人民文学》杂志英语版 *Pathlight* 的创立与积极实践，以及各类官方和民间组织协同努力，致力于让更多海外读者看到中国文学作品。这里面的北京元素依然耀眼。至今已经完成翻译出版工作的图书有曹文轩的《草房子》（俄文版）、《红瓦》（俄文版），周大新的《安魂》（阿拉伯文版）和格非的《隐身衣》（法文版）。作为"70后"作家的代表人物，徐则臣的作品《跑步穿过中关村》（英文版）也借相关工程之力于2014年在海外出版发行。

当然也不乏在这些出版工程之外偶然走红的作品，比如李洱的一系列小说就是如此。2008年10月，德国总理默克尔访华时，曾将一本中国当代作家的小说德文译本当作礼物送给了温家宝总理，这部小说就是李洱的《石榴树上结樱桃》。尽管迄今为止，李洱仍不明白为何异国他乡的德国读者偏偏对这个作品情有独钟，但就像媒体所说的，《石榴树上结樱桃》在德国的热卖，并被默克尔选作礼物，表明李洱及其笔下的当代乡村世界，已经成为德国甚至欧洲人了解中国的一扇窗口。

总之，中国文学的海外传播之路，既有文学层面的原因，更有技术层面的因素。从某种程度上说，这是天才的作者加优秀的翻译，再加专业的出版机构、代理人，以及同样专业的媒体、文学评论界各方通力合作的结果。其中，国家层面的政策推动与具体执行更是必不可少。因此，只有牢牢抓住文学程式、阅读习惯、地方经验与翻译实践等各方合力，北京乃至中国文学"走出去"的机遇才是可遇的，也是可求的。

第二章

传承创新的北京戏剧艺术

北京作为中国的政治和文化中心，在新中国成立后，会集全国最优秀的戏剧人才，组建了一批实力强大的戏剧院团，同时依托文化部门的政策引导先机，加以社会学界的关注，逐渐发展成为中国戏剧的创作中心、演出中心和评论中心；与此同时，也孕育出北京戏剧艺术的独特面貌。传承与创新，是中国当代戏剧赋予北京戏剧的历史使命，北京交出了高质量的答卷——北京戏剧对民族精神与文化内核有独特传承与新颖的阐释，其艺术表现形式得到很大的拓展，呈现出鲜活的生态。同时，由于北京比中国其他城市更易具备全球视野，北京戏剧很早就具备了国际化意识。

第一节　北京戏剧艺术传承发展

一、中国现实主义戏剧传统的创造性延续

中国的现实主义戏剧肇始于20世纪30—40年代，以曹禺、夏衍、田汉、欧阳予倩、陈白尘等剧作家为代表，形成了一个创作高峰。新中国成立后，北京成为中国现实主义戏剧的大本营，先有50年代老舍的力作，80年代又产生了李龙云、刘锦云、何冀平等人创作的多部话剧佳作。这些剧作家在各自所处的时代，致力于探究真实的个人命运在历史中的浮沉。

中国话剧的经典作品《雷雨》《茶馆》至今常演不衰，得力于北京人民艺术剧院（以下简称北京人艺）这座创建于1952年的国家级话剧院团。北京人艺是北京乃至全国最负盛名的专业话剧院，首先体现在它自身不断发展和丰富现实主义戏剧传统的过程。北京人艺在建院之初，以曹禺和老舍的优质剧本为基础，通过导演和表演艺术家的精心探索和艺术实践，贡献出成熟的、舞台观赏性较强的现实主义戏剧代表作。

1953年，导演焦菊隐在排练老舍编剧的《龙须沟》时，带队去北京南城体验生活，帮助演员于是之等人创作出了个性鲜明的人物，其浓厚的舞台生活气息深受观众喜爱，成为北京人艺现实主义戏剧风格的开端之作。1954年，夏淳导演成功执导了《雷雨》。该剧经过长达8个月的排练，其中为分析角色的案头工作时间占到一半。许多演员从这一次漫长而艰辛的排练中完成了对角色的理解，提高了自己的认识水平和艺术修养。北京人艺也通过这部剧实现了导演和表演艺术的成熟，奠定了剧院的艺术风格。1958年，老舍的三幕话剧《茶馆》由焦菊隐和夏淳导演，一经推出，便成为中国话剧现实主义风格的巅峰之作。该剧对新中国成立前近半个世纪的社会风云与芸芸众生的辛辣揭示，以及近50位鲜活的人物角色，给观众留下极其深刻的印象。

剧中担纲的多位演员的表演通过此剧更加成熟,并形成了鲜明的人艺表演风格。

1985年的五幕话剧《小井胡同》,是编剧李龙云潜心向老舍学习并有独创的佳作。它接续了《茶馆》的时间轴,勾勒了从新中国成立前到党的十一届三中全会后的30多年里,北京南城胡同里各阶层、各职业的市民生活画卷。较之于前者,它不回避民间的疾苦,更着力于表现平凡善良的小人物如何找寻生活的欢乐和希望。

2009年,作家刘恒应北京人艺之邀创作了话剧《窝头会馆》,由林兆华导演,上演后票房火爆。这部戏被视为《茶馆》的回声,它聚焦于1948年冬天北平一个平民小院里的底层百姓。住户们过着悲苦的生活,却又怀着对仁和善的朴素的信仰,在剧终时迎来了新中国成立的曙光。与《茶馆》一样,《窝头会馆》也是一曲旧时代的挽歌,但对新中国的展望比前者要明朗。刘恒悉心学习老舍的语言,由简洁走向丰满。高密度的台词给演员带来较大难度。但也正是通过这出戏,濮存昕、何冰、宋丹丹、徐帆等北京人艺中生代演员展示出非凡的舞台掌控力,使观众获得了极大的话剧审美体验。

除了根植于中国话剧本土的现实主义传统,80年代初北京出现的一些"探索戏剧"虽然是以西方现代戏剧为学习对象,但艺术家张扬自我意识的探索冲击了传统话剧的固有表达方式,促使戏剧人加强了对社会人生与历史文化进行哲理方面的思考,客观上推动了两部力作的产生。

1986年,北京人艺由刘锦云编剧、刁光覃和林兆华执导的话剧《狗儿爷涅槃》上演后引起社会巨大反响。该剧通过一个农民对土地痴迷成疯的故事,来透视数千年来中国农民对土地的深厚又复杂的情感。该剧所使用的意识流和倒叙交叉的戏剧结构,把农民的心理外化为舞台上的动作,而主演对角色疯狂的表现力则产生了震撼的效果。它的意义在于由一部戏引起整个国家关于人、农民、政治和历史的讨论,话剧人创造出了时代话题。

1988年,在中国话剧的最高学府中央戏剧学院,教学结出了创作硕果。徐晓钟教授为学生执导了由陈子度、杨健、朱晓平编剧的《桑树坪纪事》。曹禺看完演出后，称其为"完美的艺术"。该剧对中国西北乡村生活的描写和对人性的深刻开掘，揭示了诸多中国文学作品回避的人性里的愚昧、野蛮与残忍，反思了民族的历史命运。该剧舞美的转台设计及运用颇具象征意义，与表演高度融合。表演系86级干部专修班的每一个学员都释放出表演的创造力。这些都归功于徐晓钟导演高超的舞台戏剧手段。他成功地将西洋戏剧的歌队与民族舞蹈结合起来，把写意和写实、再现与表现融为一体，大大地拓宽了现实主义戏剧的表现力。

《狗儿爷涅槃》与《桑树坪纪事》这两出乡土戏剧，对中国农民贫穷中的痛苦做了深刻的反省，并发出了人性解放的呼声，普遍被认为是现实主义回归的信号。在现代主义给观众带来困惑与不解时，那些根植于中国历史与社会深层的作品又给人一种回到正宗戏剧的感觉。但好在《桑树坪纪事》与《狗儿爷涅槃》的回归，以及其他一系列现实主义作品的悉数登台，并不是现实主义的简单重复，而是加入了新的艺术与思想的含量。这种现实主义更具有当代感。

二、传达中国文化的价值观与精神追求

作为一种舶来品，话剧在1907年传入中国后，从思想内容和主题表达上经历了一个与中国传统文化相结合的过程，对历史、文化名人的书写便于充分体现中华文化的传统命脉。1942年，郭沫若创作了《屈原》，他把对当时中国内忧外患的感受全部寄托在屈原这位战国诗人的身上，呼唤民族救亡。《屈原》在重庆公演后，引起强烈共鸣。此后，剧作家在创作历史剧时，都不约而同地把发掘中国文人士大夫与政治家的忧国忧民及家国情怀意识作为内在追求，创作出了一批以名人为主题的话剧作品。

北京人艺创作并首演于1991年的《李白》是其中的佼佼者。编剧郭启宏选取了唐代大诗人李白晚年的一段故事：他入幕府，遭流放，暮年从军，最后坐一叶扁舟悄然逝去。作家写出了他进不能、退

不甘的悲凉人生，展现了一个至真至纯的伟大诗人的人格魅力。导演苏民给予了巧妙的戏剧构思，濮存昕饰演的李白堪称神形兼备。《李白》的舞台语言和表演风格既真实浓烈，又有诗意韵律的夸张，尤其是李白在剧中和友人和诗与吟咏的段落，极大地彰显了中国诗词之美以及中国古典文化的韵味，成为这部戏的重要看点。近30年来，《李白》不断上演，受到几代观众的喜爱。

1996年，上海话剧艺术中心排演了由姚远编剧、陈薪伊导演的历史剧《商鞅》，反响热烈，后进京演出。该剧描写了战国中期著名的政治改革家商鞅在秦国实行变法的悲剧性命运，揭示了商鞅捍卫人生尊严的意识觉醒，以及他"愿将一己命，救彼苍生起"的政治理想。剧中将历史上商鞅被五马分尸的死亡结局改为由利箭射死，加强了人物的身体遭毁坏后的心灵毁灭的力度，让个体历史的悲哀转化为民族命运的兴衰思考。导演赋予该剧以雄浑悲壮的美感，激发观众从沉重的剧情走出来，体味中华民族舍生取义的传统道德观在新时期改革浪潮中的现实意义。

然而，中国文化的价值观不仅体现在历史名人和文化名人身上，普通民众的思想行为中亦渗透着这些观念。20世纪80年代，北京人艺的青年编剧何冀平读到外国记者称赞烤鸭技师为艺术家的文章，受到启发，决心为烤鸭技师立传。她亲身去北京的烤鸭店观察、体验，写出了话剧《天下第一楼》，于1988年上演。该剧讲述了一个生逢乱世的烤鸭店的兴衰浮沉，展现了行业内部的明争暗斗，塑造了聪慧精明的掌柜和敬业能干的厨子。更重要的是，从这些小人物身上散发出了中国传统道德观念所崇尚的忠义美德。剧中的大厨师用酸甜苦辣咸的五味作料调制出的中国菜肴，体现着五味调和的中国美学和哲学思想，又反映在主人公的人生命运之中，这使全剧由一个外部喧闹的烤鸭店故事升华为对人生的感叹，因此受到广泛的好评。

文物是中国文化的载体，是现代人可以触摸的鲜活记忆。从北京的古玩文化切入，探寻民族的精神追求可谓独辟蹊径。1997年，北京人艺的女演员郑天玮精心创作的《古玩》上演。该剧以庚子事变之后到日寇侵占北京初期为背景，刻画了老北京古玩行里的众生相。两个古玩店老板为了一只商代铜鼎结怨而争斗一生，最后在抢夺宝鼎的日本人面前尽释前嫌，同仇敌忾。至真堂的老板是鉴宝高手，痛恨作假，却只能靠伪造古玩来应付民国政府的贪官和军阀的纠缠，维持家族的生意，不让国宝落入洋人手里，遇到日本人的逼迫时便抱着宝鼎同归于尽。剧中的古玩商人是一位与传统文化血脉相连的儒商，他把手中鼓捣的玩意儿视为命根子，最后发出了"宁为玉碎，不为瓦全"的血性宣言。剧中人那种凛然不可侵犯的民族气节至今仍然感染着观众。

三、经典的复排与改编获得新生命

新中国成立后，《雷雨》《茶馆》在北京人艺的舞台上多次演出，不断复排，已经成为中国话剧最重要的经典。在此基础上，围绕这两部剧的改编也发生在人艺之外。一些中青年创作者采用对原作较为大胆的解构手段，拆解了剧中的故事和人物，某些时候引起了观众的质疑甚至反对，这可以被视为后辈话剧人以一种当代的形式感向前辈大师致敬。正是因为这两部话剧本身的深刻内涵与复杂意义，才勾起了中青年创作者重新阐释的愿望。

曹禺的另外两部重要作品《原野》和《北京人》也得到演绎，但经历了不一样的实验性改编过程，这种实验性是从北京人艺的李六乙导演那里发生的。2000年演出的《原野》，是一出小剧场戏剧，剧本中的原野景象变成了摆着电视机、冰箱、床和马桶的现代人居所，主人公仇虎的复仇变成了碎片化的故事。有学者批评导演并没有真正理解曹禺的世界就把他解构了。这种情况在2006年的《北京人》中得到修正。导演尊重曹禺的原作，但引入了现代戏剧中表现主义的手法，并尽量与原剧的写实精神相结合，利用布景扩展了舞台人物的心理空间，在展现主人公的潜意识方面比较出色。

基于话剧原创剧本创作的乏力，从中国现当代文学中寻找资源，把它们转化为戏剧，成为当代话剧人的一种努力方向。1999年中央实验话剧院上演的《生死场》，根据现代女作家萧红的同名小说改编，取得了成功。导演田沁鑫从原小说复杂的多层意蕴中选取了"生的坚强、死的挣扎"作为核心，以展现20世纪30年代东北一个村子里的村民浑浑噩噩的生活状态，并象征日寇入侵东北前后大多数中国人的生存境况。该剧借外来侵略引发剧中强烈的戏剧冲突，将剧中人麻木愚昧的生死提升到觉醒抗争的生死，并将小说中的两位女性——呆笨的麻婆和鬼气的王婆改造为善良、坚忍的可爱角色。导演在场面调度和表演方式上采用了中国戏曲的元素，给人以耳目一新之感，其中"二里半"这个角色获得了专家和观众的一致好评。

当代作家陈忠实的名篇《白鹿原》因为备受读者关注，多次被改编为其他类型的艺术作品，也终于在2006年被搬上了北京人艺的舞台。将这部近50万字的长篇小说浓缩为两个半小时的话剧，难度极大。编剧孟冰用30多个戏剧场面来展现白鹿原50多年的变迁，通过删减情节、简化人物，加快了戏剧的节奏。导演林兆华运用他擅长的多种舞台手段营造出陕北高原古朴苍凉的氛围，让演员用陕西方言，延请民间艺人登台演唱华阴老腔，获得了极佳的演出效果。不可避免的是，话剧迅速推进情节的要求以及有限的时间长度势必牺牲掉原小说中宏大的历史况味。之后孟冰与陕西人艺合作，对该剧再度做了改编。2016年，陕西人艺版《白鹿原》上演，得到陈忠实的赞赏。多个《白鹿原》话剧版的持续上演，不仅使这部当代经典小说获得了新的生命力，也为小说改编为话剧提供了成功案例。

《北京法源寺》是台湾作家李敖的长篇小说，描绘了1888年到1927年之间的多个重大历史事件。剧中人物的活动场所法源寺，至今仍是北京重要的寺庙和旅游景点。法源寺所处的西城区政府看到其文化意义，促成了田沁鑫导演在中国国家话剧院将此剧改编成话剧，于2015年在天桥艺术中心上演。话剧《北京法源寺》截取了1898年9月11日至21日这十天之内的时间，围绕中国历史转折点的著名事件——戊戌变法，对慈禧、光绪、袁世凯、康有为、梁启超、谭嗣同等人，在历史节点上的行为及动机展开了想象和推演，借古人之口讨论国家和民族的出路,构成了一部政论剧。导演运用她所擅长的戏曲美学将剧中各具特质的角色对应于戏曲的各种行当,为近代史上的风云人物重新塑形,使谭嗣同成为戏剧舞台上让人铭记和尊敬的中国英雄。某些观众对剧中密集的台词、读论文式的表演、采纳网络语句的小品式手法不太满意,但这不影响该剧在话剧民族化上开拓的成绩,以及它成为新时代中国话剧讲好中国故事的代表作之一。

第二节　北京戏剧艺术的创新和多元生态

一、从"京味戏剧"到"京派戏剧"

对生活在北京的剧作家而言，北京这座城市的文化力量对其创作的影响是不可低估的，具体表现在作家对北京城的风俗、北京人的性情以及北京方言的偏好与玩味。20世纪50年代，老舍的《龙须沟》《茶馆》问世，开创了独具审美价值的京味戏剧，之后此类型的话剧层出不穷。有些以北京的胡同、街道、院落、景点命名，直接表达作者对城市的热爱；有些以人物特质命名，为北京市井民众，尤其是中下层的小人物塑像；有些以北京的饮食、收藏为主题，通过物件将北京的历史活化为人的记忆。北京人艺引领了京味戏剧的创作和演出，无论是剧本的文学深度、舞台布景的真实感，还是演员表演的实力都是其他剧院所不具备的。

1980年，由苏叔阳编剧、金犁导演（在英若诚的协助下）的《左邻右舍》，上演后赢得观众喜爱。该剧截取了1976—1978年的3个国庆节期间北京一个大杂院里的生活，较准确地反映了粉碎"四人帮"前后这个历史转变时期的民情和民心。继老舍之后，苏叔阳首先描写了一批新中国北京城的小人物：有被打成"右派"还坚持业余研究天文的中学教师，有因政治运动被关押过却仍然乐观地坚信未来的男青年，也有因社会现实问题而悲观失望的女青年。这种失望与希望交织的生活，折射着国家时局的影子，承载着民族的苦难，同时通过剧中生动幽默的北京话台词，将苦难化解。整部戏的风格悲喜交加，怨而不怒，起到了对民族心灵创伤疗愈的作用。

1993年，《北京晚报》的记者过士行笔下出现了一种不同于以往的北京人形象——闲人。由他编剧、林兆华导演的《鸟人》，当年由北京人艺上演后引起关注，票房可观。作家瞩目于京城的一帮养鸟人。海归的心理医生认为他们有病为其治疗，最后却被养鸟人当成精神分析的对象加以"审判"。剧中人物对话机智幽默,借用京剧等民间说唱艺术,演出极具娱乐性。1995年,过士行的另一部作品《棋人》仍由林兆华导演,由中央实验话剧院演出。该剧去除了欢笑,变为沉重。围棋高手晚年意识到自己的一生因专注下棋失去了妻儿,这种牺牲无意义,于是答应前妻,不再教天才的儿子下棋。他的做法是用一盘棋打败儿子让他死心,可儿子输了棋却自杀了。这出悲剧里的"棋人"表现出的根本不是玩棋的闲适状态,而是父与子在棋盘上展开的生死搏斗。天才儿子选择死亡是因为他从此可以自由地下棋。《鸟人》与《棋人》里这些喜好养鸟下棋的都市闲人属于新北京人,他们面临新的社会变革时所遭受的阵痛均通过各种冲突表现了出来。《鸟人》通过近乎荒诞的戏剧架构,生动地展现了20世纪90年代大众与知识分子,中国与西方的某种误解与对立,并潜藏着对国民性的反思,品质远超一般喜剧和闹剧。《棋人》将人的生命与人所寄托的外在物品做了同构处理,从而展现出现代人异化的人生。

1995年,由中杰英编剧、任鸣导演的《北京大爷》由北京人艺上演后引起轰动。父子俩,两位北京大爷,都有着"不实际"(于是之饰演《龙须沟》里的程疯子时给的角色定位)的特点:父亲自尊、自负,为继承的祖屋自豪;儿子是一个现代北京的侃爷和顽主,欠下了赌债。舞台上的一座百年老屋直观地呈现出北京四合院的特有魅力。父亲面临祖产被儿子用作抵押贷款与必须还赌债的严重经济危机。他最后到底是不是卖掉了房子解救儿子,导演并没有直接回答,而是把答案留给了观众。老一代北京大爷甘守清贫,认准变卖祖产就是家败象征的死理。这种固执在广东商人的房改规划那里显得不够与时俱进,但是他竭力维护小院一方宁静的精气神在气势上却压倒了代表改革开放新潮的广东商人。体现在剧场就是当两人在争锋时,观众不断为老人鼓掌。这种在20世纪90年代商品经济大潮到来时人们的困惑与不适应恰是该剧引人深思之处。

进入21世纪后,京味戏剧中的北京人群像中,出现了被欲望吞噬的不幸人物。2008年,邹静之编剧的《莲花》由导演任鸣搬上舞台。女主人公莲花为了改善生活，拿出所藏的王府古董瓷器欲卖高价，而莲花的舅爷则安排莲花的丈夫扮成富人装阔。在瓷器涨价的过程中，原本恩爱的丈夫变了心想抛弃她。已怀孕的莲花搞来手枪打碎瓷器，杀死丈夫后也自杀了。这出人性的悲剧用倒叙结构，极大地增加了剧情的感染力。该剧从一开始就交代了莲花杀夫的高潮结局，然后一幕幕往回推，看女人如何因贪欲给自己挖坟，男人如何因富贵背叛了发妻。该剧从台词到生活氛围，以及人物性格刻画，可谓游刃有余，属于京味戏剧的典范之作。

总之，半个多世纪以来，京味戏剧已经成为北京观众最为亲切的舞台剧类型。剧作家都具有将北京方言转化为精妙台词的高超技巧，并且借助北京文化的积累与北京人的嘴皮子本事（包括北京人本身与人艺演员的台词表现力），形成了舞台与观众之间的高度默契，无论悲喜，都可以产生妙趣横生的效果。但应该看到，京味戏剧的优秀之作并不止于戏剧的北京味道，而是有着超越京腔京韵与地域性的宏大视野。例如，仅仅以京味戏剧来定位过士行的创作就显得有失偏颇。邹静之作为当代非常成熟的影视编剧，他的话剧创作为京味戏剧注入了新鲜的内涵。因此，从京味戏剧上升到京派戏剧，是北京剧作家群体对深刻戏剧性追求的必然。他们对戏剧文学的现代性探索与剧作显示的思想深度和情感表达的丰富性，堪称北京戏剧乃至中国戏剧的独有风景。

二、导演和舞台美术的创新

20世纪90年代，在戏剧原创剧本显得乏力的同时，让北京话剧呈现出生机的是导演观念的更新及其力量的凸显。一些导演通过对舞台演出方式的改变与美术设计的创造，赋予话剧舞台与以往迥然不同的面貌。

北京人艺林兆华导演的每个新作的演出，都会激发人们的强烈期待，因为他的舞台在新奇上从来都没有让人失望过。在《哈姆雷特》（1990）这出莎翁名剧中，人物穿上了现代人的服装，哈姆雷特、克劳迪斯与波洛涅斯三人的角色时时互换。歌德的巨著《浮士德》（1994）变成了可看的连环画式的图景，吉普车开上舞台，充气船在观众头顶飞过，摇滚乐第一次进入话剧。《棋人》（1995）里有一帮工人自始至终在搭一个铁丝网，搭好后网子着火塌下，戏完结。《三姐妹·等待戈多》（1998）舞台上的水池里注满了水，意为"水中孤岛"。《故事新编》（2000）在北京南城的某个堆着煤渣的工厂里演出，从制煤机里挖出的烤白薯散发的香味和煤尘一齐弥散到观众席。《理查三世》（2001）里升降机、金属网笼子、平衡杠等被选作游戏工具，《赵氏孤儿》（2004）剧终时漫天大雨倾泻于舞台。《白鹿原》（2006）里羊群与牛车迤巡而过，民间老腔艺人敲着板凳巨吼。《建筑大师》（2006）剧终时天梯慢慢打开，通往尖顶。《大将军寇流兰》（2007）里上百名民工抡着棒子上场时的表情张皇而又畏怯。《樱桃园》（2009）里由豆泡布、折纸堆出一个压抑而又黄澄澄的"伊甸园"。林兆华一向注重在经典剧作中注入当代性的解释。他无可挑剔的舞台技术，常常将经典作品"世俗化"，将古典作品"现代化"。不论"人人都是哈姆雷特"，还是将契诃夫"古典的等待"和贝克特"现代的等待"熔于一炉……这一切都令观众在叹服他技巧高超的同时，进一步回味其戏剧意图的深邃。

1993年，孟京辉被中央实验话剧院接纳。此前他在学生时代排演的西方荒诞派戏剧奠定了其"先锋戏剧"的底色，之后他以对戏剧文本的解构式改编和拼贴式手法而闻名，如《我爱×××》（1994）、《放下你的鞭子·沃依采克》（1995）、《阿Q同志》（1996）、《坏话一条街》（1998）。1999年，《恋爱的犀牛》受到欢迎。此后这类以当代青年都市生活与爱情为主题的话剧衍生出各种形态。2000年之后，孟京辉将多媒体、当代艺术、流行音乐、摇滚乐等融入话剧，并加大这些元素在剧中的比例，还运用动画影像、手持DV拍摄等多种手段增强舞台的视觉冲击力。他在多部新作中提出诸如多媒体音乐戏剧、摇滚乐剧、音乐话剧、魔幻童话剧、狂欢儿童剧等概念，引入西方的沉浸式话剧，丰富了中国当代话剧的形态。音乐弹唱与舞蹈、跳跃的节奏感和超现实的风格成为他作品的独特面貌。他充分调动演员即兴表演的能力，为演员扩容，推出了两人戏和独角戏。近20年来，孟京辉用编导合一的方式，改编对象涉及古今中外的文学、戏剧、电影等，将话剧由编剧的艺术转化为导演的艺术。他对经典的颠覆和戏仿，以及间离的效果、荒诞的形式，既引发争议，也具备吸引力，形成了个人戏剧作品的观众群。

李六乙在北京人艺写实主义话剧土壤中坚持探索"纯粹戏剧"，开创了一种简洁、抽象、静穆的舞台风格。他尊重戏剧的文学性，在对曹禺、老舍名作的诠释与对费穆电影和柔石小说的改编中，营造出中国20世纪中期的时代悲剧氛围。他热衷运用独白来强化剧中人人性的复杂和灵魂的鲜活，以及超越叙事之外的表意和抒情性。他崇尚古典精神，排演古希腊悲剧与契诃夫、莎士比亚的作品，赋予作品以现代主义的形式感。由于他注重并亲自担任舞台美术与灯光设计，常常使舞台本身成为戏剧演出的瞩目焦点。白色成为他多部作品的主色调（包括布景与服装），如《安提戈涅》（2012）。椅子也是他惯于使用的道具，如《万尼亚舅舅》（2015）。《小城之春》（2015）高耸而不倒的书墙，《樱桃园》（2016）剧终舞台的开裂，《哈姆雷特》（2018）孤独星球般的宇宙既视感，令人难忘。同时，李六乙戏剧作品中的留白停顿与缓慢节奏也对观众提出了挑战。

1997年，女导演田沁鑫凭借自编自导的处女作进入中央实验话剧院。她从自身戏曲表演的优势出发，潜心探索以中国古典戏曲美学为基础的现代戏剧风格，首先从《生死场》（1999）发展出"形象魅力与姿态狂热"的舞台语汇，又在《狂飙》（2001）中把田汉的命运和创作嵌入"戏中戏"中。《青蛇》（2013）中，舞台上有20吨水，用循环的水泵制作雨帘和雾帘，营造出烟雨西湖的意境。她善于发掘演员的表现力，把握舞台的节奏感，其作品跳进跳出的时空结构和对时尚元素及话题的融入，成为吸引观众的鲜明特点。

三、小剧场和青年戏剧的引领作用

1982年,林兆华导演的无场次话剧《绝对信号》在北京人艺排练厅试验演出,从此开启了中国小剧场戏剧勃发的时代。小剧场戏剧在西方属于反主流、反对商业戏剧的实验性演出。与西方不同的是,中国的小剧场戏剧不仅在话剧内容和产量上弥补了大剧场的不足,在空间上占据了中国当代话剧的半壁江山,而且与商业戏剧合流共生。据不完全统计,北京小剧场一年的演出数量比除北京之外的全国小剧场演出的总和还要多,这就离不开众多的小剧场场馆。

从1993年至今,北京东城区的几家国有原有或新建的小剧场(如中央实验话剧院小剧场、北京人艺小剧场、北京人艺实验剧场、东方先锋小剧场)演出活跃,接纳的演出团体既有国有剧团,也有本地或外地的民营剧社。演出剧目涉及的题材与风格多元:既有先锋、探索意味的《思凡》(1993)、《沙漠中的西蒙》(2001),也有主题深刻沉重的《死无葬身之地》(1998)、《纪念碑》(2000)、《足球俱乐部》(2002)。《霸王别姬》(2000)、《我爱桃花》(2003)借古讽今,《俗世奇人》(2000)、《囊中之物》(2001)、《涩女郎》(2002)展现市井奇观、都市万象,《福兮祸兮》(2002)表现乡村变革,《切·格瓦拉》(2000)、《两只狗的生活意见》(2006)议论社会时事,《驴得水》(2012)探讨中国教育的出路,《丁西林民国喜剧三则》(2016)带来民国初年的青春气息。

2000年以后,随着戏剧行业市场化的加剧,北京的一些国有文化单位改造建立了一批国有或民营剧场,存在时间不论长短,都为演出市场带来了活力。如设施简陋的北剧场(2002—2005),一度吸引了不少青年戏剧迷。在此举办的台港小剧场戏剧节、英国戏剧舞蹈节等成为了解国外当代戏剧的窗口。2004年,朝阳区文化馆建设推出了9个剧场,吸引了国内著名戏剧导演、表演艺术家、文化策划人、文化公司及国外艺术团体到此交流、演出。朝阳区文化馆注重与国际艺术家的交流探讨,开办过以色列、英国、德国、比利时、荷兰、美国、日本、韩国、法国、意大利等众多国际艺术家的工作坊,策划举办各种类型的演出季,如"青年导演戏剧探索""大学生戏剧节"等,成为北京CBD的一个戏剧中心。2008年建立的蜂巢剧场是孟京辉戏剧工作室的专属剧场,有着稳定的观众群。2011年建立的东宫影剧院被北京和外国的小型剧团所看重,并通过电影和戏剧的双重观众聚集了人气。2013年成立的鼓楼西剧场,自制西方当代优良剧目,还举办剧本朗读会等活动,丰富了戏剧爱好者的文艺生活。其他散布在北京各个城区的小剧场有的以资本运作的方式红火过一阵子,有的靠演出娱乐性较强的商业戏剧而存活。

北京繁荣的小剧场戏剧聚集了从创作者到观众都是年轻人的群体,催生出多种名目的青年戏剧节,并通过知名戏剧导演和演员的号召力,辐射到外地,形成了较为成熟的戏剧文化产业。孟京辉在2008年创办了北京青年戏剧节(后更名为北京国际青年戏剧节),并担任艺术总监,每年秋季推出戏剧展演,培养青年戏剧创作人才。2013年,浙江乌镇景区的企业家陈向宏联合孟京辉、黄磊、赖声川等人发起"乌镇戏剧节",每年10月中下旬在浙江乌镇举办戏剧演出、工作坊、论坛等多种形式的活动,以孟京辉、赖声川、田沁鑫作为艺术总监,已连续举办七届戏剧节(2020年因新冠肺炎疫情暂停)。乌镇戏剧节是北京戏剧的优质资源向外辐射扩大影响力的重要表现,吸引了不少国内外戏剧大师和艺术界、文化界人士的到访,创造了中国文艺青年和旅行者共赴戏剧嘉年华的中国小镇文化景观。

第三节　全球视野中的北京戏剧

一、外国戏剧在北京

优质的剧本是戏剧成功的保障，而话剧作为一种舶来品，外国经典剧作始终是中国戏剧的营养源头。新中国成立后的半个多世纪中，北京的国有剧团和戏剧学院都通过排演外国经典戏剧获得了创作的滋养，涉及的剧作家包括哥尔多尼、莫里哀、契诃夫、莎士比亚、布莱希特、易卜生、果戈理、迪伦马特、斯特林堡、奥尼尔、阿尔比、谢弗等，作品有北京人艺的《悭吝人》（1959）、《三姐妹》（1960）、《智者千虑必有一失》（1962）、《贵妇还乡》（1982）、《洋麻将》（1985）、《上帝的宠儿》（1986）、《二次大战中的帅克》（1986）、《芭巴拉少校》（1991）、《哈姆雷特》（1994）、《情痴》（1995）、《在茫茫大海上》（1996）、《傍晚发生的小事》（1996）、《等待戈多》（1998）、《足球俱乐部》（2002）、《朱莉小姐》（2002）、《情人》（2004）、《油漆未干》（2004）、《榆树下的欲望》（2007）、《动物园的故事》（2008）、《伊库斯》（2018）、《老式喜剧》（2019），中央实验话剧院的《一仆二主》（1980）、《温莎的风流娘儿们》（1986）、《命运的拨弄》（1987）、《人民公敌》（1996）、《玩偶之家》（1998）、《纪念碑》（2000），中国青年艺术剧院的《蒙塞拉》（1980）、《威尼斯商人》（1980）、《樱桃时节》（1983）、《天使来到巴比伦》（1987）、《老顽固》（1993）、《钦差大臣》（2000）等。多位导演，如欧阳山尊、蓝天野、夏淳、英若诚、林兆华、杨宗镜、吴晓江、查明哲、任鸣、徐昂、班赞等，均把排演外国戏剧作为磨砺自身艺术创作的重要利器，收获颇丰。徐晓钟教授在中央戏剧学院排演的《培尔·金特》（1983），兼具诗情和生活，得到曹禺的称赞。

20世纪50年代，两位从苏联戏剧学院留学归国的女导演，在引进和传播西方两大演剧体系上功绩显著。1946年回国的孙维世，成为斯坦尼斯拉夫斯基体系在中国第一个较为全面的传人，她成功地指导演员创造出精彩的角色。她所执导的《保尔·柯察金》（1950）、《钦差大臣》（1952）、《万尼亚舅舅》（1954）、《一仆二主》（1956）成为那个时代演员与观众共同的美好记忆。1959年回国的陈颙因执导《伊索》崭露头角。1978年，她邀请上海的黄佐临导演一起执导了布莱希特的《伽利略传》，首次展现出一个非幻觉主义的舞台，之后又独立执导了《高加索灰阑记》（1985）和《三毛钱歌剧》（1998），成为国内执导布氏戏剧最多的导演。她对"陌生化"和"间离"效果的娴熟运用，使观众在看戏中获得思考的乐趣，也使得布莱希特在中国被熟悉和受欢迎的程度超过了任何一个西方导演。

20世纪80年代以降，北京的话剧导演无论年轻或资深，都一度钟情于西方现代主义戏剧，尤以法国、英国、瑞士的荒诞派戏剧最受青睐，尤奈斯库、热奈、品特、贝克特、迪伦马特的作品悉数登场。牟森与宁春艳在20年里先后排演了《犀牛》（1987版、2005版）。孟京辉以先锋戏剧的姿态出道，排演了《送菜升降机》（1990）、《等待戈多》（1991）、《秃头歌女》（1991）、《阳台》（1993）。林荫宇在10年里先后排演了《椅子》（1989）、《情人》（1991）、《女仆》（2000）。林兆华执导了《罗慕路斯大帝》（1992）。1997—1998年，查明哲导演的《死无葬身之地》以留俄博士的学院派功底，使法国存在主义哲学家萨特的剧作焕发生机；孟京辉的《一个无政府主义者的意外死亡》在思想性和观赏性上双获丰收。

2001年底，原来的中央实验话剧院与中国青年艺术剧院合并，组建为中国国家话剧院。由于原创剧目的持续乏力，首任院长赵有亮确立了以演出外国经典戏剧作为主流戏剧的重要组成，此后10年均以外国戏为主打。雨果、奥尼尔、迪伦马特、弗莱恩的作品，俄罗斯当代剧作和诺贝尔奖作家小说改编作品轮番登台。今天看来，2002年建院之初的开院大戏《这里的黎明静悄悄》《萨勒姆的女巫》以大剧场的恢宏气势和舞台表达最为成功。2009年,后现代戏剧的代表海纳·穆勒、彼得·汉德克和萨拉·凯恩的作品在北京上演。由此可见,中国剧界排演外国戏在时间上做到了几乎与国际同步。

二、外国戏剧的本土化改编与中国版定制

北京话剧院团与西方戏剧家的合作始于20世纪80年代。1981年,英若诚请来英国导演,在北京人艺排演了莎士比亚的《请君入瓮》,此后人艺又邀请德国剧院和美国剧作家、导演帮助排演了《屠夫》(1982)、《推销员之死》(1983)、《哗变》(1988)。1987年,中央实验话剧院和中国青年艺术剧院分别邀请美国和苏联导演执导了《小镇风情》和《红茵蓝马》,这些戏均获好评。进入21世纪后,北京人艺又邀请日本导演浅利庆太和俄罗斯导演弗拉基米尔·彼得罗夫排演了《哈姆雷特》(2008)和《六个寻找剧作家的剧中人》(2013)。经过艺术家们的多年努力,北京人艺的外国戏剧逐渐形成了表演不模仿洋腔洋调的独特风格,亲切自然,受到观众喜爱。

20世纪90年代就职于中央戏剧学院的留英戏剧学博士沈林,游学中西,学识渊博。他认为品评中国剧团演出外国戏剧优劣短长的重要标准,就是看其是否与当下的中国现实有关。他操刀改编的外国戏剧经典,着力于怎样使过去的作品在今天读起来更有意义。1999年岁末上演的《盗版浮士德》,假"浮士德"之名,探问当代中国知识分子的精神状况。剧中的浮士德博士生活在现代,遭遇了电视学者、选美大赛、内阁会议、制造机器人、登月等一系列荒诞不经的事件,并对电视文化、文化人类学、整容美学、女性美、人体美等诸多冠冕堂皇的思想标签展开批判。2010年上演的《北京好人》,脱胎于布莱希特的名剧《四川好人》,提出了一个至为严峻的问题:在当代中国,是做一个好人还是坏人?又该如何区分好人和坏人呢?沈林的剧作辐射面广及世俗大众与精英思想,底蕴深邃,修辞洗练,台词中的批判意识体现出作者忧思深广的人文关怀。他的改编表面上看起来大刀阔

斧，实则非常尊重原著的精神。但这种剧作依赖作者的学识和智慧，更需要优质的舞台呈现，因而成功的难度比较大。

与之相比，北京人艺根据日本剧作改编的《喜剧的忧伤》于2011年上演后迅速红遍全国，间断演至2014年，成为近年来外国戏剧本土化改编最为成功的作品。观众凌晨排队购票，每次演出结束后，掌声长达10分钟，演员6~7次返场谢幕……这种话剧界罕见的轰动效应，固然与该剧主演陈道明、何冰作为影视明星的号召力分不开，但首先取决于导演徐昂对三谷幸喜原作《笑的大学》做了本土化的合理改编，将原来的戏剧背景从二战时的日本改成了同时期的中国重庆。一位编剧将自己的新作呈交国民党中央文化运动委员会的戏剧审查科，遭到厌恶戏剧的审查官百般刁难。编剧用嬉闹的喜剧方式逐步化解了审查官的死板，并调动他一起修改剧本，甚至扮演剧中人。剧本终获通过，编剧却将赴战场，前功尽弃。两位主演将剧中人的强权与弱势，乖僻与机智，僵冷与活跃演绎得十分生动，碰撞出的喜剧火花燃遍剧场。

英国国家剧院的舞台剧《战马》自2007年上演后享誉欧美，剧中最为精彩的创意是设计出几匹与实物大小的木偶马，由演员来操控表演，展现出戏剧舞台空间的艺术潜能，美誉度超过了同名的好莱坞电影。2015年，经过3年的筹备，中国国家话剧院与某民营演出公司推出了中文版《战马》，并在全国巡演5年。这是一次全方位复制西方优秀剧目的尝试，由英方原剧组的木偶设计师、动作导演和编舞，指导中方的马偶制作，对演员的训练长达一年，排练与演出都按照英方精准的技术要求来操控。合作使中国戏剧人知晓了西方戏剧的高超水平，并在学习的过程中得以提高，也让中国观众在家门口用买得起的票价看到了当今世界最好的戏剧作品。

三、国际化戏剧交流的重要平台

戏剧被纳入展示北京国际形象的一部分，始于2003年的首届北京国际戏剧演出季。这个由文化部等政府相关部门联合举办的活动包含了话剧、歌舞剧、音乐剧等多种戏剧形式。中国戏剧界与国际接轨则始于外国剧团的来华演出。21世纪初至今，北京的两大话剧院团、新开业的重要剧场以及著名导演，都从各自的专业优势出发，陆续举办了多种名目的国际戏剧季，从世界范围内挑选剧目，涉及的国家包括英国、法国、德国、美国、俄罗斯、意大利、日本、以色列、马其顿、澳大利亚、希腊、斯洛文尼亚、塞尔维亚、罗马尼亚、希腊、波兰、立陶宛、瑞典等。这些活动给整体上相对闭塞的北京戏剧观众打开了一扇窗，也使北京戏剧界真正意识到当代西方一流戏剧的高水准。

2004—2014年，国家话剧院共举办了6届国际戏剧季，分别以契诃夫、易卜生、莎士比亚等大师为主题，凸显了戏剧文学大师在经典作品中的重要性。2010年至今，著名导演林兆华以个人名义举办了8届"林兆华戏剧邀请展"，引进的欧洲作品中既有资深的戏剧大师彼得·布鲁克、克里斯蒂安·陆帕、列夫·朵金，也有新锐的中生代、新生代导演克日什托夫·瓦里科夫斯基、卢克·帕西瓦尔等。

2011年至今，北京人艺每年举办的"首都剧场精品剧目邀请展"，以引进国际一流剧目为目标，同时也增进了与俄罗斯、以色列等优秀剧团的友谊。莫斯科艺术剧院首次访华时，带来了3部作品。以色列盖谢尔剧院的5次演出，都成为口碑之作。

2014年末在北京举办的第六届戏剧奥林匹克是一次前所未有的戏剧盛宴。两个月内，观众集中观看了世界22个国家的45部舞台作品，见到了负有盛名的国际戏剧大师罗伯特·威尔逊、提奥多罗斯·特尔佐布罗斯、铃木忠志、尤里·留比莫夫本人或其作品，不仅大开眼界，还全面冲击震荡了中国戏剧人的艺术观念，此后外国戏剧来华的频率日渐加大。

2015年，国家大剧院启动一年一度的国际戏剧季，体现出较强的学术性。他们一边"致敬经典"，先后请来巴黎北方剧院、以色列卡梅尔剧团、英国莎士比亚环球剧场、德国纽伦堡国家剧院、德国汉堡德意志剧院、俄罗斯瓦赫坦戈夫剧院、瑞典皇家戏剧院等欧洲剧团，上演其重磅作品，如《假面舞会》（2016）、《命运之影》（2017）、《婚姻生活》（2018）等，一边开始自制莎士比亚和古希腊戏剧，并与国外作品同期演出。

2015年底建成的天桥艺术中心在主要演出音乐剧的同时，也积极引进优质的外国话剧。2019年推出德国布莱希特的《夜半鼓声》，两个版本连日上演。俄罗斯话剧《静静的顿河》长达8小时，成为外国戏剧迷的热议话题。

近20年来，定期邀请外国剧团来京演出，回馈观众并自我学习，已经成为北京戏剧界的共识。一些作品让人念念不忘，如《安魂曲》（2004年，以色列卡麦尔剧院）、《罗密欧与朱丽叶》（2008年，立陶宛OKT剧院）、《假面·玛丽莲》（2014年，波兰华沙剧院）、《阿波隆尼亚》（2016年，波兰华沙新剧院）、《叶甫盖尼·奥涅金》（2019年，俄罗斯瓦赫坦戈夫剧院）。一些剧作家得到重新认识，如莫里哀的《唐璜》（2013）、《贵人迷》、《无病呻吟》（2015）、《悭吝人》、《伪君子》（2016）、《女学究》、《德·浦尔叟雅克先生》（2018），易卜生的《约翰·盖勃吕尔·博克曼》（2016），皮兰德娄的《是这样，如果你们以为如此》（2019）。一些导演受到喜爱，如奥斯卡·科索诺瓦斯、托马斯·奥斯特玛雅、罗密欧·卡斯特鲁奇。一些小国家的戏剧不容忽视，如立陶宛戏剧、波兰戏剧。古希腊经典浮出水面，如《特洛伊女人》（2015）、《酒神狄俄尼索斯》（2017）。一些剧团开始被观众熟悉，如德国邵宾纳剧院的《朱莉小姐》（2014）、《信任》、《哈姆雷特》（2015）、《理查三世》（2016）、《俄狄浦斯》（2017）、《人民公敌》（2018），以色列盖谢尔剧院的《耶路撒冷之鸽》（2014）、《乡村》（2015）、《我是堂吉诃德》（2017）、《父与子》（2019）等。导演不同，风格各异，却保持着稳定的高水平。一些导演开始与中国戏剧人深入合作：2017年，波兰导演陆帕排演了根据史铁生小说改编的《酗酒者莫非》；2019年，立陶宛导演图米纳斯排演了《浮士德》。

2014年，北京人艺在精品剧目邀请展中设置"特别影像单元"，先后展映了《弗兰肯斯坦的灵与肉》（2014）、《李尔王》（2016）、《裘力斯·凯撒》（2018）、《萨勒姆的女巫》、《安东尼与克莉奥佩特拉》（2019）等多部戏剧的高清影像。这些作品是"英国国家剧院现场"在中国市场的拓展。如今，在剧场观看世界知名的戏剧影像成为另一个接触外国戏剧的魅力窗口。

第四节　北京戏曲的现代化开拓

一、京剧新编历史剧和现代戏的时代精神

新中国成立后，在中国戏曲现代化的进程中，京剧作为戏曲艺术的代表剧种，在北京得到很大发展。京剧老艺人、京剧名家自觉地将旧戏按照新中国的语境做了改革，并从其他地方剧种中移植改造出新编历史剧，还创作出现代戏，影响遍及全国。

1959年，陆静岩、袁韵宜根据同名豫剧改编的京剧《穆桂英挂帅》，由梅兰芳带领梅兰芳剧团首演，成为戏曲创新的典范。全剧主线清晰，把重心前移到第五场，精练了唱腔，用高昂的西皮腔来体现杨家将的群体英雄，又用西皮慢板抒发穆桂英对儿女汴京打探的担忧。梅兰芳悉心揣摩如何塑造人物，把青衣和刀马旦两种行当结合在一起，丰满了穆桂英的形象。为了表现第五场穆桂英接下帅印后的忧虑，他彻夜难眠，最后选定用武生无词表演中的"九锤半"锣经，效果颇佳。这出梅兰芳晚年的代表作，是新中国成立初期由京剧唱出的家国情怀和女性意识的交响。

1959年底，中国京剧院的范钧宏、吕瑞明根据扬剧《百岁挂帅》改编的《杨门女将》成功演出。该剧既有独戏，又有群戏，通过20多个精彩人物的塑造，推出了一批新的京剧演员。1963年，范钧宏与邹忆青将同名莆仙戏改编为京剧《春草闯堂》。它的旦角借鉴了豫剧的表演技巧，创造出京剧荀派的崭新舞台形象春草；它的丑行广泛吸收了昆曲、川剧、高甲戏的丑角技艺，与花旦一丑一美，相互衬托，观赏性强。50多年来，该剧被全国众多剧种和剧团争相移植，堪称京剧移植新编剧目的典范。

20世纪60年代，京剧面临着新的历史使命，即如何表现革命题材、工农兵形象和无产阶级革命英雄，表现形式必然发生重大变化。除了沿用京剧的编剧方法、唱腔和少数虚拟表演，取法话剧生活化的

道白、动作、舞台环境，以及服装、道具、布景外，传统京剧的曲牌体音乐方式已经不能适应，京剧现代戏的音乐创作思维应运而生。1964年，文化部在北京举办了新中国成立以来最大规模的"全国京剧现代戏观摩演出"，被称为京剧的革命。创作者对京剧做了大刀阔斧的改造，即京剧音乐借鉴西洋歌剧的创作，采用主调贯穿、主题贯穿的手法。

这些尝试中最成功的是1963年北京京剧团由汪曾祺等人执笔、根据沪剧《芦荡火种》改编的现代京剧《沙家浜》。它改造了旧的京剧唱腔板式，用反二黄和反西皮来区别正反人物的对立，通过唱腔设计和唱词安排以及舞蹈、动作、群像来全面突出英雄人物。它还对传统京剧的虚拟布景加以改造，吸取了西洋歌剧的写实性布景，使观众更易被革命的审美情怀所感染。舞台上出现了许多包含革命色彩的场景设置，黄昏、黑夜、暴雨前后、黎明、日出时分的自然时段均成为政治主题的高度象征，演员的装扮、舞台的道具也都有严格的规定。这些手法，为京剧现代戏的创新奠定了基础。《沙家浜》在1967年被确定为"八个样板戏"的第一个。

1963年，长春电影制片厂拍摄的电影《自有后来人》与由此改编的京剧《革命自有后来人》受到欢迎，上海据此改编为沪剧《红灯记》，得到文化部重视。北京的阿甲、翁偶虹受命根据同名沪剧改编成京剧《红灯记》。中国京剧院一团在音乐设计、唱腔设计与音乐编配上做了重要改革，将场面音乐中采用传统曲牌的程式化方式剔除后，再利用某些音乐素材重新加工，又在角色上精心安排，选用青衣高玉倩出演老旦李奶奶，花旦刘长瑜扮演李铁梅。该剧在1964年的"全国京剧现代戏观摩演出"中大获好评，到外地演出时也引起轰动，形成了"满城争说《红灯记》"的热潮。《红灯记》的唱腔和音乐受到观众的广泛喜爱，被列入"样板戏"，在1971年摄制为彩色电影。

1964年，北京京剧团根据王树元的同名话剧改编成京剧《杜鹃山》，后经过集体修改几易其稿，最终以1973年9月北京京剧团的演出本为定稿，成为现代京剧的一部力作。作曲家于会泳借鉴西方歌剧的创作方式，运用西方的主题音乐贯穿的手法来塑造人物性格，从序曲到每一个场次的开幕曲、闭幕曲以及每个主要人物都有着十分鲜明并具个性的音乐主题。剧中柯湘的旦角唱腔，"家住安源""乱云飞"等唱段在当时被广为传唱。同时，作曲家也在某一场彻底使用传统京剧曲牌，开创了以传统京剧音乐为母体进行现代京剧主题音乐创作的先例。《杜鹃山》在音乐创作和唱腔设计上的成就突出，成为京剧现代戏创作的一个高峰。

二、北京话剧与戏曲的融合创新

1956年昆剧《十五贯》进京演出后，周恩来总理讲话指出："我们的话剧总不如民族戏曲具有强烈的民族风格，中国话剧还没有吸收民族戏曲的特点。"由此，话剧界开展了向戏曲学习的民族化探索。同年，已经在中央戏剧学院讲授了两年斯坦尼斯拉夫斯基表演教程的苏联戏剧专家普·乌·列斯里，应曹禺院长之邀，来到北京人艺授课。焦菊隐学习之后，从中找到了中国传统戏曲表演艺术的科学依据，提出"我们要有中国的导演学派、表演学派，使话剧更完美地表现我们民族的感情、民族的气派"。他在3部历史剧《虎符》（1957）、《蔡文姬》（1959）、《武则天》（1962）中进行了话剧的"民族化试验"，意图融戏曲的表现手法、程式于话剧之中，使两者结合得更自然，用话剧艺术的形式来传戏曲艺术的神。

新中国成立前，欧阳予倩曾经把京剧《桃花扇》改编为同名话剧。1956年1月，话剧《桃花扇》作为列斯里的结业执导剧目之一，由中央戏剧学院导演干部训练班演出。同年底，该院院长欧阳予倩又亲自为中央戏剧学院实验话剧院排演了《桃花扇》。该剧充分展现出话剧台词中汉语的韵律之美。1957年，吴祖光写于新中国成立前的话剧《风雪夜归人》由夏淳执导后上演。这部书写京剧名伶的爱情悲剧，蕴含着中国"民族意志和民族性格的诗情"。

1962年，上海导演黄佐临提出"写意戏剧观"，将苏联斯坦尼斯拉夫斯基、中国梅兰芳、德国布莱希特三人的戏剧观列为世界戏剧的三大观念，并指出梅兰芳的重要性，着意将中国戏曲演剧体系推向世界，参与世界戏剧艺术的对话。这使话剧民族化的探索上升到新的理论高度，然而与之相应的舞台实践却进行得比较艰难。戏剧界后来逐渐意识到，话剧借鉴戏曲，必须对戏曲传统做创造性的转化，使之适应现代话剧的需要，话剧民族化的前提是现代化。

元杂剧《赵氏孤儿》曾在18世纪传入欧洲，出现了法文、英文、德文、俄文等多个译本。而仿照中国戏曲的服装、道具、唱段，又采用西方戏剧的歌唱、道白、动作演出的《中国孤儿》，堪称中国戏剧的瑰宝。2003年是法国的"中国文化年"，北京舞台上出现了两版话剧《赵氏孤儿》，其中田沁鑫导演的中文版展现出话剧民族化的努力。剧中使用几乎如文言般的台词，演员的舞台行动节奏起落有致，如中国书法的运笔，舞美设计达到似水墨画般的视觉经验。剧中跳进跳出的时空结构显示出这部戏的现代意识，而全剧笼罩的忧伤氛围又体现出中国古典悲剧深沉的情感力量。

2011年，由夜猫子工作室推出的《北京好人》，充满了现实针对性。它以土洋结合的方式，用三弦的民间说唱手法服务于布莱希特的叙事体风格，使北京曲剧这种乡土的形式与话剧做了俗与雅的融合。

三、塑造北京京剧的城市文化名片

京剧作为清代皇室指定的观赏剧种，具有很高的艺术水准，自近代以来一直受到北京观众的特别喜爱。2010年，京剧入选联合国教科文组织的"人类非物质文化遗产代表作名录"。受到世界瞩目的同时，京剧也面临着如何做好传承与走出国门的新课题。2011年，北京京剧院将京剧自五四时期以来的译名"Peking Opera"改为"Jingju"，意图从名称上准确地表达出京剧的文化内涵。当今世界的发达城市都有各自的戏剧类型作为城市的文化名片，如纽约百老汇、伦敦西区音乐剧，北京则具备将京剧塑造为北京独有城市文化名片的综合优势。

北京演出京剧的场所比较完备，既有现代化的戏曲专门剧场，如地处市中心的长安大戏院和梅兰芳大剧院，还有畅音阁大戏楼和德和园大戏楼这样的古代剧场，以及各种综合剧场里的大舞台，外加数量众多的小剧场。至于北京京剧近年来诞生的佳作，其实不限于京剧界内部，而且得益于中国大陆乃至港台地区话剧、影视界优秀艺术家的加盟。京剧与电视剧以及话剧之间的转化，是北京京剧现代化的独特成果。

1996年开春起，电视连续剧《宰相刘罗锅》火爆荧屏。北京京剧院将这部40集的清宫戏改编为京剧连台本戏，并以当时电影界流行的"贺岁剧"市场化运作思维，从2000年开始在每年的春节演出，到2002年演出结束。与以往不同的是，该剧邀请著名的话剧导演林兆华来执导，并在开始设定了"作出一出好听、好看、好玩的京剧"的目标，通过程式的革新，把传统的厚重和流行的时尚结合，让京腔京韵表达出平民意识，赢得了观众的喝彩。

2008年，香港话剧团的经典剧目《德龄与慈禧》来到北京演出。该剧的编剧何冀平曾说，她喜欢京剧的"尾声"，就是那种结尾落在一个半音上戛然而止的感觉。国家京剧院在2010年出品的《曙色紫禁城》改编自该剧，实现了何冀平的戏曲情结。该剧的导演为香港话剧团前艺术总监毛俊辉。他高超的戏剧素养和表现力，使他与编剧一起完成了一次在文化差异背景下独具风味的京剧"实验"。编剧保留了话剧中对人性无奈的深刻揭示，以现代的观念和叙事方式写清末的历史。导演则要在传统的戏曲表演和话剧表现手段之间拿捏，比如是念京剧京白还是话剧对白。演员对此的体会是表演向传统靠拢，才能找准京剧的位置，避免"话剧加唱"的结果。

2010年，北京梅兰芳京剧团与著名话剧导演李六乙联手推出了京剧《梅兰芳华》。这是一部全面展现梅派艺术的精华之作。除了演出班底的群英荟萃，《梅兰芳华》独特的观赏性还在于它在正乙祠戏楼的长期驻演。导演在剧中加入了日本歌舞伎中的花台设计，拉近了舞台上下的距离，并展现了中国京剧的国际化视野。

电视连续剧《大宅门》自2001年播出之后受到观众热捧。编剧兼导演郭宝昌是京剧票友，他在电视剧里娴熟地使用京剧锣鼓，被视为这部剧的独到之处。经过多年的准备，郭宝昌邀请青年戏曲编导李卓群，与北京京剧院合作，在2017年推出了京剧《大宅门》。李卓群以她独特的女性视角，从长篇剧纷繁的结构中截取了杨九红结缘白景琦但最终被二奶奶拒于宅门之外的一小段故事展开，在表演程式设计上借用芭蕾的动作，与京剧的云手、台步结合而无生硬之感。郭宝昌既借用原版电视剧的京剧元素，也不回避话剧式的舞台呈现，甚至复原某些电视剧中的场景也不突兀。这种适用于该剧的手法为现代京剧增加了一种新的样式，也满足了不同观众对这一题材的喜好。

2020年初的新冠肺炎疫情使得北京乃至全国的戏剧演出一度被迫中止。年中以后，与西方大多数国家陷入疫情的困局相比，中国夺取了抗疫斗争重大战略成果，逐渐恢复了剧场开放。11月11日，北京人艺推出了抗疫大戏《社区居委会》。编剧李龙吟从个人亲历的疫情生活出发，准确地抓住了中国抗疫预防的主战场为社区居委会这一核心地点，会集社区专员、民警、物业人员、下沉干部等连续超负荷工作的社区工作者，展现出这些平凡的人在危险到来时美好的一面。导演任鸣、唐烨在排练期间，带着演员深入社区体验生活。该剧的台词"你从哪来？要到哪去？有没有出入证？"被观众总结为社区工作者的灵魂三问。此外，该剧还在沉重的抗疫中加入了老北京邻里之间逗闷子的喜剧元素。演出场景真实感人，观众纷纷落泪。

2020年11月14日，中央广播电视总台播出《故事里的中国》第二季《钟南山》，讲述了中国抗疫的功臣、医学专家钟南山院士的故事。《故事里的中国》戏剧总导演田沁鑫，第一次在这个电视综艺节目中用两个演员扮演一个角色，即年轻时的运动员钟南山与中年到老年的医生钟南山。该剧回顾了钟南山儿时被母亲所救，后受父亲影响走上行医之道，秉持"老实做人、敢医敢言"的家训，在2003年抗击非典和2020年抗击新冠肺炎疫情中勇于担当的历程，展现了一位国士的风采。节目中钟南山与妻子李少芬的爱情、对儿子钟惟德的家教、对秘书苏越明的感召等段落，引起观众强烈的共鸣。尤其是剧中台词对医学术语"呼吸"的巧妙运用，通过青年钟南山和老年钟南山跨越时空的一呼一吸之间，完成了爱国主义信念的接力。田沁鑫导演对舞台剧和电视剧的时空做了艺术化的穿插和叠加，扩大了戏剧在新媒体时代的传播广度和力度。

第三章

引领潮流的北京影视艺术

文艺反映时代，影视映射历史。20世纪80年代以来，以电影、电视剧为代表的大众文化成为塑造北京文化形象的重要媒介。自中国影视行业在21世纪开始腾飞以来，北京一直是影视创意开发、制作、宣发、传播的中心，影视制作机构的数量和市场容量也在全国遥遥领先。近些年来，随着中国经济的崛起，北京日益成为全球知名的国际化大都市。北京影视产业取得了辉煌成就，已经成为全国重要的影视产业基地。影视文化已成为北京极具活力和感染力的软实力，拥有巨大的经济价值和市场潜力，是北京经济发展和社会进步的巨大动力和重要引擎。

第一节　时代发展中的北京影视艺术

随着中国经济的崛起，北京日益成为全球知名的国际化大都市。近些年，北京已经从社会主义的革命之都、工业之都发展、转型为后工业时代的消费之都、文化之都。20世纪80年代以来，以电影、电视剧为代表的大众文化成为塑造北京文化形象的重要媒介。在影视剧中，关于北京的文化符号主要有3种表现形态：一是老北京，主要是新中国成立前的北京历史与文化形象，如胡同、四合院等；二是革命北京、红色北京，主要是50—70年代与社会主义北京有关的历史记忆和城市空间，如大杂院、家属楼、军队大院；三是当代北京、国际之都，也就是与纽约、东京等并列的国际化大都市，如流光溢彩的高楼大厦和车水马龙。围绕着这样3种表现形态，出现了大量的影视剧作品。这些不同的历史叙述空间塑造出不同的北京文化形象，而这些北京形象在不同时代的流行也反映了特定历史时期的社会文化心理。老北京"重现"于80年代，在告别革命、反思革命的氛围中，"城南旧事"这一怀旧和审美的空间被追溯为北京的前史和文化北京的代表；红色北京开始于90年代，在消费主义、市场化的氛围中，青春、革命与北京成为"激情燃烧的岁月"；新北京则浮现于21世纪以来的青春剧和青春片中，成长在市场经济环境下的都市白领在北京这一欲望之都上演着职场奋斗剧和宫斗式的腹黑剧。除此之外，还有两种突出的北京形象：一种是从20世纪80年代到90年代的文化社会转型中，曾经在现代文学中形成的平民北京、底层北京的故事又重新回归，这不仅体现在20世纪80年代初期老舍等现代文学经典搬上银幕，更表现为大杂院、四合院、皇城根儿普通北京百姓的酸甜苦辣，如20世纪80年代的都市喜剧片"二子开店"系列、20世纪90年代第五代女导演宁瀛的"北京三部曲"以及冯小刚早期贺岁喜剧片都带有平民北京的底色；另一种是从20世纪90年代中期出现延续到21世纪以来的宫廷剧（帝王剧）、商战剧，北京这一文化古都被反复书写为政治权力和经济权力的象征，如《雍正王朝》（1997）所开启的帝王剧模式，《大宅门》（2001）所开启的家族商战剧模式，等等。与这些北京形象相匹配，近些年的北京都市空间也呈现为这样的三重性：一是以前门为代表的城南北京的形象，二是以首都钢铁公司遗址公园、798当代艺术创意区为代表的工业北京、生产北京的形象，三是以鸟巢、水立方为代表的新型国际化大都市的形象。在此背景下，有必要重新反思新时期以来关于北京的城市文化符号建构的过程，以便整合不同的北京文化形象，为北京题材影视剧的创作提供历史和文化依据。

一、北京影视的繁荣与发展

自中国影视行业在21世纪开始腾飞以来，北京一直是影视创意开发、制作、宣发、传播的中心，影视制作机构的数量和市场容量也在全国遥遥领先。目前在北京，持有广播电视节目制作经营许可证的机构约8000家，每年备案剧本超过1000部，影片年产量约400部。北京市出台的一系列行业扶持政策，包括经营环境的规范和优化，鼓励创作的各类基金项目，影院建设补贴等都对北京影视行业的繁荣发展起到了重要作用。目前，北京聚集着全国70%以上的影视公司。一些龙头企业也在北京云集，如光线传媒、博纳国际影业、华谊兄弟等。此外，每年有众多新的影视行业人才来京，还有众多港台艺人寻求北上发展。对于影视行业来说，人力资源、文化资源、技术资源是产业发展的基础，资源聚集能有效地减少资金和时间成本，还能最大限度地实现资源价值最大化。此外，行业聚集还有利于专业化分工的进一步实现和完善。

尤其自2010年开始，北京影视行业生产出一系列高质量高票房的影片，如《十月围城》《非诚勿扰2》《失恋33天》《唐山大地震》《让子弹飞》《泰囧》等。自2004年以来，北京影视行业产值稳，占北京GDP的1%左右。2019年春节上映的《流浪地球》更是获得票房和口碑的双丰收，在全球票房超过46亿元的同时，它被称为"拉开了国产硬核科幻影片的序幕"。这部电影不仅故事好看、特效过硬、价值观正,更重要的是,还具有多重文化标志意义——既通过"中国制造"显示了国产电影在类型化和特效技术上的进步,又通过中国特色的叙事逻辑和文化价值观展现了文化自觉和自信。

二、北京影视艺术创作的创新机制

北京作为首都,是全国的政治、经济、文化中心。在现当代中国历史和当下中国所占据的重要位置,让北京在影视文化生产当中凸显出其作为产业聚集地和题材来源的重要作用。

1. 3个历史时期下的北京城

笔者把"北京城市文化符号生产与北京题材影视创作"的演变分成3个不同的时代:一个是80年代,大致从1982年到80年代末期,城市改革刚刚开始,出现了体制内与体制外的区分;二是90年代,大致从1992年到2005年,市场化改革成为社会主导性力量,适应于商业化、市场化的文化开始出现、成形;三是2005年至今,市场化改革基本完成,体制外的生活成为主流形态,与此同时也出现了新的问题。这3个时代就像历史的台阶,既有拾级而上(下)的延续性和相仿的主旋律,如现代化、社会转型、发展市场经济等,又在各自平台上言说着截然不同的主题,即3个时代都有属于自己的话语方式和思考问题的框架。

2. 现代化进程中的北京形象

在50—70年代的电影生产中,有大量的城市电影,比如讲述工厂车间或街道社区"抓革命,促生产"的故事。这些都市影像以城市工人为主角,但是却并不强调都市文化的地域性,因为在阶级话语的主轴中,北京、上海等地域特色被压抑,只有在80年代以来的城市故事中,地域性才被作为城市的本质属性,甚至为了凸显城市文化形象而建构不同的城市文化记忆。

20世纪80年代以来的北京故事,经历了从以《城南旧事》为代表的民国北京到《北京爱情故事》等青春片的嬗变,包含着平民北京、革命北京、权贵化的北京等不同的面向。简单地说，北京书写形成了以下4种传统：

第一是平民北京、底层北京的故事。从20世纪80年代的《城南旧事》、老舍的北京到北京胡同里的待业青年，再到90年代的热播电视剧《渴望》《皇城根儿》《贫嘴张大民的幸福生活》等普通百姓的生活，以及21世纪以来的电影《北京，你早》《找乐》《警察故事》《夏日暖洋洋》《卡拉是条狗》《神探亨特张》等，还有2016年贺岁档引起轰动的电影《老炮儿》。这种平民化的视角来自现代文学作家老舍的作品，也是左翼文艺的传统。从某种程度上来说，20世纪80年代王朔的作品也带有这种传统的影响，用一种平民、底层、小人物的视角来书写城市和现实生活。

第二是权力的、权贵的北京故事。在20世纪80年代以来的古装剧、清宫戏中，北京作为皇城扮演着重要的角色。从20世纪80年代的晚清片到90年代的帝王剧，再到21世纪以来的宫斗剧，反映了不同时代对于"官府"的想象，以及个人与"官府"的关系。80年代的晚清片主要呈现江湖艺人、腐败无能的清政府与洋人之间的复杂关系。对于江湖艺人来说，一方面，他们对腐败无能的晚清政府深恶痛绝；另一方面，当他们面对洋人的时候，又展现出一种民族主义感情，渴望替官府来对抗洋人。这种对民间、江湖艺人的想象与20世纪50—70年代的人民主体有着密切关系。90年代以《雍正王朝》为代表的帝王剧，则是以官府、皇权、皇帝的位置来叙述历史，意味着江湖的消失，以及江湖与庙堂作为对抗关系的消失。21世纪以来的宫斗剧则成为职场剧的变种，个体处于一种等级森严的晋级游戏当中。这也反映了处于市场经济时代的个体的真切感受。江湖变成了宫廷的权斗，只有你死我活的斗争。

第三是北京青年的故事。在与北京相关的电影、电视剧中，有一个形象格外凸显，这就是北京青年。不管是80年代的待业青年，还是王朔笔下的顽主，以及第六代电影中的摇滚青年，还有近些年在文化市场中表现突出的青春剧、青春片，可以说北京的故事中总是带有青春的底色。北京青年有3种形象：一是革命青年或红色怀旧中的青年，如《青春之歌》《阳光灿烂的日子》《血色浪漫》等；二是社会反叛青年，多出现在第六代电影、独立纪录片等文艺片中，如《北京杂种》《长大成人》等；三是当下的都市青年，处在职场、情感纠葛里的青年，多出现在青春偶像剧中，如《奋斗》《北京爱情故事》《北京青年》等。

第四是红色北京的故事。相比上海故事，北京故事始终伴随着一种红色北京、革命北京的记忆。这一方面表现在与顽主、大院文化有关的红色青春的北京，从电影《阳光灿烂的日子》到电视剧《血色浪漫》《与青春有关的日子》等，北京也是红色怀旧的地方。另外一方面，在20世纪80年代的北京文化中，社会主义单位制又是一个始终浮现的空间，这既体现在以王朔为代表的大院文化，又体现在一种街坊、邻里之间的亲情关系。

北京故事反映了北京从社会主义革命之都向后工业时代的消费都市转型的复杂过程。

三、视听艺术创造北京未来文化地形图

目前的电影行业处于一个巨大的转型期。就像世纪之交诸多国际学者与影人发出的感叹"电影已死"所描述的那样，传统形态的电影，也就是在影院播放、时间大约在一个半小时到两个小时（一般观众可以集中注意力的时间），以讲述一个完整故事为基本形态的商业电影，逐渐丧失了其在视听艺术形态中的主导地位。这一状况主要肇因于网络环境对生活环境的进一步渗透，以及一系列数字生产技术和传播技术的发展。目前，从短视频、播客、直播到网络剧、网络大电影，再到尚未成形的VR电影、互动电影，已经在很大程度上改变了人们消费视听艺术的习惯以及对待视听艺术的观念。影视产品相较过去与观众有了更多互动空间，也更为深入地融入了人们的日常生活当中。在这一语境下，影视艺术的固定类型越来越受到挑战，边界不断被打破，文化角色和价值也处于演化之中。

因此，新技术与新型观影环境是影响未来影视艺术形态的重要因素。这一改变不仅涉及技术改变与商业模式的变化，也涉及一系列相应政策对影视艺术的有效激励和管理。北京作为一直以来的影视行业集中地，将面临技术创新、新的资源整合模式、新的大众文化形态带来的改变和冲击。

第二节　京味影视与"新启蒙"

近几年来,"80年代"成为文学、文化研究的热门话题。20世纪80年代的亲历者纷纷重返、重访、重读80年代。这些对80年代的回忆、访谈和记述,充满了怀旧的底色。80年代被作为希望、青春和理想的时代,同时也是文学、电影等的黄金时代。80年代作为一个完整的历史时段,与50—70年代以及90年代都不一样。80年代开启于断裂之处,又终结于另一处终结点,仿佛80年代是前一个时代的尾声,同时又是后一个时代的前奏。人们对于文学、文化的热度以及文学艺术成为社会核心话语(这也恰恰是后来的人文学者和文学爱好者所津津乐道的),如同另外一场"文化/意识形态"的革命,而在这一文化景观的下面又是自上至下的"以经济建设为中心"的一系列影响至今的政治、经济制度改革。80年代就像历史的暗箱和鬼魅的魔术,在告别50—70年代的革命时代的同时,又呼唤着在90年代逐渐变成现实的现代化/市场化进程。80年代承担着双重功能,既是50—70年代的批判者,又是90年代的孵化器。80年代更像一部被高度编码的密码本,是话语密布、语词涌动、论述迭出的时代。恐怕很少有这样一个话语异常庞杂,各种新思想、新说法异常踊跃的时代。与此同时,关于80年代的想象又是如此清晰和透明。80年代也是一个少有的具有高度共识的时代,或者说,彼此矛盾、相异的论述被成功而有效地编织为一袭华丽的外衣。可以说,80年代的单纯、光洁与复杂、混乱同时存在。80年代的支配性话语就是以现代化为内在支撑的"新启蒙"论述:现代化并不仅仅是一种政治经济指标,更是一种文化表述和历史意识,在80年代发挥着重要的意识形态功能。如果说80年代完成了从革命话语到现代化话语的转换,那么"新启蒙"

论述则是这种转换得以发生的话语装置①。

20世纪80年代的核心议题是反思革命、批判旧体制,也就是摆脱计划经济的束缚,这涉及寻找新的人格、塑造新的人性的问题。具体到与北京相关的影视作品来说,呈现为四重北京空间。第一重是现代(民国)北京,用"现代北京""民国北京"来取代50—70年代的革命北京、社会主义北京,这主要体现在3个方面:一是通过对台湾作家林海音思乡之作《城南旧事》回到解放前的老北京、旧北京;二是通过对老舍等人的现代文学作品回到受苦人的北京,也恢复了一个平民北京、底层北京的视野;三是民国武侠北京,体现在80年代后期的如《京都球侠》等娱乐商业片。第二重是当代(当下)北京故事,一是以胡同、大杂院、老街坊为主的北京平民空间,平民北京始终是北京故事中不可或缺的文化视角,如《夕照街》等;二是北京青年特别是80年代的待业青年的故事,如"二子开店"系列、《本命年》等。第三重是大院北京,主要是以王朔为代表的大院北京和顽主北京。这种以王朔为源头的顽主北京,在20世纪90年代和21世纪以来都有清晰的展现。直到2016年,贺岁片《老炮儿》依然在用顽主的身份来回应新出现的问题。老去的顽主和新生的问题之间碰撞出矛盾,也是对一个逝去时代的守望和缅怀。第四重是社会主义北京的空间,主要以电影《邻居》为代表。

一、京味影视剧与老北京文化

20世纪50—70年代,北京是社会主义革命和现代化建设的伟大首都,但是关于北京的电影并不是很多。这主要有两个原因:一是人民电影的主流是革命历史故事和工农兵题材,城市电影、工业题材在社会主义现实主义艺术中并不占据主流,革命题材、农业题材比较多,城市电影也主要是以上海为代表;二是这一时期的城市电影一般

---

① 贺桂梅:《"新启蒙"知识档案——80年代中国文化研究》,北京大学出版社2010年版。

不强调地域性，社会主义现实主义的创作原则是以基层单位、普通工农兵为主角，因此城市电影多是表现工厂工人、街道百姓的故事。20世纪80年代之前，除了拍摄老舍的作品和《青春之歌》等现代文学经典之外，与北京有关的电影还有《祖国的花朵》(1955)、《小铃铛》(1963)等。电影中的北京只是现代化的大都市，除了天安门等景观之外并没有特别之处。直到80年代，后革命时代的北京才拥有（或建构出）了自己的城市历史和记忆。

20世纪80年代，对北京城市记忆改写最重要的作品就是第四代导演吴贻弓拍摄的《城南旧事》(1983)。电影改编自台湾作家林海音的同名短篇小说，以小女孩英子的眼光叙述了一个新中国成立前的民国北京的故事。与后来所出现的审美化的老北京、文化北京不同的是，在《城南旧事》小说及电影中依然带有现代文学的印痕。小英子眼中消失的驼铃、带有古诗韵味的《送别》在80年代中后期转化为北京古玩、字画、各种八旗子弟的玩意儿等"京味文化"，如邓友梅、刘心武、刘一达等作家的作品。在20世纪90年代策划的一套"京味文学丛书"中，收录了老舍、汪曾祺、张恨水、林斤澜、刘绍棠、刘心武、邓友梅、陈建功等作家的作品，以及林海音的小说《往事悠悠》，其中最为凸显的北京形象是胡同、四合院、北京民俗等。与《城南旧事》同时期，老舍的经典作品也被拍摄成电影，如《骆驼祥子》(1982)、《茶馆》(1982)和电视剧《四世同堂》(1985)等。这些老北京、胡同北京的"京味"故事被不断地追溯为北京的"前世"。这种平民北京在20世纪90年代更具体地表现为一种以胡同、四合院、大杂院为都市空间的故事，如电视剧《渴望》(1990)、《皇城根儿》(1992)、《小龙人》(1992)等都讲述了当代北京普通百姓的人间悲喜剧。

二、新启蒙时代的怀旧文化

在电影《城南旧事》中，小英子作为知识分子家庭的小姐，所看到、接触到的人和事都是穷苦人、苦命人的故事。不管是丢失女儿的秀贞，还是为供养弟弟读书而偷窃的小偷，以及无法回家的奶妈所遭遇的儿女被卖的命运，就连小英子的父亲——一个大学教授也是引导进步青年的进步教授。只是与革命文学、人民文学不同的是，小英子作为一个无辜的、天真的小女孩，提供了在历史和政治之外的视角，而没有被卷入历史之中，当然对于剧中的"悲惨世界"也无法作出社会的批判并提供政治解决方案，反而在《送别》的伴唱下，这些都是历史深处的童年往事。在这个意义上，林海音的小说以及吴贻弓的电影一方面延续了现代文学的传统，表现受苦人的、苦命人的北京，另一方面这种回望的视角又实现对这种底层北京的去革命化、去政治化的文化效果。这也与20世纪80年代之初的时代需要高度吻合。

这种被重新呼唤回来的现代中国，在20世纪80年代中后期的北京想象中逐渐被民国化、去现代化，老北京又变身为一种民国北京、文化北京。这是一个没落八旗子弟的北京，是一个充满了古玩、字画等传统文化气息的北京，如根据作家邓友梅的小说改编的同名电视剧《那五》（1988）。在这里，老北京被想象变成了一种纯粹的文化展示，一种涉及古玩、字画、民间文艺等审美空间的"京味北京"。"这一脉络将'文化北京'继续推进，进一步将北京的表述与民俗文化、市民文化联系在一起。在邓友梅的京味文学中，北京是一个充斥着清朝遗风的城市，这个城市不仅有那五式的'没落贵族'，更有城南琉璃厂的'古玩'（烟壶）这一穿越历史的文化产物。而在刘心武的《钟鼓楼》中，现代化城市北京被描述为以'卯辰巳午未'为时间标识，以老市民的家长里短和四合院为特征的传统空间。这条脉络背后的去政治化倾向在20世纪90年代王朔的作品中被呈现得十分清晰，王朔的京味文学尽管也充满了'京腔京韵'，但之所以在彼时大卖，更为重要的因素是他对于50—70年代话语的反讽。经过'京味文学'的不断重述，作为'政治北京'对立面的'文化北京'渐趋成为主流脉络，这条脉络可以一直延续到上面提到的2009年'国家文化保护实验区'的申报。"[①]

三、经典重现"新城南"故事

电影《城南旧事》一开始是一个成年女性的旁白:"不思量,自难忘。我是多么想念住在北京城南的那些景色和人物呵。北京而今已物是人非了。可是,随着岁月的荡涤,在我,一个远方游子的心头,却日渐清晰起来。我所经历的大事也不算少了,可都被时间磨逝了。然而,这些童年的琐事,无论是酸的、甜的、苦的、辣的,却永久永久地印在我的心头。每个人的童年不都是这样的愚呆而神圣吗?"随着独白展现的是萧瑟的荒山、寂静的长城、卢沟桥上骆驼队伴着驼铃声、古建筑屋角下的风铃以及区分城里、城外的城门楼,显示了北京作为北方边塞之城的位置,再加上李叔同1915年创作的传唱广泛的悠扬的《送别》,一起营造了一种民国北京的氛围。这就是电影《城南旧事》的片头,也为新时期以来的北京故事奠定了怀旧的基调和底色。在这里,不得不指出的是,在描述北京的电影中经常会使用这种自述者的画外音来作为片头,最著名的有1950年石挥导演、主演的老舍作品《我这一辈子》,1990年讲述老字号全聚德烤鸭店的《老店》,1994年姜文的《阳光灿烂的日子》,等等。这些回忆者、自述者的声音都是在回忆、重述不同的北京形象。

与老舍笔下的旧北京不同,《城南旧事》营造了一种对老北京的怀旧气息,仿佛那些命运悲苦的底层人带有地域上的审美意味。考虑到这部作品是台湾作家对老北京的怀念,也是对新中国成立前的内地文化的乡愁,这部"借来的乡愁"却成为塑造北京形象的重要桥梁,使得新中国成立后的革命北京、社会主义北京转变为解放前的老北京,也把"人吃人"、人压迫人的旧北京变成了一个略带哀伤的、怀旧色彩的老北京,正如研究者所指出的那样,"作为冷战的另

[①] 李玥阳:《"老北京"与"新城南":京腔京韵再叙城南"新"事》,《艺术评论》2010年第12期,第30页。

一阵营,林海音对于北京的描述与彼时大陆的方式完全不同,它避开了天安门等政治化符号,避开了北京作为新中国首都的身份,在一个小女孩(英子)的视角中,展开了另一番诗化的'文化北京'想象。而'城南'正在这一描述中得以清晰浮现,它变成了一个怀旧的空间,有着悠远的老胡同、生锈的铁门环、石青色的门墩儿,有着老北京中下层市民周而复始的无常际遇,以及小主人公无邪清透的目光。通过作者的描述,'城南'仿佛在'政治北京'之外,划出另一片记忆的集散地,它变成了一个无关政治的小女孩眼中无关政治的北京。当然,在文本的'纯文学'与'诗意'之下,是冷战的政治分野,小女孩的清纯目光所刻意回避的,正是50—70年代的异质性历史"①。

新中国成立后,北京电影制片厂成为重要的电影生产基地,但是关于北京题材的电影却不是很多。20世纪50年代初期,以老舍的作品为底本改编的电影《我这一辈子》(1950)、《龙须沟》(1952)、《方珍珠》(1952)等是改革开放前少有的讲述北京故事的电影。这些电影通过讲述旧北京、旧社会的小警察、老百姓和民间艺人的悲惨命运来凸显新中国、新北京带来的巨大变化。70—80年代之交,中国社会发生了巨大的转变。反思革命、走向现代化成为主旋律,"老北京""城南北京"的形象开始从被革命历史压抑的叙述中钩沉出来。1982年,《骆驼祥子》《茶馆》又回到了现代文学中。用现代文学的中国来反思当代文学的中国,回归新民主主义时期的中国也是70—80年代之交的政治意识。

20世纪80年代重拍的老舍电影,一方面被不断地追溯为北京的"前世";另一方面,恰如《城南旧事》里的小英子所看到的那样,这是一个贫苦人、受苦人的北京。只是相比50年代老舍的作品被解读为一种对旧社会、旧中国的批评,到了80年代,这些受苦人的故

---

① 李玥阳:《"老北京"与"新城南":京腔京韵再叙城南"新"事》,《艺术评论》2010年12期,第30页。

事被讲述为一种普通人的生活，是一种大历史动荡里弱小个人的悲剧。用现代文学视野下的北京来取代或回应60年代以来所确立的社会主义文艺下的叙述，这样做的目的很明确，就是为了表明老舍笔下的人物只是一些受苦的小人物，而不是觉醒的、走向革命的新人。

第三节　京味影视与现实题材的回归

如果说20世纪80年代形成了老北京、顽主北京和平民北京等3种北京形象,那么在90年代的消费主义背景下,这3种形象又发生了新的变化:老北京变成了古玩北京、文化北京,顽主北京则转化为姜文的青春怀旧与冯小刚的商业贺岁电影,而以胡同、四合院为代表的平民北京依然是讲述"现实主义"北京的典型空间,如电视剧《渴望》(1990)、《皇城根儿》(1992)等都讲述了当代北京普通百姓的人间悲喜剧。

与20世纪80年代逃离体制、寻找体制外的空间不同,90年代的市场化改革使得自由市场及其文化表述成为主流逻辑。这种对自由市场的信念从帝王剧、家族商战剧等讲述个人英雄的故事中获得了清晰的呈现,而自由市场的另一面就是底层的出现。世纪之交讲述底层故事的第六代电影、独立纪录片成为另一种北京风景。本节所选取的文本从20世纪90年代一直到2008年前后。之所以选择这个时间跨度,主要是因为20世纪90年代的文化逻辑一直延续到了21世纪初,直到2008年青春腹黑剧取代了积极乐观的励志剧。

一、现实题材影视剧聚焦北京故事

平民北京是20世纪80年代北京题材影视剧最重要的形象和传统,而90年代依然延续了这种平民北京的故事。1990年,第四代导演张暖忻导演了《北京,你早》。这是一部典型的现实主义电影,讲述了改革开放初期公交车公司的几位青年,面对体制外的诱惑,陷入究竟是在公交车公司端"铁饭碗",还是去体制外做"倒爷"赚大钱的两难选择中。在电影中,私营企业被表现为干净、整洁、工资高的地方,这延续了80年代待业青年的问题意识。几位青年所居住的胡同都是拥挤、昏暗的空间,意味着一种生活的贫困。90年代之初还有几部影响更大的北京平民电视剧,这就是《渴望》(1990)、《皇城根儿》（1992）、《小龙人》（1992）等。

《渴望》的轰动效应与20世纪80—90年代的特殊氛围有关。这部电视剧用80年代的问题意识，也就是知识分子家庭与工人家庭的对立，来回应50—70年代的经典问题，即知识分子与工人能否结合的问题。在剧中，工人刘慧芳住在胡同的大杂院里，与几个姐妹挤在一起，但邻里之间互相帮助；大学生王沪生作为留美教授的儿子，住在装满书的小洋楼里。两种空间形成了截然的对立，再通过日常生活中的诸多细节，如对音乐的态度等，来夸大知识分子与工人的区隔。刘慧芳的朴实、忍受、付出等品德也是劳动人民的美德，而王沪生的脆弱、任性、自私则是典型的小知识分子形象。这种对女性、工人、劳动者的认同恐怕与50—70年代人民作为历史主体的论述有关。如果考虑到同时期台湾电影《妈妈，再爱我一次》在内地的意外热映，这种苦情母亲的故事也恰好转移了80—90年代之交的社会悲情，因为"苦情戏的社会功用，刚好在于它能以充裕的悲苦和眼泪，成功地负载并转移社会的创伤与焦虑"[①]。

如果说赵宝刚执导的电视剧《皇城根儿》是以四合院和一家人的故事为主线讲述了北京普通百姓的"人间喜剧"，那么《小龙人》则是中国影视剧中少有的儿童和神怪题材。3个住在胡同四合院里的小伙伴，在故宫里遇到小龙人，然后一起陪小龙人找妈妈。在路上，他们遇到了翠翠婆婆、白鸽妈妈、雪山神女。最终小龙人在长城上，找到了他的妈妈——中华大地就是小龙人的母亲。中华民族是"龙的传人"，小龙人也是中华民族的象征，从而表达了一种中华民族的身份认同。在这里，小龙人的诞生之地故宫，小龙人与小伙伴生活的四合院，以及小龙人找到妈妈的长城，都成为印证中国人民族身份的空间。20世纪80年代还有一部儿童科幻片《霹雳贝贝》（1988），讲述了一个会发电的小朋友的故事。"电"本身作为

[①] 戴锦华：《隐形书写——90年代中国文化研究》，江苏人民出版社1999年版，第51页。

现代社会的象征，是进步和文明的标志。霹雳贝贝虽然生活中会遇到麻烦，并且被周围的小朋友误解，但他心地善良，也做了很多好事。最终，霹雳贝贝在长城与外星人完成了跨界对话，又变成了正常的小朋友。这部科幻片对于科技、科幻的正面理解也带有中国的特色。相比西方文化，中国现代以来不把科学、科技理解为人类的噩梦，而是进步的未来。1990年还出现了一部反映亚运会的儿童献礼片《我的九月》，讲述了亚运会前夕，大榆树小学的学生为开幕式团体操努力训练的故事。这些电影基本上都是在国营电影制片厂的环境下拍摄的，也显示了计划经济体制下的文化生产对不同类型的尝试。

20世纪90年代末，仍有极具代表性和影响力的平民剧播出，如根据刘恒小说改编的《贫嘴张大民的幸福生活》（1998）。这部电视剧以底层视角讲述张大民一家在极其逼仄的生活空间中的生活故事。以张大民为故事中心，展开了母亲、妻儿和兄妹五人的困窘境遇。虽然同样是平民视角的悲剧故事，但该剧并不揭示苦难的必然性或结构化特征，而是从个人和人性的角度给出回应。"贫嘴"是一种对抗的人生态度，以喜剧化的特征对抗生活琐碎的悲剧性，呈现底层生存渴望所表现出的野蛮化的乐观精神，同时在精神层面上对物质膨胀年代的"幸福"发出询问，引发社会思考。

在面对重大社会公共事件时，此类平民视角的现实主义影视题材也受到人民群众的青睐。作为一种消解宏大叙事、进入重大议题的方式，此类题材能有效唤起群众情感共鸣，刻画"平民英雄"群像。2020年，新冠肺炎疫情影响全球。国内疫情形势好转后，电影《最美逆行》和剧集《最美逆行者》《在一起》先后上映，讲述的都是疫情防控中的平民故事。广受好评的《在一起》采用单元剧的形式，人物主要包括医护人员、外卖小哥、专车司机、普通市民、建筑工人、社区防务、生产人员等等。新时代的平民视角现实主义表达与主流意识形态融合，形成新的生命力。

二、京味喜剧再现市井百态

20世纪80—90年代与北京有关的城市电影，大多与王朔有关系。王朔提供了一种80年代城市故事的讲述方式，这就是游荡在北京都市里的顽主式的人物。他们侃侃而谈，却又随性而为；他们"一点正经没有"，却对纯真的友谊和爱情抱有幻想。从80年代末期的《轮回》（1988）、《大喘气》（1988）到90年代初期的《青春无悔》（1991）、《大撒把》（1992）、《无人喝彩》（1993），都是顽主在都市北京遭遇爱情，最终又无疾而终。其中，以《大撒把》最为典型。葛优扮演的男主人公顾颜在机场送别出国的妻子，偶遇徐帆扮演的林周云送别丈夫出国。于是，留守男士与女士以"过家家"的方式来戏仿家庭生活。与此同时，王朔参与编剧了90年代初最重要的几部电视剧《渴望》（1990）、《编辑部的故事》（1991）、《我爱我家》（1993）、《过把瘾》（1994）。在电视剧《编辑部的故事》中，《人间指南》编辑部扮演着点评社会的全能角色。小小编辑部反映世间百态，指点大千人生。

20世纪90年代以来，冯小刚的贺岁喜剧片不仅开创了中国的贺岁电影，而且创造了冯氏喜剧的模式。"铁打"的葛优、笑料十足的京味段子和琳琅满目的植入广告，这可以说是冯氏喜剧不可或缺的"老三样"，也是冯小刚横扫中国电影江湖十几年的票房撒手锏。众所周知，王朔式的语言风格和葛优所扮演的顽主形象是冯小刚电影的灵魂和最大卖点。不管是《甲方乙方》《不见不散》（1998），还是《大腕》（2001）、《手机》（2003）、《非诚勿扰》系列（2009、2011），葛优都是一个有点"混不吝"的顽主形象，即便在《非诚勿扰》中变身为小有成就的海归男，依然是永远长不大的老顽童。顽主是喋喋不休的"京片子"，嘲弄一切伪善的道德说教，总能让那些所谓的正人君子、成功人士、达官显贵现出"假正经、真小人"的原形。他们把一切高高在上的偶像拉下马，再吐上两口唾沫。他们对小人物、老百姓、弱势者又充满了怜悯之情，不惜怀着感恩之心给像丹姐这样的劳工大众用免费做一天有钱人的美梦这种他们所特有的方式表现出他们真实的内心。

如果说姜文在历史故事中重述的是顽主无法完满的革命理想与欲望，那么冯小刚所塑造的则是顽主的另一副"嘴脸"——一个生活在市场经济时代的当代人。这不得不从让顽主获得自身命名的电影《顽主》说起。这部电影不仅出现了葛优所扮演的油嘴滑舌的顽主形象，而且形成了《甲方乙方》《私人订制》的叙事结构。十年之后的1997年，冯小刚拍摄了《甲方乙方》。这部电影不仅让冯小刚摆脱了20世纪90年代中前期拍摄影视剧惨败的噩梦，而且开创了国产电影市场贺岁档的先例。从此，冯小刚的电影人生走向"金光大道"，冯氏喜剧屡试不爽，甚至在相当长的时间内成为国产片拥有大票房的"一枝独秀"，也奠定了冯小刚作为中国电影最有市场保障的导演的江湖地位。在电影《甲方乙方》中，葛优出演顽主，继续用"好梦一日游"的名头帮人实现梦想。与三T公司相似，"好梦一日游"就像一个社区居委会，承担着帮人排忧解难的"公共"职能。王朔或冯小刚敏锐地把握住80年代，尤其是90年代以来市场交换成为经济社会的主流逻辑，甚至梦想也可以通过市场化的平等交换来实现和购买。在90年代，人们购买的梦想与其说是市场化带来的新梦，不如说是偿还革命的旧梦。在这里，顽主实现了从解构革命到消费革命的转变，是红色消费或体验式旅游的发明者。

三、社会变革背景下书写平民史话

1. 社会变革与北京记忆：宁瀛的"北京三部曲"

宁瀛是生于北京的第五代电影女导演，20世纪90年代以来执导了"北京三部曲"：《找乐》（1992）、《民警故事》（1995）和《夏日暖洋洋》（2000），从不同角度呈现了这个巨变中的城市和生活在城市中的人。2005年，她拍摄的《无穷动》展现了与导演同代的几位女性对成长的记忆和对女性生命的特殊体认。这些影片在国内外电影节上多次展映并获奖。另外，宁瀛还拍摄了《希望之旅》《让我们自己说》《进城打工》等多部关注社会底层的纪录片，其中《希望之旅》

获得2002年法国真实电影节大奖。可以说，宁瀛以纪实风格的影像方式，再现了转型时期普通中国人（如退休老头、民警、出租司机等）的"真实"生活，思考都市人在这个日益变化的时代中所遭遇的情感与创痛。

1992年，宁瀛改编了陈建功的小说《找乐》，使用职业演员和非职业演员相结合的方式拍摄了同名电影。影片讲述了京剧院看大门的老韩头退休后无所事事和一帮京剧票友组织老年京剧活动站，最后活动站因拆迁而解散的故事。在这里，导演以一种诙谐而温情的基调探讨了变革肇始处所遇到的问题：一个业已被旧有价值观念塑造成形的个体如何展开新的生活，或许"我们既是监狱的建造者，我们又是自己监狱的囚徒"。这部电影体现了体制对个人的形塑功能——老韩头虽然退休了，但依然渴望过一种有规律的生活，所以他们的京剧小组成为对单位组织的模仿，老韩头在京剧活动站又找到了在剧院工作的感觉。3年后的《民警故事》，从《找乐》中对祖辈生活的关注转移到了父辈身上。这是一个为老百姓打疯狗而最后自己变成疯狗一样的人的故事。影片讲述了一个派出所的片警发现了一只疯狗，为了居民的安全，民警们将疯狗打死。为了预防可能发生的狂犬病，民警们必须把自己管片范围内所有家畜统一处理掉，因此与当地居民发生了冲突。在一次争执中，主角动手打了一个养狗的群众而受到处罚。在这个充满黑色幽默的寓言式故事里，宁瀛全部使用非职业演员、大量的长镜头等营造纪实风格的元素。影片延续了《找乐》中处理体制（制度）与人的关系的主题，只是在《找乐》中老韩头对解散后的活动站依然存有某种怀念，而在《民警故事》中则是普通人在体制或制度中的异化。这部影片被法国《电影手册》认为带有"卡夫卡式的荒诞、谐趣"。

经过《找乐》和《民警故事》的创作，宁瀛逐渐形成了自己的美学观念。"纪实风格""新现实主义"成为人们指认宁瀛电影的方式。对于宁瀛来说，意大利新现实主义不是把现实加以分解，然后以某种世界观和道德观去评判现实，而是导演通过意识"过滤"现实。在这种创作中，导演"拒绝对人物及其动作进行政治的、道德的、心理的、逻辑的、社会的，或人们所能想到的任何其他方面进行解析"。因此，新现实主义带给宁瀛的并非新的表现手段，而是对于"真实"的全新理解：拒绝将真实作为理性随意拆解的素材，而是将真实重新归于活生生的、令人感动的、一掠而过的平常故事，归于那些我们所置身又可能被我们所忽略的过程。所以，宁瀛的影片更趋于一种主观的真实，是导演眼中的真实。在每次创作剧本之前，她都要和姐姐宁岱做大量的社会调查，从生活中捕捉未来电影的细节。20世纪90年代中后期，伴随着不断的拆迁与重建，北京在短短几年间经历了巨大的变化。在宁瀛看来，熟悉的家园正在消失，旧有的记忆被逐渐涂抹，那些称北京是"家"的人穿梭在消费主义的国际化都市中，"曾经熟悉的一切正在变得陌生"。正是这种"陌生感"使宁瀛决定选择年轻的出租车司机作为《夏日暖洋洋》的主角。影片使用大量的运动镜头和并不突兀的跳切镜头，以在漫游中猎艳的出租车司机德子的视点组合起"一处被破碎与挫败所充满的都市景观"。《找乐》中的老人们为了共同钟爱的京剧每天步行来到活动站，《民警故事》中的民警从第一个镜头便骑上了自行车，而《夏日暖洋洋》中的德子每天开着出租车在城市中飞驰，这种速度的变化所带来的是城市规模的飞速增长和漫游城市的震惊体验。德子的生活从离婚开始，到成功地与东北打工妹、教授之女建立情感联系，再到被教授之女抛弃，德子的命运发生了转折，先后遭到黑社会毒打、乡下父子搭车不给钱、打工女友自杀等一系列厄运。正如研究者论述，这正好吻合德子在这个高速发展的社会中急速下降的阶级身份[①]。

《找乐》《民警故事》《夏日暖洋洋》分别讲述了变革中的祖辈、父辈和年轻一代的故事，呈现了在20世纪90年代属于他们的或许业已消失的情感历程。宁瀛坦言："我曾经熟悉的一切正在变得陌生，

[①] 戴锦华：《电影理论与批评》，北京电影出版社2007年版。

我爱过的人正在离我远去，我们经历的是一次失恋的过程。"因此，她把这三部电影称为"我爱北京三部曲"，用以救赎现代都市人流逝的记忆和家园。

2. 从都市边缘人到底层北京：第六代电影中的北京形象

第六代电影中的北京主要有3种类型：一是以摇滚青年为代表的都市边缘人，如张元的《北京杂种》、管虎的《头发乱了》以及2001年香港导演张婉婷拍摄的摇滚电影《北京乐与路》；第二种是张杨的北京电影，有都市爱情故事《爱情麻辣烫》，也有洗澡堂等老北京空间的《洗澡》；第三种是底层形象，如王小帅的《十七岁的单车》等。

与以前的导演不同，第六代把拍电影作为一种与"个人""自我"密切相关的行为。"拍自己的电影"是他们从事电影实践最重要的动力，而"讲述自己的故事"则是他们宿命的叙事冲动。《冬春的日子》（王小帅，1993）、《周末情人》（娄烨，1993）、《北京杂种》（张元，1993）、《头发乱了》（管虎，1994）、《长大成人》（路学长，1997）、《站台》（贾樟柯，2000）、《昨天》（张杨，2001）等第六代导演的发轫之作或第二部电影，一般都采取画外音或字幕的形式来确认这部作品是讲述"朋友的故事"或"我们自己的事"。从导演的阐述中，也可以看出这是一种非常自觉的自传式书写，比如娄烨提到《周末情人》里的人物"我跟他们就是一样的，没什么区别"；路学长认为"《长大成人》是一个自然流露的作品，不是刻意而为的"，因为"第一次做电影嘛，感性的东西特别多，经常是感觉不到自己是在做电影，往往写的是自己或者朋友的经历，非常自然地在写，自己也会被感动"；王小帅说"《冬春的日子》记载的是生命中最特殊的一段日子"；贾樟柯更直白地说"这种生命经验它逼着你要去讲你自己的故事，我有这个需要，有这个叙事的欲望"[①]。这种带

[①] 程青松、黄鸥主编：《我的摄影机不撒谎》，中国友谊出版公司2002年版，第253页、第204页、第200页、第352页。

有青春自恋式的表白或书写方式在中国电影史中是很少见的。显然，这与他们作为北京电影学院85级或87级毕业生的"科班出身"并在第五代的影响之下从事创作以及20世纪80年代末期的文化氛围是密切相关的。

　　直接以摇滚人为主人公的电影有张元的《北京杂种》、娄烨的《周末情人》、管虎的《头发乱了》、路学长的《长大成人》和张杨的《昨天》等。第六代电影导演借用摇滚表达一种自我放逐或边缘化的姿态，但是他们一致性地选择摇滚作为青春反叛的表征，一方面反映20世纪80—90年代之交，摇滚文化作为都市亚文化的影响力，另一方面也意味着对并不遥远的60年代西方反叛一代的回应或者说效仿。暂且不管这种挪用在多大程度上反映了某种文化的误读和错位，他们所要表达的反叛与其说是对主流文化的颠覆姿态，不如说是一种对社会的含糊的不适应。与《周末情人》《北京杂种》《头发乱了》不同的是，路学长的《长大成人》和张杨的《昨天》对过去的故事带有更多的反思或者说审视。正如《长大成人》的周青回国后对一个颓废的摇滚歌手说："你不觉得你每天都在装模作样吗？"这种嘲讽、批判"过去之我"的行为，或许因为周青的国外经历使其占据了一个异己的位置，或许暗示着导演路学长始终坚持体制内拍摄而与国家的审查体制不得不达成某种妥协。张杨拍摄于2001年的《昨天》则讲述了经常在第六代电影中出演男主角的演员贾宏声由吸毒、精神病到治愈的浪子回头式的故事。影片中经常"回放"或"嵌入"贾宏声在《周末情人》里身穿黑衣迎着烈风从狱中回到上海的场景，一个正面的孤独的主体形象。而当最后摄影机拉开，影片中的场景"还原"为舞台剧，影像的现实感顿时被打破，使观众更清晰地认识到，原来这一切都是对过去的"扮演"，同时也是对过去的否定和弃绝。这种拒绝的态度也许和张杨与"第六代"身份之间的游离有关。这不仅仅因为张杨毕业于中央戏剧学院的出身，还因为他作为"中戏三剑客"之一在美国人罗异的制片人中心制的方式下拍摄电影，即所谓"青年导演小成本制作发行"

的"艺码路线",而这与第六代更多地走独立制片和海外电影节的路线不同。但是,不管怎么说,这些追溯青春往事的叙述,在影片当中并没有给出这种历史/社会的阉割力到底是什么。在这个意义上,他们通过摇滚所呼唤出来的反叛不过是一种想象中的青春自恋式的抚慰。

20世纪90年代末,第六代电影似乎摆脱了"讲述自己的故事",而出现了一些关注城市打工者、下岗工人、妓女等社会底层人物生活的影片。从某种程度上,这些人群与第六代早期电影中的摇滚人或先锋艺术家一样,都处在社会的边缘位置上,区别在于:第六代在前者身上投射了更多的自我想象,而后者则与他们对纪实风格的追求有关,比如王小帅的《扁担·姑娘》(1998)、《十七岁的单车》(2001),王超的《安阳婴儿》(2001),刘浩的《陈墨与美婷》(2002),李杨的《盲井》(2002),王全安的《惊蛰》(2003),等等。这些影片大都受到了国际电影节的欢迎和嘉奖。此外,还有独立纪录片也关注农民、农民工等底层形象,如《北京弹匠》(朱传明导演,1999)、《铁路沿线》(杜海滨导演,2000)、《希望之旅》(宁瀛导演,2001)等。

这种由对社会边缘人群的关注转向底层视野在某种程度上内在于第六代导演的影像策略之中,因为他们一方面关注内心/个人,另一方面也强调对当下/现实进行"记录",正如第六代电影导演的代表性人物张元所说,"寓言故事是第五代的主体,他们能把历史写成寓言很不简单,而且那么精彩地去叙述。然而对我来说,我只有客观,客观对我太重要了,我每天都在注意身边的事,稍远一点我就看不到了"[1]。因此,在张元的作品序列中,很早就追求一种纪实风格。比如《妈妈》《北京杂种》《儿子》等早期的作品,基本上都是根据真人真事改编,《儿子》甚至就由故事发生的家庭成员来出演他们自己的故事。张元自己也参与拍摄了许多纪录片,比如《广场》(1994)、《疯

---

[1] 郑向虹:《张元访谈录》,《电影故事》1994年第5期,第9—13页。

狂英语》（1999）等。所以说，这种对"客观"的美学追求，使他们从自恋式的青春书写转换为现实的记录者，而他们的创作始终与"地下纪录片运动"有着千丝万缕的联系。从某种意义上说，这些20世纪末出现的影片依然在讲述他们自己"看到"的故事。

第四节　新时代光影艺术的北京形象

20世纪90年代，尤其是21世纪以来，文化消费市场有两个重要的变化：一是以电影产业化为代表的文化市场化改革吸引民营资本成为文化市场的主导力量，这也导致经济效益成为衡量文化产品最重要的标准；二是以"80后""90后""00后"等为代表的青年、青少年成为文化消费市场的主力军，这使得包括电影、电视剧在内的文化产品带有青春的面孔。在娱乐化、低龄化、幼稚化的背后，这种变化则反映了新的青年人所遭遇的现实压力。

2005年前后，个人成功以及对帝王、成功者的崇拜开始转变为白领、中产的职场故事，北京也变成他们实现"升职记"的国际化大都市，如《奋斗》（2007）、《我的青春谁做主》（2009）、《杜拉拉升职记》（2010）等青春剧、青春片成为21世纪以来最为凸显的北京故事。

一、视听艺术塑造北京人的中国梦

21世纪以来先后出现了两种重要的电视剧类型，首先是以《激情燃烧的岁月》（2002）、《亮剑》（2005）为代表的新革命历史剧，其次是以《暗算》（2006）、《潜伏》（2009）为代表的谍战剧。如果说新革命历史剧主要讲述永不言败的"泥腿子将军"的故事，那么谍战剧则是有勇有谋的"无名英雄"的故事。与新革命历史剧同时热播的电视剧类型，分别是以《汉武大帝》（2004）为代表的帝王剧和以《大宅门》（2000）、《乔家大院》（2006）为代表的家族商战剧。这些电视剧都呈现了一种开疆扩土、励精图治、成就霸业的王者、强者和胜利者的故事，而且往往把这种个人主义的男性英雄传奇与民族国家的英雄叙述耦合起来，从而支撑起21世纪以来逐渐建构完成的中华民族伟大复兴和"大国崛起"的双重叙事。2006年，电视荧幕上"谍"声四起，谍战剧开始取代新革命历史剧成为最受青睐的电视剧类型。

谍战剧尝试把国共暗战的故事讲述为一种办公室政治,如《潜伏》中的地下党余则成不仅是一个周旋于领导与同事之间的职场达人,而且还是一个有责任心、有信仰的好男人、好丈夫。

就在这种谍战片流行之时,《士兵突击》(2006)、《奋斗》(2007)、《我的青春谁做主》(2008)、《我的团长我的团》(2009)等青春励志剧大量出现。相比《奋斗》等剧以都市青年或"北漂"为主角,康洪雷执导的《士兵突击》和《我的团长我的团》则以农村娃许三多和被正规部队抛弃的"炮灰团"为中心讲述这些更加底层、边缘的人群如何在现实与历史中寻找成功和认同的故事。许三多凭借着"不抛弃,不放弃"的理念实现了做一只合格的"兵蚁"的人生目标①,而"炮灰团"也在与日军的艰苦作战中找到了个体生命的价值和意义。这种从世纪之交白手起家、创造"帝国"的个人奋斗的英雄故事到2005年之后职场白领故事的转移,充分说明了那种在20世纪90年代中后期被自由市场所建构的"从奴隶到将军"式的美国梦开始退场,而能够踏踏实实地做一个有责任、有信仰的职场达人成为都市白领的最大梦想。

二、职场影视剧打造青春主旋律

顽主北京和历史怀旧之后,出现的是新一代年轻人的北京故事。与青春偶像剧和第六代电影中个人反叛社会的故事不同,电视剧《奋斗》(2007)、《我的青春谁做主》(2008)讲述的则是都市青年人、"北漂"在北京职场奋斗、拼搏的故事。在这些电视剧中,青年人所面对的是一个等待他们去探索的广阔社会空间,以及一群共同奋斗、志同道合的好友。在情感与事业的道路上,他们不断遭遇障碍与困境,但

---

① 兰晓龙的小说《士兵突击》(大众出版社,2008)是以"一只蚂蚁蹑行于它这一系侦察蚁用腹腺分泌物标志的蚁路上,这东西对它的重要就如铁轨对火车头的重要"作为全篇开头的。按照作者的说法,许三多就是一只兵蚁,《士兵突击》也叫《蚂蚁突击》。从这里可以看出,《士兵突击》讲述了如何做一只称职的蚂蚁的故事。只要"不抛弃、不放弃",即使如许三多这样的人也可以成为一个出类拔萃的特种兵。

也同时实现了宝贵的个人成长，最终获得爱情和事业的双丰收。

2012年出现了3部与《奋斗》不同的青春剧——《北京爱情故事》《浮沉》《北京青年》。这些剧开始把在外企或市场经济大潮中自由竞争的故事讲述为职场腹黑术。这种从奋斗到逆袭、从励志到腹黑的文化想象，与2011年前后热播的宫斗剧有着密切关系，尤其是改编自网络小说的电视剧《后宫·甄嬛传》。这部剧让自由竞争、实现自我价值的职场彻底腹黑化，使得"宫斗"成为当下年轻人想象历史和言说现实处境的重要方式。2012年热播的青春剧《北京爱情故事》就是例证。

三、北京影视的全球视野与城市形象

中国的不断开放，使得影视作品的题材不断变化，视野也不断开阔，其中最具代表性的就是《流浪地球》（2019）。这部电影开启了中国的全球叙事。从电影一开始，这个中国人拯救地球的故事就放置在全球视角中。这不仅仅是中国的灾难，也不仅仅是亚洲的灾难，而且是整个地球、人类所面临的灭顶之灾。但是电影中所呈现的地缘政治想象是以中国为中心的亚洲版图（主要是东亚、东南亚）。这种中国人以人类的名义挑大梁非常罕见，可以说是中国经济崛起之后出现的一种崭新的文化经验和主体意识。

20世纪80年代以来，中国的世界想象发生了3次转变。第一次是从50—70年代的国际主义转变为80年代的民族国家叙事。这种充满特殊性和差异性的文化逻辑下出现了两种中国故事：一是把自己指认为贫穷、落后的"黄土地"，通过激烈的自我批判来完成中国的民族化、民俗化和东方化；二是追逐"蔚蓝色文明""海洋文明"，把世界简化为西方各国，如电视剧《北京人在纽约》（1993）、贺岁片《不见不散》（1999）、电影《北京遇上西雅图》（2013）和《中国合伙人》（2013）等。这两种中国故事又是一体两面的：中国是传统的、非现代的价值，西方各国是现代的、理想的所在。

第二次是2010年中国成为全球第二大经济体后，中国的"世

界"图景开始出现新的变化。除了作为发达国家的欧美世界之外,中国电影中也出现了东南亚、中东、非洲的第三世界或发展中国家的身影,如《泰囧》(2012)、《湄公河行动》(2016)、《战狼2》(2017)、《红海行动》(2018)等表明中国与这些地区有着密切的经贸关系。在这些电影中,中国从落后的、愚昧的主体变成了现代的、文明的代表,这些发展中国家则是欠发达的、非文明的地方。中国开始占据曾经是西方、现代、白人的文化位置,变成一个现代化的主体。

第三次转变则进一步升级,现代的、文明的中国变成具有全球和人类视野的主体。这就是以《流浪地球》为代表的中国占据了曾经在好莱坞电影中美国人才拥有的位置。《流浪地球》中不同国家、不同肤色的救援队,是这种以中国为人类视角下的文化多元主义。在这个意义上,中国不仅学会了科幻电影的特效,更是在文化心态上完成了一次"翻身"。这种新的文化经验,突破了20世纪80年代以来"落后就要挨打"的悲情叙述,也改变了自加入WTO之后中国作为世界秩序学习者和模仿者的状态。中国一方面有资格思考"人类命运共同体"的大问题,另一方面也尝试用自己的方案和经验来回应普遍性的问题。这是《流浪地球》所带来的文化启示。

鸦片战争后,北京作为末代王朝的都城,代表着积弱积贫的封建中国。民国混战,北京是秋风萧瑟的"故都的秋"[①],也是现代作家老舍笔下受苦人的旧社会。新中国成立后,北京作为社会主义现代化建设和世界革命的中心,是新社会的象征,儿歌《我爱北京天安门》表达了人们对革命北京、政治北京的无限向往。20世纪70—80年代之交转向改革开放,革命北京开始褪色,老北京、民国北京逐渐浮现,与之伴随的是以古玩、字画等为象征的文化北京的流行。90年代市场化改革"一锤定音",以大院顽主为底色的"冯氏喜剧"登上舞台,从帝王剧《雍正王朝》到家族剧《大宅门》也成为世纪之交的

---

① 《故都的秋》是中国现代作家郁达夫的作品,写作于1934年8月。

文化热点。2005年以来,《奋斗》《北京爱情故事》等青春偶像剧热播,北京这一现代化大都市又成为白领职场的舞台。

20世纪80年代以来所开启的现代化本质上是以城市为中心的现代化,与50—70年代的现代化建设路径截然不同。简单地说,这些年来,中国的城市空间经历了双重转型:一是从生产型城市向消费型城市转型,二是从工业城市向后工业城市转型。

1. 从生产型城市到消费型城市

如果说20世纪80年代在反思革命、伤痕的叙述中,一种新中国之前的被压抑的城市记忆重新返回,如老北京、夜上海,那么90年代则把运营城市、城市文化变成了一种城市现代化的文化资本,城市开始拥有自己的记忆和历史。与此同时,城市空间也开始凸显为文化老城与现代化新城的对比。随着文化产业以及城市自身的转型升级,大城市开始变成去工业化的消费主义城市,传统文化、文化遗产被作为城市空间的重中之重和格外需要保护的对象。在80年代的"传统(愚昧)与现代(文明)"的二元对立中,老城一般被表现为落后、贫穷的地方,如北京电影《夕照街》中胡同需要被拆迁,搬进新楼房才是现代化的生活。而21世纪以来,这种传统与现代的逻辑完全被改写,如老城、北京胡同、上海石库门又成为城市的历史文化记忆,而现代化则成了值得反思的事情。一种前现代的、古代城市的遗迹变成城市"历史"的见证,甚至"复古"、复建古城已成为城市的任务。正是在这种文化观念之下,曾经在50—60年代发生的北京老城墙的毁坏被看作历史的"遗憾"。当然,什么被作为非物质文化遗产本身是有选择性的,比如皇城、胡同被作为老北京的遗产,而50—70年代的社会主义北京则无法被遗产化、被空间化。这使得"老炮儿"尽管继承了大院顽主的精神,却只能披上老北京胡同的外衣。除非如798工厂一样华丽转身为文化创意中心,否则工厂、工业"只能"变成历史的遗迹,这正是后工业社会的典型理念。

2. 后工业城市的浮现

2012年第65届戛纳电影节上有两部中国中央电视台制作的纪录

片同时推出，一部是讲述中国悠久饮食文化的《舌尖上的中国》，一部是讲述近些年中国重大工业项目的《超级工程》。传统美食和工业化是当下中国最重要的两副面孔，但两部纪录片的播映效果却大相径庭。《舌尖上的中国》迅速成为热点话题，不仅掀起人们对家乡美食、传统文化的重新认识，而且出口海外传播文化软实力，而《超级工程》却无人问津，没有引起任何反响，尽管港珠澳大桥、上海中心大厦、北京地铁网络等都代表着当下中国工程业的最高水平。继《超级工程》之后，2013年11月央视再度推出呈现中国重装备制造业的纪录片《大国重器》，但同样无法与2014年春季播出的《舌尖上的中国2》所引发的轰动效应相比。这样两种纪录片的文化遭遇，正好反映了后工业社会的文化逻辑。在后工业的视野中，一方面认为工业是污染的、落后的、异化的空间，是已经被后工业所超越的时代，这就使得《超级工程》《大国重器》等工业故事很难被接受，另一方面去工业化的浪漫想象又推崇一种无污染、绿色、有机的文化田园，而《舌尖上的中国》恰好营造了这样一种前现代的美丽乡愁。重新反思后工业社会的文化逻辑，可以更清晰地理解当下中国的社会结构和文化形态。

第四章

守正出新的北京美术、书法

北京美术、书法事业的变迁有力地应和着时代的脉搏，忠实地反映出中国历史和文化的主流，尤其在抗击新冠肺炎疫情等举国一心的事件上堪为表率。北京美术界、书法界人才辈出，整体氛围奋发向上，敢于打破窠臼，引领潮流。70年来，几代艺术工作者孜孜不倦的探索、勤勤恳恳的积累，共同形成了北京美术、书法发展的大势：守正出新。对这些现象的研究与书写，构成了新中国美术、书法宏大叙事的核心单元，其中既包括美术和书法各具体门类的发展，也包括相应艺术观念、艺术理论的变迁，还包括艺术交流交易平台的建构、城市艺术空间的演进、多级艺术市场的繁荣。

第一节　北京美术、书法的发展

作为全国文化中心，北京的美术和书法体系完备、种类齐全，在过去几十年的发展中呈现出积极进取的面貌，虽然在各个时期、因具体社会历史条件的不同而呈现出一定的起伏，但在内部互动与外部支持下实现了长期的动态平衡与整体的和谐：每一时期，都有一个或几个种类因为能更好地呼应时代召唤、满足社会需求而表现相对突出，其他种类则自觉反省，完成调整，实现积累；每一时期，都总体保持正确的方向，不断将创作和研究水平推上新高度，参与引领了中国文艺的发展，始终对人民负责，为最广大的群众提供高品质的视觉文化作品。对既往成就和存在的问题进行梳理、反思，能够使我们清楚地认识北京美术和书法事业在现阶段的水准，了解其优势和不足所在，更好地把握未来发展的具体方向。

一、北京美术的发展与创新

1949年新中国成立，是一个划时代的巨变，从此这片土地上的人民肩负着前所未有的使命，共同踏上了光辉的新征程。在这样的历史背景下，北京的美术界自觉凝聚起来，成了这一时代的业界表率。一般认同，北京美术的发展与创新可以概括为5个阶段。

（一）大众的美术，民族的美术

北京美术在新中国成立初期的17年里发生了许多事情。如今回顾，当时主要做了两件大事：打造大众美术，表现民族精神。美术家们在摸索甚至斗争中找准了新中国美术的原点，一边搞创作，一边抓教育，从混沌中淬炼出辉煌，对新中国美术史有开辟之功；在以美术服务最广大的人民群众这一前提下推陈出新，拿出了一批扛鼎之作，为奠定国家美术之根基作出了卓越贡献。

1949年11月23日，毛泽东批示同意文化部部长沈雁冰署名发表

《关于开展新年画工作的批示》，为新中国北京美术画定了起跑线。北京的新年画、连环画、宣传画、漫画这几个小画种一马当先。大众美术登上大雅之堂，成为这一时期最突出的创新。同时，北京不少国画家投身中国画改造。但在战争岁月里发挥过重要作用的版画艺术却经历了短暂的徘徊。

带有强烈民族和时代特色的革命历史画创作吸引了许多身在北京的大艺术家参与，尤以纪念碑雕塑与壁画大放光彩，典型如天安门广场上的人民英雄纪念碑。另外，北京的建筑设计、工艺美术等领域也在新中国成立17年内推出了不少精品。展览、出版和市场在这一阶段的美术事业中各自起到的作用也可圈可点，北京的平台和政策优势很明显。

（二）广泛的停滞，畸形的繁荣

1966—1976年，北京美术陷入了"政治决定一切"的困境，艺术的功能性被极端强化，个人的表达则被过度压抑。美术机构瘫痪，正常的展览停办，艺术市场遭到破坏，多种美术杂志停刊。美术史论研究沦陷，"史"成了"论"的注脚。油画民族化的探索虽然没有完全搁置，但只能悄无声息地进行。只有"文化大革命"后期出现的一些连环画，风格清新朴实，成了此阶段大众美术领域难得的成就。

与广泛停滞形成鲜明对比的是一片畸形的繁荣，尤为突出的是版画和壁画。群体创作的宣传画、大字报、小字报、漫画席卷了整个北京城。与之相呼应，北京的美术类出版物数量可观，却品种单一，几乎只有"样板戏"图书和毛泽东像。在油画和出版两个领域创下纪录的作品《毛主席去安源》，还有从北京掀起的为毛主席塑室外雕像的热潮，一起制造了时代的奇观。

（三）复苏、改革、新潮、创造

1977—1989年，通过大量"拨乱反正"的工作，北京的美术创作和教学逐步回到正轨——重归艺术本体。在开放和自由的条件下，北京美术渐入反思、争辩的活跃状态。"八五青年美术思潮"的运动标志着勇于突破和革新的中青年画家成了研究和创作的主力。直至1989年中国美术馆的"中国现代艺术展"结束，这场运动才渐趋沉寂，但由此带来的新理论、新方式、新视角、新立场影响深远，给美术机构、展览事业、艺术市场带来的刺激也非常显著。北京美术界在这一运动里是中坚力量。

在此阶段，中国画领域受激进思潮冲击最大，但也因此进行了深刻的反省。由于西方思潮涌入，油画的发展相对顺利，尤其是1985—1987年，以古典写实主义为首的油画创作和展览一度非常热闹。雕塑和壁画以新的面貌和身份参与重塑了城市的公共空间，并伴随着北京的建设和改造而繁荣起来。伴随着媒体发展，上一阶段起到重要作用的年画、连环画、宣传画、漫画却渐渐变得"小众"起来，成了北京城市文化的历史记忆。设计的概念呼之欲出，北京美术的发展从这一角度呈现出更为现代化的特征。相比上述起伏比较明显的美术种类，北京地区的版画在这12年里发展比较沉稳。北京美术先天带有守正的品质，而新特质的出现让我们明白，它在前卫和创新的队伍里毫不落后。

（四）探索、积累、思考、调整

1990—2000年，北京美术呈现出多元的面貌，不同门类的表现颇有差异，但其共同之处在于均受到市场、中国文化本体和提倡个性化表达这三大因素的制约。20世纪90年代，艺术市场概念兴起，北京的展览和美术出版事业蓬勃发展。其间，设计行业成为从美术衍生出的重要增长点，在北京地区实现了教学、创作与商业结合的综合创新。

中国画的创作出现了回归传统的趋势，老中青画家纷纷重视笔墨运用，北京此时是捍卫传统的重镇。受市场影响，油画界更为活跃，新生代油画家首先崭露头角，"玩世现实主义"表现相对激进，

"艳俗艺术"后来也引起了关注。以学院派为创作主体的北京版画界则与市场保持了一定的距离,在重视内在精神、表现个体生命状态等方面独具品质,呈现出沉淀和坚守的态度。而北京的雕塑界在这个阶段除了通过公共艺术在社会上引起关注,还更深入地探讨了雕塑语言问题,使雕塑艺术与当代文化结合起来,进一步发展了架上雕塑。北京的壁画与前述及各门类的积极进取形成了反差。自改革开放以来,壁画即与建设工程密切关联,然而这种关系成就了它在80年代的空前兴旺,也导致了它在90年代陷入质量"低谷",所以壁画进入了一个反思阶段兼调整期。北京文化的包容使很多带着戾气的东西被光明所消融,朴素、务实、大气的城市气质极大地促进了美术创作的繁荣。

(五)新世纪与新时代

进入21世纪后,伴随着经济和社会的高速发展,北京美术打开了新局面。史论研究呈现出多元格局,原本的范式也不断被突破。带有传统意味的工艺美术成功过渡、转型为艺术设计。原本已经沉寂的"北京大众美术现象"凭借"文化记忆"的新定位而受到收藏、拍卖、当代艺术等多领域的格外关注。同时,各个美术种类之间的边界开始模糊。北京越来越国际化,大众亲近美术的场馆、设施、渠道越来越多,北京美术也变得越来越丰富、充实。

受到挑战的壁画界通过一系列积极的学术活动,完成了反省,在形式和定位上作出突破,融入公共艺术范畴,获得了新的发展。奥运会的重要契机给北京的城市雕塑创造了空前的机遇,与当代艺术完成对接的架上雕塑则以实验性更强、内容更丰富的面貌,也赢得了一席之地。同样注重实验性的北京版画,在前一个十年的探索基础上又迈出了一大步,表现出更为当代性的审美品格。油画和国画的发展不似前一阶段那样强势,但北京的油画家们开始自觉探索中国油画的自主发展道路,比以往更为注重提升精神品格、反映民族审美精神。在中国画领域,更年轻的画家登上历史舞台,北京国画界正在以新的创作书写新的历史。近20年来的北京美术是中国的，也是世界的；是民族的，更是大众的。传统和创新在这里辩证统一，显示出了更为牢固、更有底蕴的文化自信。

（六）疫情之下，众志成城

2020年伊始，新冠肺炎疫情突然来袭，牵动着亿万中国人的心。在凶险的疫情面前，各地医护人员、军队医疗队抛家舍业，逆行到了抗击疫情的最前线，为挽救生命而战斗。新闻工作者纷纷主动请缨，迅速集结，为群众带来抗疫一线的最新消息，也向疫情的中心——湖北传递着来自祖国各地的关切。

为了助力新冠肺炎疫情防控工作，为逆行者们壮行鼓劲，北京市文联、北京市美术家协会发出了开展阻击新冠肺炎主题文艺作品创作的倡议。美术工作者虽不能置身抗疫一线，但能用善于发现的眼睛找寻素材，能用手中的画笔记录万千最美逆行者的形象和故事，能用巧妙的设计把晦涩难懂的知识普及到群众心中。首都美术工作者积极响应号召，抗疫斗争的严峻残酷，军民一心团结奋战的身影，白衣天使舍生忘死的事迹，联防联控的故事与科学知识，都成了备受关注的创作题材。短短一月时间，北京美术界就推出了一批高水平的美术作品。作品表现的主要人物有全民敬仰的钟南山院士、李兰娟院士、张定宇院长，如《赤胆忠心钟南山》《所愿除国难　再逢天下平——李兰娟肖像》，更有那些被防护服遮住了面孔的普通医生护士和牵动着亿万中华儿女情感的湖北风光，如《2020·出征》《挺立风云》等。众多作品汇集到一起后，现实主义风格明显占上风，一方面因为它们直接参考了大量的新闻照片和采访视频，另一方面美术家们有着为时代立传、为生民立心的使命感，不约而同地想要把最鲜活生动的瞬间、最深沉浓郁的感情直接表现出来。同时，大批设计精巧的海报、浅显易懂的漫画以更大的数量涌现出来，它们从不同角度反复刻画病毒的危害，呼吁健康生活的必要。在有效组织下，这些作品或适时进入拍卖捐赠环节，或择优刊登、发布、展出，从而使优秀美术作品鼓舞士气、激励人心的作用得以充分发挥。

北京美术这70年的发展，有过筚路蓝缕的艰辛，也有过举世瞩目的高光时刻，已经形成了一个有传统、有坚守、有生命力的整体，对中国甚至世界美术均有所影响。如今，北京美术的创作与教学已经步入了新时代，新篇章正在徐徐展开。未来会有很多变化，甚至不可预知，但北京美术这个概念的新内涵值得期待。

二、北京书法的继承与发扬

书法作为一种深刻反映中华文明特质的艺术形式，已经存在了数千年，早已形成了逻辑自洽的体系与深厚的传统，对整个东亚文化圈而言，意义十分重大。70年间，书法的存续不得不面对此前漫长岁月里未曾有过的社会条件与巨大挑战。北京的书法家们为中国书法艺术的发展作出了重要贡献，不仅继承了传统的精华，还促进发扬了书法的魅力。70年虽不是很长，但北京书法的发展也经历了几次重要转折，大致可以划分出4个各有特征的发展阶段。

（一）传承与复苏

这个阶段延续了将近30年，其间创作与理论方面都明显带有新中国国成立初期的独特印记。行草书复兴是新中国书法发展史的序篇。这种现象从传承上讲，是延续了民国中期草书复兴运动的势头；另一方面，毛泽东以个人学养和书法修为助推了行草在当时的流行。

1956年成立的北京中国书法研究社对北京乃至全国的书法发展起到了重要的推动作用。这一社团存在时间很短，但几乎囊括了在京的所有书法大家，且以这种模式作出了榜样，带动了江南地区的书法家群体。具体而言，北京地区碑体行书创作小有成就；帖学旗帜下的行草书家呼应"回归二王"的潮流；章草之法也在这一时期开创了新境。另有齐白石、郭沫若等名家的书法值得重视。1965年的"兰亭论辩"溢出北京范围，进一步扩大了书法在整个中国的影响力。中国书法的魅力还通过对日交流和展览的渠道得到了提升，在北京举办的几次交流展和相关活动，其意义远远超越了书法艺术本身。具体到书法教育方面，最初的10年里，无论是大众普及还是学校教育，书法都没有受到足够的重视。但到了1960年左右，书法家的声音和社会大众的需求两相呼应，社会上的书法学习班渐渐多了起来，直至"文化大革命"才陷入低潮。

在这个近30年的阶段里，北京书法界中表现相对突出的是老一辈书法家和书画家，他们的理论、创作、展览和教学活动使中国书法艺术领域一度遭到压抑的部分精华释放出来，对我们正确看待、完整继承中国传统书法起到了重要作用，当得起承上启下、继往开来的美誉。

（二）激进与现代

改革开放之际，书法界的美学大讨论之热烈程度堪比美术界的盛况，专业和一般媒体对书法的宣传也开始增加。在这样的氛围中，北京书法界实现了又一次现代启蒙，解放了思想，开启了极为活跃的十年，其间创作风格多样，理论研究广泛且深入。

1981年5月，中国书法家协会在北京成立。中国书法界从此拥有了跟美术界同等的独立组织机构，为日后以北京为中心发起重大活动打下了基础。20世纪80年代，北京书法界活动频繁：一方面，与日本和新加坡的书法交流数量多、质量高，引人注目；另一方面，全国性的书法大展制度迅速完善起来，进一步繁荣了北京的书法事业。

一些年轻书法家逐渐从全国性的书法大展中脱颖而出，这些新鲜力量推动了北京地区的书法发展。1986年左右，"书法新古典群体"形成，风貌迥异的"现代书法"也登上历史舞台，北京的书法界初步分出传统式创作与现代式探索两条道路，两者互相影响，并行不悖。专业领域的热度波及民间，北京的书法爱好者人数可观。20世纪80年代的大众普及式书法教育颇有成效，但在高校书法教育方面，比前一阶段已经起步的江苏、浙江、上海等地稍显滞后。

（三）理性与传统

由于硬笔书写早已成为全民现象，再加上计算机迅速普及，书法的实用功能变得很少，其艺术价值却受到了更多的关注。书法"是艺术、是学术"的观念深入人心，再加上专业媒介和团体的引导，20世纪90年代的中国书法界大体趋于理性。作为独具优势的文化中心，拥有广泛和高素质的群众基础，北京在中国书法界的中心地位逐渐凸显出来。

北京书法界拥有领导性的机构组织、强大的理论和创作队伍、丰富的学术媒体资源，还在对外交流领域具有中心效应，因而在总结与反思20世纪80年代的成就得失、深挖书法与中国文化的关系、探讨书法的继承与创新问题等方面都作出了成绩。90年代末期，掺杂着诸多内涵的"世纪末"心态也对北京的书法界造成了影响，催生了更多讨论和重要的回顾展。

综观这10年的种种，北京书法在回归传统与多元发展两大趋势交织成的繁荣局面当中，起到了积极重要的作用。古典群体、新文人书风等主要流派均与北京有所关联。北京书法事业的成就在教育方面也有具体表现：1994年，首都师范大学成为中国首个具有书法博士招生点的高校，并于1988年设立了博士后流动站。这是中国高等书法教育体系开始全面完善的重要标志。这样的学术和教育资源为北京书法事业发展提供了源源不断的人才。

（四）新经典与多元化

随着中国的国际地位持续提高，北京的文化势能不断增加，居中守正的作用日益明显。这一时期的主流书风倾向于开掘经典，重新回归书法的本源、本质、本体，对20世纪末出现的"丑书"过于流行等现象加以清理。进入21世纪后，北京书法界以推出"大家"的方式表现出"众星拱月"般的气象，通过引领地方书法事业发展的形式开创了书法艺术的盛世，并在与各具特色的地方书法团体、书法文化生态圈的互动中壮大了自身力量。

研究与创作的繁荣在北京营造出了非常好的书法教育氛围，并带动了各层级书法教育继续向深广发展。高等院校里的书法专业、中小学校园里的书法课、培训机构里的书法班，甚至对外汉语学校里的书法体验项目都不断创下新的纪录。北京是中国书法多元发展的重镇，也是孕育出"泛书法艺术"的沃土。书法为当代艺术、艺术设计提供灵感，得到了重新审视和创造性的再诠释，如2008年北京奥运会的体育项目图标设计，就借鉴中国书法的形式，打造出别具韵味的视觉景观。新时代的北京书法及与之相关的文化事业呈现出了更大的格局，更多本专业乃至跨领域的有生力量正在汇入这一事业，昭示着充满活力的未来。

（五）面对疫情，书法有担当

北京书法家协会于2020年1月30日发出倡议，号召首都书法家积极行动起来，为取得抗击疫情胜利尽一份力量，争做有情怀、有担当、有奉献的书法工作者。在这紧张又特殊的时刻，北京的书法家积极响应北京市文联、北京书法家协会的号召，以汉字文化圈特有的艺术方式投身全民抗疫的斗争中。截至3月底，北京书法家协会已收到442位书法家捐赠的作品1085幅。这是书法家们克服种种困难，用爱心完成的创作，回响着时代的强音。

北京的书法家有感而发，从不同侧面讴歌了全国人民在党中央坚强领导下，勠力同心、同舟共济抗击疫情的伟大事迹，致敬广大医务工作者和人民解放军向疫情中心逆行以守护生命的壮举，赞美全国人民无条件支援疫情重灾区的同胞深情。有130余幅书法作品赠予北京援鄂医疗队。116幅书法作品、9枚篆刻印章于3月26日至29日现身北京市文联主办，北京书法家协会、北京文津阁国际拍卖有限责任公司承办的"以艺抗疫"北京书协慈善义拍活动，在网上分4期拍卖。全部作品采取无底价起拍，佣金分文不取，最终全部成交，筹得善款43.8万元，全额捐赠国家指定慈善机构，专门用于抗击新冠肺炎疫情。书法家们的情怀、担当、奉献无愧于当代艺术工作者的使命。

北京书法的发展始终没有离开中国书法艺术的传统。与其说外部的刺激触发了这一事业的创新，不如说新鲜的冲击总是在敦促书法业界人士面对现实需要，深入思考中国书法的精神，不断挖掘中国文化的宝藏，并使之真正服务人民、造福社会。书法的创新必定建立在真正继承传统的基础之上，只有恰如其分地发扬蕴含在书法里的中国精神，书法的创新才能取得成功。汉字是世界公认最能代表中国的文化符号之一。书法艺术和汉字相伴相生，从远古一直传承到当今的新时代，突破了信息技术的壁垒，经受住了西风东渐的审美冲击，不仅没有衰落，还有随着中国步伐扩大影响力的趋势。书法本身就是经典的中国故事，最高雅也最通俗。北京有责任也有能力传颂、续写这个故事，不愧对伟大的文明和伟大的时代。

北京美术和书法发展的70年历史精彩而耐人寻味，然而引人唏嘘抑或发人深省都不是研究的最终目的。真正重要的是，我们可以从已经发生过的事情中获得经验和教训，分辨演进的轨迹和规律，从而得出专业的总结、作出有价值的判断，清醒地开展更多实践，去创新去发展。

北京美术在国内几乎一直处于明显的中心地位，做了许多非常重要和正确的事情，这些在上文均有谈到。与此同时，我们应当看到，在发展速度震惊世界的中国，在这个国家的心脏，美术事业遭遇了多少冲击和挑战，例如如何回报人民，如何服务城市，如何破旧立新，如何积蓄实力，如何应对不同文化乃至不同文明的冲击，如何在交流中保持合适的态度并适时调整应对的策略，等等。历史向每一个时代的北京美术都抛出了难解的命题。今天的成绩来之不易，未来的道路仍需要披荆斩棘，要明确许多新的原则、准备许多新的预案，更好地去创造新的历史。

与美术界的情况有所不同，在不同时期，中国书法界有多个重镇。作为重要的领袖城市，北京在以往的格局下如何统筹全局、如何主导中国书法界的生态和机制，如何兼顾普及和提高，都是值得在这个转折时期继续深入思考的问题。中国不可能独立于全球一体的系统之外，北京越来越成为举世瞩目的大都市，书法这张文化名片如何打造，书法对城市精神文明建设的作用如何发挥，以北京为代表的中国书法如何进一步确认其文化身份、如何扩大其审美影响力等问题都有待解决。北京书法界任重而道远。

第二节　新时代北京美术、书法的创新发展

新时代的号角已经吹响,应该如何继续推动北京美术、书法事业的发展?和其他艺术门类一样,美术、书法创作需要自由,但这种自由绝不是毫无限制、无边无际的。如今市场对艺术生产的影响很大,但市场绝不能成为检验艺术家成功与否的唯一标准。站在城市的视角看待本地区美术、书法的发展问题,首先要在宏观尺度上把握好创作边际问题,采取有效措施鼓励能够增强群众文化获得感和幸福感的创作活动。对于管理者而言,一项重要的实际举措就是搭建和维护好有利于美术、书法发展的平台与机制。在当代经济技术条件下,一方面要继续重视对公共文化场所的软硬件建设与适当改造,另一方面要切实关注互联网空间里的美术、书法交流。立足当下,在首都北京营造健康清朗的文艺生态,不仅能造福本地艺术家和群众,而且能对新时代全国文艺的发展起到示范和带动作用。

一、艺术观念与艺术理论体系的变革

观念和理论不是艺术最直观的部分,但却是一切艺术表达的核心。在新时代,北京要促进美术和书法的变革,应当使改革的力量作用于创作和研究的深层,避免只能在局部出现问题之后进行表面修补的被动局面,应当梳理出一系列前提和原则,才能在需要时解决好千变万化的具体问题。

(一)艺术观念的塑造

自改革开放以来,中国的艺术观念逐渐变得非常庞杂。尤其是近30年来,中国社会的发展日新月异,速度之快、步伐之大,世所罕见。无论是中国内部还是外部,对这种速度和力度的反应都很复杂,有时还会出现意想不到的情况。艺术观念骤变之际,冲突在所难免。从某种意义上讲,存在即合理,局部的、短暂的观念碰撞在艺术界不

仅常见,有时还会引发有价值的讨论,有益于社会的正向变革,但是很显然,实际情况并非总是如此。观念背后的推动势力居心未必良善,未必同中国最广大人民群众的根本利益一致。

从20世纪80年代开始,北京就成了中国艺术观念变革的最前沿和主阵地,即便很多事件的端倪和发起本在其他地方,但当它们变得足够有影响力时,往往已经跟北京有所关联。所以,为了保障北京乃至全国人民群众的文化权益,要真正关注自下而上的声音,观察和研究不同社会群体的艺术观念如何生成,进而顺应民意自上而下地对美术和书法从观念上实施引导、加以规范,关键的机构和团体要有能力对抗文化领域的极端或消极因素。

未来,北京的美术界、书法界应当继续坚持正确的文艺方向和创作导向,遵循以广大人民为中心,与新时代同步伐,以明德引领风尚的基本原则。就当代的实际情况而言,落实这些原则需要重视新老并存的复杂客观因素,不断完善评论评价体系。新技术撑起了新的当代媒体行业,给艺术作品的评论评价体系引入了新的影响因素,这一方面为人民群众提供了发表评论评价的渠道,另一方面也导致了唯收视率、唯点击率、唯发行量等不良现象。群众和市场的力量如不加以正面引导,有可能被滥用。北京在美术和书法领域应当在尊重群众意愿和市场规律的基础之上,打造有影响力的主流媒体平台,培养有公信力的专家团队。三方面的标准平衡统一,最有利于形成符合新时代中国实际情况的评论评价体系,影响艺术观念的塑造,使之成为掌握在中国人民手中的文化权力,成为新时代中国文化自信的有机组成部分。

(二)艺术理论体系的整合

诸多因素决定,北京对当代中国的艺术理论体系建设起着举足轻重的作用。因此,北京应当对这一体系面向现在和未来所必须进行的整合负起责任。现代中国的艺术理论体系主要建立在马克思主义艺术理论基础之上,保有中国古典艺术理论的部分影响,还带着西方近代以来资产阶级艺术理论植入的痕迹。伴随着中国社会主义文化发展，这一理论体系也在与实践的互动中持续变化。理论源于现实，也对现实施加作用。从现状来看，在过去的70年里，北京美术和书法的理论体系建设是有成效的，对艺术的专业教育和大众普及起到了积极作用。

而今的艺术理论体系整合所要面对的影响因素比以往任何时候都多，但坚持马克思主义艺术理论的主导地位这一点不能变。对与之构成对话、争论甚至斗争等复杂关系的其他学说可以批判地吸收。中国的发展是独一无二的，没有现成的案例可以照抄照搬，适应新时代国内外文化环境、有利于北京本土文化和艺术发展的艺术理论体系也将呈现出包容的格局并富有创新性。笔者认为，新时代伊始的这一轮正在进行中的整合，将会去除庞杂体系中的后殖民话语，纳入更多的本土理论创新，反映艺术理论界以北京和中国为本位的深入思考。深度挖掘中国传统文艺理论，深刻理解中国文化和艺术的现实，体现以北京为代表的中国理论自信和道路自信，会成为新时代的主流。

北京推进艺术观念与艺术理论体系变革的根本目的是使文艺更好地造福于广大人民群众。要运用中国智慧研究本土的艺术现象，提出新时代艺术领域的中国方案。要引导北京美术界和书法界的艺术工作者们不断提高创作水平，进而提升大众的审美能力和水平，帮助群众在获得精神享受和身心放松的同时，潜移默化地形成积极健康的世界观、人生观和价值观。

二、文化交流展示平台推动艺术创作的繁荣

美术、书法的艺术价值为大众所共享，但大众直接购买和拥有原作的情况毕竟有限。在当代社会，绝大部分情况下，这些艺术作品会通过多种媒体渠道呈现在公众面前，并往往以之为话题和中心引发人们进行相关的交流讨论。北京的美术和书法创作之繁荣在中国首屈一指，其原因之一正在于北京早已成为中国博物馆、美术馆等艺术交

流、展示平台最发达的城市。近年来，跟北京有关的线上艺术品交流和展示每天都在增加，还不时出现与之相关的互联网热搜事件。如果把线上线下各类明显具有艺术性的工艺品、文创产品的展示也纳入统计范畴，数字还会变得更为可观。种种迹象都表明，北京的艺术交流展示平台建设已经很有成效，目前主要是把统筹和引导做得更好，同时把构筑平台文化机制等软性工程做到实处，使之对推动艺术创作繁荣起到更显著的作用。

（一）深耕文化交流交易平台的软件与运营

论及线下文化交流交易平台的实体硬件建设水准，在数量和质量两方面，北京都具有突出的优势。仅以博物馆为例，依据2019年的相关调研，北京地区有161家博物馆，平均每12万至13万人就拥有一座博物馆，数据明显优于全国平均的每26万人拥有一座博物馆，而且人气最高的故宫博物院就坐落在北京。虽然对比全球几个主要的文化中心城市，北京现有的此类文化场所数量还应当有所增加，但现阶段把现有资源全部调动起来，使之充分发挥作用，显然也是性价比更高、更符合实际的一个努力方向。换句话说，就是要通过深度调研、横向借鉴，提升北京地区文化交流交易平台的软件与运营水平。

首先要关注的是相关法律法规、条令条例的制定和完善。随着交流和交易日渐频繁，原有的系统虽在不断调整，但仍有部分环节滞后于现实发展，近几年已经暴露出一些局部的问题。而文化艺术交流交易的平台，无论是实体还是在线上，都应当是有序的，做到有法可依、有据可查。杂乱无章、低效低劣的信息过分流动、无序传播会大大损害创作、受众、平台运营三方的利益，对社会和意识形态领域产生负面影响。

其次要进一步提高场馆和平台管理、运用的专业化程度。博物馆、文化中心在很大程度上是去商业化的，不能走画廊、拍卖行的路。这些机构也具有明确的专业性，不能简单套用其他类型事业单位的管理模板。依据不同性质和特点，针对具体工作岗位的需要，引入博物馆学、艺术管理方面的专业人才，打造专业技术性强的团队势在必行。在中国，这一过程已经开始，但远未结束。而北京应当作出表率，走出新路，为更广阔的地区提供可以借鉴的案例、模板。

另外，要延续以往的踏实作风，并运用创新的工作方法深入基层，做细做实。除了那些万众瞩目的名馆、大店，北京各区都有文化中心、美术、书法教育等机构。新时期的工作应当能够进一步作用于它们，使这些细胞在线上线下都活跃起来。一方面，可以借鉴国外一些社区博物馆和文化中心的成功经验，使本地居民真正享受到本土文化，并逐渐形成吸引外界目光的区域特色；另一方面，可以更好地运用自媒体等工具，集思广益、群策群力，在群众真正有需求之处切实创造便利，使区内交流平台与社区、院校联动，使更广泛的群众能在家门口就有机会与专业人士进行交流，更轻松自在地亲近艺术。

（二）打造重点与热点项目，构建产出精品的机制

在网络时代，"热搜"现象有时是大众关注自发形成的，但更多情况下是商业资本运作的结果。抓好文艺创作统筹规划，持续打造重点与热点项目，是引领美术和书法艺术主流发展方向的重要举措。要尽量避免文化艺术领域频繁出现"劣币驱逐良币"的情况。通过推广健康向上的美术和书法作品，能够很好地丰富大众的文化生活，提升大众的文化获得感和幸福感，也是推动相关文艺政策落地落实，使广受人民喜爱的艺术家受惠的重要途径。

依据重大时间节点，如建党、建军、建国等，美术和书法界已经形成了一些集中创作的惯例，北京在这类活动中一直起着积极带头的作用。这样的优良传统值得进一步发扬。同时，也不能把思路局限在时间节点上。国内外的以往经验证明，适时推出主题创作工程同样行之有效。根据不同时期的中心任务，撬动社会资本参与文艺创作生

产，发挥各类文艺专项资金、基金的作用，针对各重大题材、重点、热点作品给予精准扶持，有利于在北京营造良好的政策环境，促进首都筑就新时代文艺创作的高峰。

当前，有必要注意评价机制和监管体系的完善，包括完善创作会商机制、论证研判机制、科学评估机制、黑名单机制等，还要注意线上线下标准统一、无缝衔接，使网络世界成为北京文化生活的新空间，真正构建起孕育精品和经典的完整平台机制。只有具有鲜明时代性的主流美术和书法作品处处可见，才能确保文艺百花园里的核心景观积极健康。

美术和书法作品生产的终极意义在于造福受众，而艺术家的价值也在这样的过程中得到升华。搞好艺术家和广大受众之间的联络性环节，确保交流真实有效，打造可持续的专业化运营机制，才能保障美术和书法的社会价值得到实现，艺术家也可以因此更受关注和尊重。

三、公共艺术、景观艺术与造型艺术的发展

北京是一个国际化都市，传统与当代交融。从四面八方来到这里的人们有着非常多元的审美需求，也期待这座城市带给他们新鲜难忘的艺术体验。北京的艺术影响力辐射全国，并受世界关注。我们有理由相信，新时代北京在艺术方面的引领作用还将进一步加强，其示范效应、社会价值应受到充分重视。在城市的尺度上看待艺术发展的问题，在很大程度上意味着要注意探讨公共艺术，思考景观和艺术的关系，以及造型艺术在城市里的生存状态和所起的作用，等等。

（一）完善公共艺术文化政策

北京以往的公共艺术创作和管理，主要集中在城市雕塑领域，其成效有目共睹。从凝聚着民族精神的人民英雄纪念碑和"北京十大建筑"的附属公共雕塑到亚运会、奥运会筹备期间的主题公共艺术，水平都在全国前列，对当代北京的城市形象塑造起到了重要作用，因此而出台的相关政策、规定、纲要，也在全国起到了模范引领作用。盘

点以往的成绩和方案，对比新时期北京对公共艺术的实际需要，我们可以梳理出现阶段及未来一段时期内的发展重点，归纳出几点新思路，以供参考。

从总体来讲，城市布局正在进行重大调整的北京城，需要一套针对各区域特质展开的、确实可行的公共艺术总体建设方案。该方案应当经过多方论证，与北京城市发展需求准确匹配，并有相应的制度建设与之相伴。就艺术形式而言，基于20世纪末21世纪初的条件，城市雕塑被视为公共艺术的重点。如今，更为多元灵活的艺术形式已逐渐普及开来，它们也应当进入公共艺术政策制定者的视野，打破北京在公共艺术建设方面的单一局面。由于北京面积较大，实际情况复杂，新的方案不宜过快落地、全面铺开，而是应当理性建设，先在特定区域内进行老城改造和新区建设两类试点，在实际操作中摸索经验，再通过完善公共艺术文化政策，保障其适时推广至北京全域，使公共艺术在改善城市环境、增强社区认同等方面发挥更大作用。

（二）促进城市景观艺术的类型扩充与要素平衡

城市景观艺术是城市景观的构成部分，可以使城市的意义获得耐人寻味的可视化表达，并以艺术的方式凸显城市特色。置身于城市景观艺术中，人们不但会因景观元素的形状、颜色、材质而获得感官享受，而且会在领略景观所蕴含的丰富意义中体验到更高层次的精神享受。为了便于理解，有研究者曾将景观艺术作品整体视为一种符号，并归纳出6种主题类型：城市文脉、人事纪念、宗教哲学、生活情趣、自然生态和观念创意。北京的城市基础设施建设水平早已今非昔比，到了应充分重视景观营造的发展阶段。

作为一个成功的发展中国家的首都，北京的城市现代化进程是用几十年时间走过了欧洲城市数百年的路，而且这个进程还在以相当可观的速度继续着。过快的建设速度使得城市景观营造很难思虑周全，于是留下了一些遗憾，比如景观主题单调重复，经典作品数量不足，等等。迈进新时代，在制定公共艺术文化政策、规划新时期北京城市公共艺术蓝图的过程中，相关部门可以借鉴国内外成功案例，在延续区域文脉、挖掘景观深度方面下功夫，有意识地从6种主题类型里作出选择，从而更好地匹配精神需求，同时应注重实用功能、本土文化和自然生态等要素之间的平衡，使城市景观真正艺术化地凸显出北京独一无二的魅力。

（三）引导造型艺术深度参与主流文化价值创造

壁画、雕塑、多媒体和装置类当代艺术会较多地参与到当代北京公共艺术和城市景观艺术的建设中。在这个过程中，国画、油画、版画等艺术形式及从事这些创作的艺术家，在城市中的存在状态、与城市发展的关系则并不那么清晰明确。尤其是那些以自由职业状态生活在北京的艺术家，由于种种原因，并不能经常被特定时间节点和重大主题创作活动覆盖到。他们同样能构成一种文化力量。因此，怎样才能引导这样的力量深度参与新时代主流文化价值创造或者围绕主流文化进行丰富的表达，而避免被不良因素所左右、所支配？这足以构成北京艺术事业未来发展的主要命题之一。

要相信专业人士的专业素养。北京的艺术创作者整体上是德才兼备的，具有很大潜力。在艺术教育普及、公众审美提升项目方面加大扶持力度，可以使更多的基层艺术创作者有机会与公众交流、互动，使他们的艺术以具体而生动的形式服务于社会，能够帮助艺术家建立信念，逐渐形成主动服务于新时代北京基层文化建设的热情。这既是对艺术力量进行正向引导、促进造型艺术健康发展的积极举措，也是增强人民群众和艺术创作者双方获得感、幸福感的双赢方案。

建立完备的管理机构，完善新时代北京的公共艺术文化政策，在促进城市景观艺术的类型扩充与要素平衡方面打造经典的"北京方案"，并通过宏观与微观相结合的策略引导造型艺术深度参与主流文化价值创造，充分发挥城市在艺术发展进程中的积极作用。唯其如此，北京的美术和书法才更有可能实现创作的全面繁荣，达到新的艺术高峰。

第三节 艺术与文创产业集聚区兴起与市场繁荣

除了专业、文化、政治和政策因素外,艺术空间和艺术市场的创建、发展对北京地区艺术创作的繁荣也起到了重要推动作用。从历史实践来看,这两者在北京是共生共荣、互为促进的。近十年来,它们的内涵都在不断丰富,成了艺术与诸多周边领域跨界融合的场域。在此期间,美术和书法等艺术形式对社会的综合贡献也日益显著。

一、北京城市艺术空间的发展

城市里为公众能够感受艺术、亲近文创而存在的专门区域,都可以被广义地认为是城市艺术空间。自新中国成立以来,北京在城市艺术空间方面并未出现过空白,但在不同历史阶段,艺术空间的类型、数量、影响力以及对社会和大众的作用方式有所差异。这些差异的出现折射出中国全面发展的身影、北京城市文化特征的几次变迁。北京的城市艺术空间发展大致可以归纳为4种类型的相继产生、叠加与互动。

(一)博物馆、美术馆、展览馆充当绝对主体

北京自新中国成立伊始就开始发展博物馆事业,除了专门的美术馆外,也不乏一些非常具有艺术性的综合性博物馆。另外,几个展览馆也举办过广受好评的艺术展览。这些公有的、非营利性的机构共同奠定了首都北京城市艺术空间的基调,其空间设计、运营管理在国内处于领先地位,不仅奏响了中国艺术的主旋律,还打开了中国与世界艺术联通的窗口。

在这一阶段,北京的城市艺术空间相比现在显然是数量少且类型单调的,但那些年的北京无论是城市规模还是人口数量,都不可与现在相提并论。而且,处于起步期的新中国几乎所有事业都在积累和摸索中,当时的艺术空间其实并不比其他建设项目的水准低。例如,中

国美术馆、北京展览馆等甚至名列"北京十大建筑",至今都堪称精品和经典。除了在"文化大革命"期间闭馆以外,这些场馆大多是北京大众喜爱的文化休闲空间。虽然在几十年里,它们并不能提供丰富的艺术衍生品和多元化、个性化的服务,但却在艺术匮乏的年代里满足了人民群众对艺术的基本需求。

(二)"无序"的自由艺术家聚集地悄然出现

改革开放伊始的10年里,在西方各种思潮涌入并泛滥的大背景下,有些外地艺术家,迷恋着乌托邦式的"自由",试图以"自由"的身份对抗一切"束缚",却大多在不成熟的艺术市场和转型的社会中遭遇了尴尬。他们寻找到的暂时解决方案是先以一种类似波西米亚人的状态留下再说。其中一些人逐渐聚集到了生活成本比较低的地方,比如最早的"圆明园画家村"。

在临近20世纪末的十几年里,自由艺术家的聚居地在北京悄然出现。这些聚居地在受到媒体关注并吸引了更多艺术家入驻之后,往往被命名为"××艺术区",并引起了非艺术从业者越来越多的好奇。于是形形色色、大大小小的艺术区成了20世纪末北京的一种文化景观。它们丰富了北京城市艺术空间的层次,显示出艺术在城市中存在的另外一种可能性。然而这些空间又因为在发展中存在各种问题和隐患,并不能在这个城市里扎根,于是大多或快或慢地消失了。继承了"无序"特征的画家聚集地,如今最有名的是宋庄。而宋庄也不是一种最终的状态,它也在不断演进,逐渐转型。

(三)为城市续文脉的"798"式艺术区兴起

在"圆明园画家村"消失之际,另一种艺术区的发展则日趋兴旺,其突出代表是798艺术区。首先,与无序甚至杂乱破旧的画家村选址不同,798艺术区所在地原是新中国"一五"期间由苏联、民主德国援助建设的北京无线电联合器材厂。如此大规模的包豪斯风格厂房世界罕见,堪称工业发展史上的标杆,其建筑设计考究、质量极高，厂房内部光线均匀稳定，具有独特的历史感和美感。其次，导致798艺术区快速转型的"导火索"是1995年中央美术学院从市中心搬迁这一事件。当时，北京无线电联合器材厂是这座中国最知名的美术院校搬迁期间的临时中转地，而雕塑系以相对较小的代价租用了工厂的闲置仓库作为雕塑车间，并长久经营下来。这被认为是798艺术区诞生的重要标志。因此，这个艺术区的产生带有鲜明的学院特征，是以中央美术学院为首的艺术家力量为它提供了思想来源与专业支持。而后，798艺术区以独特的综合优势吸引了众多艺术家和画廊入驻，并迅速成长为北京最受瞩目的热门地点之一。

受到这一典范案例的启发，其他具有相似之处的艺术区也陆续出现。原有功能衰退的老旧区域在这样的思路之下，可以实现创造性、开发性、非破坏性、环保式的改造，重新焕发活力。虽然存在至今仅有短短的二十几年，但这种类型的艺术区却已经历了不同的发展阶段。它们以多功能并存互补的嵌入式、开放式发展模式保护和延续了北京的城市文脉，通过新功能叠加和转化，形成了大众喜爱的文化艺术场域，并且尝试把城市的历史与文化生动地传递到未来。城市管理体制改革和探索也从中挖掘出了新思路。

（四）文创产业集聚区彰显新的活力

中国社会经济积累到一定程度之后，艺术设计对于产业的意义愈发重要。798艺术区等城市艺术空间逐渐向文创和旅游相结合的方向转化，而另一些并不具备明显艺术基础优势的地点在精心策划打造之下也成了非常受欢迎的文化创意产业集聚区。"文化创意产业集聚区"这一概念的实践承载了诸多新问题的发生与演变，高科技、文化创意、时尚社区、生产与消费统一、商业与艺术结合等理念纷纷落地。政府在促进文化创意产业发展中如何扮演适宜角色，这些区域给出了各具特色的答案。

2019年初，首批北京市文化创意产业园区名单发布，33家园区入选，其中7家被确定为国家文化产业创新试验区的特色园区。在总结前几十年艺术集聚区发展的经验和教训的基础上，经过自上而下的统筹，多种业态和形式的艺术单元在园区碰撞组合，文化事业与文化产业逐步实现融合发展。这些园区往往被誉为文化新地标，为北京民众的生活提供了许多便利和享受。

二、北京艺术市场的繁荣

现代北京的艺术与文创市场经历了近30年的发展，受政治、经济、学术等因素影响，在摸索中前行，虽存在时间不算长，却已几度浮沉，经历了不少变迁。截至目前，北京的艺术与文创市场初步建立了具有自身特色的体系，与国外成熟的案例相比仍处于发展的初级阶段，但其影响与作用不容抹杀，积累下来的经验更是值得总结与思考。

（一）北京艺术市场结构初步形成

自新中国成立以来，北京的艺术市场一直存在，但其形态和构成在改革开放前后有巨大的不同。与艺术思潮、创作、理论等领域的变革相比，艺术市场明显更需要经济基础，所以标志其转变的事件发生于改革开放的经济成果初步显现以后，具体时间是20世纪90年代初。

1994年，"92北京国际拍卖会"正式开槌，标志着中国拍卖行业重新登上历史舞台。1993年5月，中国嘉德国际拍卖有限公司（简称嘉德）成立。依据国际惯例，嘉德于1994年3月在北京举办了第一次大型拍卖会。这三年的连续动作基本上宣告了现代中国艺术品拍卖行业的诞生。1995年，"95中国艺术博览会"在北京举行，规模比前两届大得多，反响也非常热烈，标志着中国艺术市场开始从无序走向有序。同年，以798艺术区为代表的艺术区也开始出现，与艺术市场紧密相连、持续互动。

20世纪90年代中期，中国艺术市场初步形成：一级市场包括古玩市场、画廊、艺术博览会等；二级市场主要指艺术品拍卖市场。

（二）北京艺术市场的积累与空前活跃

自现代中国艺术市场形成以后，北京即总体居于首位，占其成交总量的一半以上：古玩市场独占鳌头，传统与现代画廊共同发展，艺术博览会日趋完善。此外，艺术品典当、艺术品金融等新的业态相继出现，使整个市场日益多元化。

对艺术市场起到重要推动作用的传播、研究、教育也逐渐发展起来。20世纪末21世纪初，北京的纸质媒体和电视媒体在中国艺术市场的宣传方面贡献良多。北京地区的艺术教育和研究资源优势在21世纪伊始就开始显现。针对艺术市场的各种基础研究、调研报告、数据分析不断涌现，为艺术市场培养专业人才的多层次办学局面也很快打开。

除了综合性的艺术博览会，北京的艺术市场还催生出了主攻古董文玩、艺术衍生品等方向的专门性展会。2004年、2006年，中艺博国际画廊博览会和艺术北京博览会先后成立。北京地区艺术博览会开始释放出规模和品牌效应，并呈现出制度化建设趋势。

2005年，中国艺术市场出现了一次井喷式的增长。艺术品拍卖创下历史新高，全民鉴宝的热潮开始席卷神州大地，艺术市场成了全社会的热门话题。此时的北京艺术市场空前活跃，甚至不时受到全球瞩目。2008年之后，奥运效应消失，全球经济危机的风险暴露，中国的艺术市场热才暂时冷却下来。

（三）北京艺术市场进入调整期

在经济高速增长的中国，21世纪的北京艺术市场也曾奔跑跨越，但积累下来的问题终究要得到解决。奥运之后的冷却期结束之后，北京的艺术市场不但没有全面回暖，反而在5年的相对低迷后，因为中国整体经济增速放缓而表现出了真正的下滑。拍卖市场的偶尔高价成交不仅无力提振整个市场，反而引发了新的问题。

如果存在一个理想化的艺术市场消费金字塔，那么大众购买应当成为庞大而坚实的底层支撑，艺术品投资是中间段，艺术品收藏则是顶端。中国艺术市场前十几年的消费结构并非这样，而是投资和收藏占比过高。在这种不合理的消费结构下，诚信不足、过度炒作、缺乏规范等问题纷纷暴露出来。

在已经超过10年的调整期里，北京艺术市场表现得越来越理性。全社会都认识到，良好的秩序是艺术市场稳健发展的必要保障。于是，针对前一阶段的野蛮生长和局部乱象，在扩大人才规模和多学科互动、持续深入研究的基础上，北京对艺术市场的管理力度不断加大。在建立组织机构与制定政策法规两方面，北京多次试水，为全国艺术市场的管理提供了依据和参照。

由于博物馆文化日渐普及、网络售卖平台高速发展，北京艺术市场的演进与文化创意产业的兴起出现了部分合流的趋势，未来的增长点很可能就潜伏其中。

在内外因的共同作用下，新时代的北京艺术空间和艺术市场将实现进一步的优化与升级，朝着更有利于自身及社会的方向发展。搞好这两个领域的管理和运营，不仅能够促进美术、书法、艺术设计的全面繁荣，使艺术更细致全面地服务于人民，还十分有利于打造富有北京特色的艺术品牌，提升北京的文化影响力。

通过对北京美术、书法事业各个组成部分进行历史梳理、经验总结、现状分析及未来展望，我们更加深刻地理解了其守正出新的根基如何建立、机制如何形成，复杂的因素如何在不同条件下发挥作用，下一阶段的主要工作可能落在何处，等等。更重要的是，明确这些事实、分享这些推论，将有助于北京的艺术工作者和相应管理者更好地认识自身，把握时代机遇，肩负起属于这一代人的责任，少一些迷茫，多一些坚定，为伟大的人民和伟大的时代而奋斗，继续开拓创新，为中国的文艺百花园再添锦绣。

第五章

时代律动中的北京音乐、舞蹈

音乐和舞蹈是比较抽象的艺术形式，它们不像绘画可以用典型的、栩栩如生的形象表现人们的审美趣味和时代社会变迁，也不像小说、戏剧可以用情节来表现人们的曲折命运和时代、社会的生活细节，但它们又是最直观的艺术，具有生命的本体性特质，或歌或奏，或舞或蹈，都是人们最直接的情感抒怀。"乐不可以为伪"（《乐记》），从某种程度上来说，指的就是这个意思。虚情假意的人只能表现出造作的乐舞，诚心正意的人方能创作出真诚的作品。只有真诚的作品才能成为乐舞的经典。而经典的音乐和舞蹈往往又成为特定时代里人民心声与情感的集中体现。所以，一个时代有一个时代的乐舞，一个时代有一个时代的精神图谱。不同时代（或时期）的经典乐舞勾勒出社会发展中人们的情感变迁、价值选择与趣味追求。回首新中国成立以来北京音乐与舞蹈的经典或精品创作，我们至少能看到这样一种文化图景：一是属于地方的、北京的，那方水土那方人的情感归依与历时变动；一是作为国家的，以首都人民的名义折射出中华民族、中国人民的情感跳跃与精神律动。

第一节　京腔京韵的艺术塑造

　　腔韵本为音乐名词。在音乐中，腔有声腔与唱腔，而韵则与音乐的调式调性以及特定音乐语汇的使用相关。中国在先秦之时，书写载体贵重，或金石，或简帛，等等。先民以声传教，赋之乐声，可传之久远，所以知识的传承尤其重视乐教。正因如此，乐成为中华文化表达的母体形式，深深影响了所有的文艺类型，以至"腔韵"这个词最后可引申并普遍应用到中国文艺与文化表达之中，如舞蹈中有身韵之说，生活中有腔调之语。本节所谓的京腔京韵就是借用腔韵这个泛指的概念，介绍一下具有北京地方文化特色的音乐和舞蹈。

一、京味歌曲的"北京唱响"

　　京味歌曲，即具有北京地方韵味的歌曲。

　　韵味主要体现在两方面。一是音声的质料具备北京的地方传统或民间音乐风味，也就是说，一听到这种歌曲，就能够让人自然地和北京地方传统或民间音乐联系起来，而不是其他。二是歌曲表达的内容属于北京地方文化范畴，比如北京的景观、北京的民俗、北京人的性情、北京的故事等。按照歌曲韵味"浓度"，也就是歌曲与北京地方传统或民间音乐的区别度，以及与北京地方文化的同质度，可以将京味歌曲分为戏歌类京歌与一般京歌两大类型。

（一）在守成中创新的戏歌类京歌

　　所谓戏歌类京歌，就是那种带有浓浓的京腔京韵的歌曲，这种歌曲和北京传统的或民间的地方音乐品类具有直系的亲属关系。两者十分接近，以至于不老到的欣赏者会感到真假难辨。

　　戏歌类京歌按照音乐的文化血缘关系可分为诸多类型，目前主要有两大类型。

　　一是京剧戏歌，如《青衣》（陈道斌、孙红莺词，吴小平曲，

2007)、《梨花颂》(翁思再词,杨乃林曲,2003)、《梅兰芳》(刘鹏春词,吴小平曲,2004)、《我是中国人》(金国贤词,孙花满曲,1995)、《卜算子·咏梅》(毛泽东词,孙玄龄曲,1966)等。

二是曲艺京歌,如《重整山河待后生》(林汝为词,雷振邦、雷蕾、温中甲曲,1985)等。

对北京地方民间音乐传统的守成是浓浓京腔京韵的渊源。

这种守成主要体现在旋律、歌词创作和唱法三方面。比如,《梨花颂》的创作基本沿循了京剧"四平调"的声腔程式,具体来说,做到了五点沿循。

第一点是调式沿循,采用了京剧"四平调"的宫调式;第二点是骨干音沿循,该曲突出"四平调"的胡琴定弦"5"和"2",构成了京味浓郁的戏歌旋律;第三点是旋法沿循,形成了"四平调"式的婉转缠绵的音乐风格;第四点是落音沿循,采用了"四平调"式的较为自由的落音(非收腔尾句),从而使音乐性格的色彩和蕴藉更加丰富饱满;第五点是特定乐汇沿循,采用了"四平调"的后复式收腔方式(所谓后复,就是把最后一句的最后一个乐汇再次重复,作为腔段的结束),音乐顿显余韵绵长。

在歌词创作上,《梨花颂》也彰显了中国传统京剧旦腔戏词的含蓄、婉约、情境、意韵之美。如"梨花开,春带雨,梨花落,春入泥",细细品味会感受到作者的用心:梨花洁白恰如杨贵妃如凝脂般的肌肤,用梨花代指杨贵妃;花开花落,既指草木一季,又暗指美人一生;梨花带雨喻指美丽女性的哭泣,"梨花落,春入泥"喻指杨贵妃最终的悲剧人生。短短12个字,没有一句说杨贵妃,却把杨贵妃的一生都说尽了,可谓含蓄、委婉。梨花虽开得灿美,但却在春雨之中,雨若天泪,因而在造境上是刻意带了情——伤情;"梨花落,春入泥"中的"入泥"一词,微言大义。这实际上用了一个诗典:"落红不是无情物,化作春泥更护花。"(清·龚自珍)这里仅仅用了"春入泥"三字就把杨贵妃香陨马嵬坡事件给出了自己的历史判断和人物评价,这种评价绝无白居易《长恨歌》中的恨意,而是一种有憾的圆满。

戏歌类京歌在唱腔方面可以称为戏曲的通俗版,有守成也有删减,但在唱法上却一点都不含糊,还是追求"原汁原味"。这"原汁原味"里又有行当、流派之分。比如《梨花颂》要唱出"梅派青衣"的自然、清丽、婉约、甜美才有味道,而《重整山河待后生》要唱出"骆派京韵大鼓"的宽广、抒情的特质,尤其是在字头喷口、字腹行腔、字尾归韵方面更是要讲究。

所以,戏歌类京歌为普通观众喜爱,为戏曲票友追捧,"梨园"人士也十分自珍。据说,著名的"梅派"艺术传人、梅兰芳之子梅葆玖不仅多次献唱《梨花颂》,甚至连他安葬时所放的音乐也是《梨花颂》,可见他对这首作品多么喜爱。

如果说戏歌类京歌在腔韵上做的是守成功夫,那么在形态上和表现形式上则体现出了突破和创新。

还是以《梨花颂》为例,其在音乐创作中也进行了诸多打破固有程式的改变,如从京剧四平调慢板的眼起板落到歌曲作品"板起板落";删减去原声腔程式中多"前叠""衬字""腔音",而使音乐表达变得晓畅,叙述节奏加快;变原声腔的"七字三逗"或"十字三逗"为"六字二逗"的句式;在伴奏上,改京剧"三大件"为管弦等。

(二)具有北京味道且通俗流行的一般京歌

一般京歌,是指审美感受上有北京味道,但又与纯正的京腔京韵的北京地方传统民间音乐存在一定距离的歌曲。从性质上来说,前者基本属于大众歌曲和流行歌曲类型,后者属于戏歌类型。因而,一般京歌的受众更加广泛,流传度更广。

一般京歌分为两类。一类是融合式京歌,比如《故乡是北京》《门前情思大碗茶》《说唱脸谱》《北京的桥》等;一类是拼贴式京歌,如《北京,北京》《新贵妃醉酒》《北京一夜》等。

融合式京歌,在音乐上通常会采用"歌曲结构+戏曲底蕴"的方式创作。比如,《故乡是北京》采用再现三段体ABA结构,A段和B段呈现对比关系,而在段内音乐写作上则充分融入京剧"高拔子"声腔音乐元素,呈现出高亢激越的音乐风格。在具体写作上,开始段采用了京剧的散板,中段采用了原板,结束段又采用了摇板(紧打慢唱),等等。

  这种作品和戏歌类京歌非常类似,最大的区别在于唱法。戏歌类京歌通常采用原汁原味的戏曲、曲艺唱法,而融合式京歌则一般采用民族唱法。具体区别,如《梨花颂》用的是小嗓(假声)演唱,而《故乡是北京》则采用混声唱法。

  拼贴式京歌大多属于流行歌曲的范畴,其特点就是在流行歌曲中加入了原汁原味的戏歌类京歌。两者形成鲜明的对比。拼贴式京歌在唱法上也采用拼贴的方式,如李玉刚的《新贵妃醉酒》第一段就是抒情式流行歌曲,而插入段则是京剧的"梅派"青衣唱腔了。

  总体而言,在中国歌曲发展史上,京味歌曲因其特有的"北京味道""北京韵味"成为一抹独特的文艺风景,受到人们喜爱。但从目前来看,京味歌曲在创作上还是存在视野相对较窄的问题,如主要音乐素材来源集中于京剧、京韵大鼓、北京琴书、单弦等少数戏曲曲艺。实际上北京地方俚曲小调数以十万计,只不过运用这些民间音乐元素创作的歌曲真正传唱开来的很少。可见,京味歌曲的创新与发展还有十分广阔的空间。

二、京韵器乐的"北京奏响"

  京韵器乐,原本说的是有北京韵味的器乐作品,实际上在具体作品中,"韵"只是一个泛指的概念。也就是说,"韵"可以是北京地方音乐的风味,也可以是借"韵"发挥表现在各种味道的音乐作品中。这是因为器乐不同于歌曲特别是大众歌曲那样,在创作中注重大众口味。器乐化的音乐作品主要属于纯音乐范畴,尤其是其中的钢琴乐和管弦乐,承载音乐内容的往往是大型音乐体裁形式。这种作品的学术分量很重。从某种意义上来说,西方乃至世界音乐史基本都是由这些作品构成的。因此，器乐或器乐化作品最注重的是艺术创新价值或艺术史上的学术价值，否则就根本不会留下来。由于作品的个性特点十分突出，对其分类和共性创作规律的归纳也就难免有所疏漏。

下面我们就试对京韵器乐创作创新情况做一分类介绍。按照作品的取韵方式进行划分，京韵器乐大致可分为三类。

第一类是"原料原汁"的京韵器乐，如鲍元恺的《京剧》交响曲（2006）、邹航的管弦乐小品《北京色彩》（2012）等；第二类是"原料新汁"的京韵器乐，最具有代表性的是如张朝的钢琴曲《皮黄》（2007）；第三类是借韵发挥的京韵器乐，如叶小纲的第二交响曲《长城》（为钢琴、声乐、民乐以及交响乐队而作，2001）、刘文金的二胡协奏曲《长城随想》（1982）等。

首先，我们来谈谈"原料原汁"的京韵器乐。

所谓"原料"，指的是音乐材料；"原汁"指的是原料提炼发生形态之变的新作品。举一个形象点的例子，苹果作为原料，经过破壁、脱水等工艺流程，变成了苹果珍或果粉，最后，再冲水成为果汁。从苹果到苹果汁，就是这种"原料原汁"音乐的创作过程。举例来说，鲍元恺的《京剧》交响曲包括"快板""谐谑""慢板""快板"4个乐章。原料上，第一"快板"乐章的主题采自昆曲《单刀会》唱腔（昆曲是京剧的声腔来源之一）；第二"谐谑"乐章的主题分别采自京剧曲牌《柳青娘》、《正八岔》（二黄）以及京剧过场音乐《行弦》；第三"慢板"乐章主题采自《白蛇传》中白素贞唱段《亲儿的脸，吻儿的腮》的过门音乐（反二黄）；第四"快板"乐章的三个主题分别采自《群英会》中周瑜唱腔、京剧曲牌音乐《小开门》（西皮）和《空城计》中诸葛亮唱腔（西皮二六）。尤其要强调的是，这些"原料音乐"在交响乐主题创作中基本是引述，即"一音不改"的（2020年微信采访鲍元恺时，他如是说），显然，其突出体现了"原料"性。"原汁"，即作品中不仅包含原料的韵味，更具有原料的灵魂（这里指的是音乐的思想内涵）。还是以《京剧》交响曲来说，四个乐章分别表现了"净""丑""旦""生"，即京剧行当中体现民族性的四种类型人格。再比如邹航《北京色彩》主题的核心材料采自京剧的西皮声腔，而表现的则是古都北京的现代风貌，因此也可归属到"原料原汁"的类型，但后者音乐风格是现代与传统的交融，单纯从"韵味"的角度来说区别也是颇大的。

其次，说说"原料新汁"的京韵器乐。"原料"，同样说的是音乐的核心素材源自传统的北京音乐。比如张朝钢琴曲《皮黄》的十段音乐分别以全曲由"导板""原板""二六""流水""快三眼""慢板""快板""摇板""垛板""尾声"10种京剧板式来规定，音乐的节奏律动特征也和原京剧板式相同（导板的散，流水的趋紧，摇板的紧拉慢唱，垛板的催，等等）。在音高组织上虽然没有原样引用，但核心音列却是从京剧声腔中提取的，所以也体现了"原料"性特征。至于"新汁"，就是作品表达了不同于"原料"的新思想内涵，比如《皮黄》实际表现了作曲家回忆中的跌宕人生。

最后，介绍一下借韵发挥的京韵器乐。这里的"韵"不是前两类京韵器乐中的韵（北京传统或地方音乐的腔韵），而是宽泛意义上的"风度""格局""气质""情趣"等。准确地说，这里的韵就是题，是与北京符号相关的题，其实质就是借题发挥的创作，因此形式表现也是异彩纷呈。如叶小纲的《长城》交响乐以北京地标景观长城为题旨，表现的却是"文化包容下的多彩的中华民族人文风景"，其乐分九章，其中《嘉峪关》借鉴了西部维吾尔族及西亚地区的民间音调，表现的是边塞风情；《长城好汉》中借鉴使用了蒙古族、回族的民间音调，表现的是彪悍、自由、奔放的边塞住民的性格、风度；等等。刘文金的《长城随想》也是如此，虽然其假借长城之名，甚至乐章题名也是如此（包括"关山行""烽火操""忠魂祭""遥想"四乐章），但在实际音乐表现上，不仅使用了京剧中快板、垛板的音乐素材，借鉴运用了京胡的音乐旋法和演奏技法，同时在写作中还借鉴了钟磬云锣的音效、古琴的绰注、琵琶的扫弦、书鼓的击拍节奏等；从音乐表现的内容来看，作者采用了感兴、抒情的创作方式，如前两个乐章分别从关山联想到中华民族数千年的历史文明，从烽火台联想到民族自卫战争，后两个乐章的想象由此展开。青山处处埋忠骨，长城内外皆英魂——想到为保卫祖国捐躯沙场的英雄，由此生发出悲壮、感人的悼歌（"忠魂祭"），最后畅想未来，对祖国明天许下美好的期愿（"遥望"）。简言之，作曲家借长城之题表现了风景、战争，表达了对民族英雄的敬、对祖国炽热的情。

总体来说，京韵器乐的作品数量虽然规模不大，但作品多为名家创作的名曲，而且从创新类型的角度来说，各美其美，不分优劣，比如"原料原汁"的鲍元恺《京剧》交响曲是当今高雅音乐舞台上的常演曲目并有近10个版本的唱片（其中包括汤沐海指挥，贝尔格莱德爱乐乐团演奏，由英国百代EMI出品的唱片），借韵发挥的二胡协奏曲《长城随想》已经成为中华国乐里程碑式的作品，而叶小纲的《长城交响曲》则是"一带一路"国际文化交流传播的一张音乐名片。而"原料新汁"的钢琴曲《皮黄》亦是如此，连续获得了多个国际奖项（2007年获首届"帕拉天奴"杯中国音乐创作大赛第一名；2008年参加美国NAMM获奖作品展等），并成为郎朗等知名钢琴家的音乐会常备曲目……但同时，辩证地来看，京韵器乐精品在数量规模、题材内容涵盖、民间音乐的发掘利用等方面还相对有限，系统化的创作工作方兴未艾，还存有很大空间。

三、传统文化的舞蹈再现

中国古典舞是当代人对传统文化的一次重要创新，正因为中国历史上并没有完整保留下具有传统意义的古典舞蹈，才需要应时创建一种具有民族代表性的舞蹈种类。这一舞种的称谓是欧阳予倩首先提出的，也是20世纪50年代初期中国民族舞蹈学科始建时，舞界专家和学者给予立项的一个"名义"。[①] 中国古典舞的当代建构在当时属于一种国家行为，目的是希望有一个舞蹈种类能够代表中国的传统文化登上大雅之堂，与西方的高雅艺术芭蕾舞相媲美。中国古典舞的当代建

---

① 李正一：《建立中国古典舞训练体系》，《舞蹈论丛》1981年第3期。

构也符合民众的一种精神需求,满足当代人对传统文化的眷恋和崇尚以及对古典文化精神的诠释和重构。带着这样一种历史责任,中国古典舞开始踏上了一条艰辛而曲折的征途——找寻一种能够代表中国传统的具有典范性的古典舞蹈。

(一)从戏曲到舞蹈:不入虎穴,焉得虎子

20世纪50年代初期北京舞蹈学校创立的中国古典舞,以继承传统舞蹈为依托,以体现古典文化精神为宗旨,其中最主要的举措就是以戏曲舞蹈为直接母体,遵循欧阳予倩所阐发的从戏曲中继承和创建当代中国古典舞的构想。众多专家从保存传统相对最多、程式也最完备的戏曲舞蹈中重建古典舞蹈本体机制,再创当代传统舞蹈的风貌:以戏曲舞蹈程式为动作依据,提炼出古典舞的动作形态、动作规律、动作风格等;以"圆流周转""起承转合""周而复始"为文化根基,确立了平圆、立圆、八字圆的动势路线;以"拧""倾""圆""曲"为体态塑形,以"仰""俯""翻""卷"为动态变化,促成了古典舞的基本形态特征和运动活性基因。总之,古典舞从戏曲舞蹈的程式化语言机制和系统运动方法中逐步完善,形成了传统舞蹈在当代的一个新品种。

正是遵循党和国家提出的"古为今用、洋为中用""百花齐放、推陈出新"的文艺方针,古典舞的开创者们运用"以我为主、多元吸收"这一方法开拓出了一条创新之路。唐满城在1980年提出了"不入虎穴,焉得虎子"的著名论断,这是在总结了古典舞从1954年以来吸收戏曲舞蹈战略性成果的基础上得出的一个实践性结论。对戏曲舞蹈的动作借鉴,是古典舞在创立初期考虑最多的因素,这本身就意味着继承和发扬、借鉴与吸收、取与舍、增与减、变与不变等诸多实质性的问题。这一时期,古典舞涌现出了大量戏曲舞蹈类型的作品,其中男演员主要以"生行"的"武生"为基调,女演员主要以"旦行"中的"青衣"为基调,代表作有《春江花月夜》《霸王别姬》《宝莲灯》《鱼美人》等。当前的中国古典舞继承了戏曲、武术等中

国优秀传统文化的精髓，提炼了东方文化神韵的整体审美特质，借鉴了西方舞蹈体系化建构的经验，是中国传统文化和人文精神的高度体现。

（二）从身段到身韵：身心并用、内韵神合

20世纪80年代身韵的诞生是中国古典舞坚持"以戏曲舞蹈为主体"的标志性成果[①]。身韵中的动势语汇以及风格韵律都与戏曲舞蹈有着密切的关系。可以想象一下，如果没有戏曲舞蹈的存在，身韵的诞生将绝无可能，而身韵则是在不断谋求戏曲舞蹈的传统认同中脱颖而出的。因此，当我们向戏曲舞蹈的主体寻求认同之时，也是在向中国文化的传统寻求认同，其中包括对中国民族文化和古典艺术精神的传统寻求认同。

这些传统的程式化动作，是古典舞艺术形式走向成熟和定型的标志。古典舞的创作在很大程度上都是围绕着这套程式展开的，代表作有《小溪江河大海》《木兰归》《挂帅》《黄河》《萋萋长亭》《秦俑魂》等。这些作品大量运用了从戏曲舞蹈中脱胎和演变过来的动作，表达了当代人对传统文化和民族精神的体认。随着对戏曲舞蹈的博收广采，古典舞才有了最初形态的建构基础；随着"以戏曲舞蹈为主体"的进一步深入，才有了身心并用、内韵神合的身韵问世；随着舞蹈史学百年来的积淀，才有了传统舞蹈文化的复兴伟业；随着舞蹈实践半个多世纪的检验，才有了古典精神的当代显形。

（三）从传统到当代：立破并举、破形入神

从原初表意的戏曲舞蹈（20世纪50—60年代）到复活文献记载的古代舞蹈（20世纪70年代末），再从指向当代的身韵古典舞（20世纪80年代中期）到异峰突起的当代中国古典舞（20世纪90年代中期），传统的动作语汇已不足以把握中国舞蹈跳动的时代脉搏。如果说依据

---

① 于平：《中国古典舞学科建设综论》，上海音乐出版社2017年版，第246页。

戏曲舞蹈所建构的语汇为古典舞的诞生奠定了基础，那么在今时今日创作者们更为看重的是动作有规律的衔接和舞蹈运动的内涵。传统的语汇固然重要，但动作在衔接中所产生的规律，更是古典舞风格和韵律的众妙之门。

如果说以传统文化为依托建立的一套程式规范的舞蹈动作是"立"，那么这些动作在衔接中所产生的规律则是古典舞发展的"破"。对古典舞的各种动作进行高度归纳与分析，无非就是3种圆：平圆、立圆、八字圆。所有的动作都无法逾越这3种圆的界域。无论是阴阳两面、求圆占中的造型还是向心之动、内聚之势的动势，无论是拧倾圆曲、勾扛摆扣的形态还是逆行反转、不守常规的动律，都是对古典舞运动规律的提纯和蜕变。"立"是生之根本，"破"是动之精髓。古典舞的魅力在于"立破并举""破形入神"。"摆造型"的动作在树立古典审美上起到了标志性作用，但对于支撑动作背后的运动规律却显得势单力薄。古典舞的创作者们看重的是动作的规律，而不是动作的本身，这个时期的代表作品有《轻青》《风吟》《扇舞丹青》《再别康桥》等。这意味着古典舞从原初的动作建构中走出，不再追求对戏曲表层的动作模仿，而是更加关注传统文化和古典艺术的精神内涵。摒弃单纯的动作，追求动作背后的运动规律，标志着古典舞的发展进入新的阶段，为传统舞蹈适应新时代社会的审美需求赢得特殊的艺术价值，反映了舞蹈自身对于中国传统文化深层次的认知。

"破形入神""以律促动"是古典舞创作通过表层动作来认识深层规律，透过舞蹈现象来看待文化内涵的一种行为方式。现阶段的古典舞创作，在动作层面上具有可塑性的表达，是横向拓宽的成果，代表舞种本身的开放性；在作品层面上具有多元化的趋势，是纵向延伸的结果，代表舞种自身的超越性。正是由于这种可塑性走向多元化，开放性走向超越性，传统性走向当代性，程式性走向适用性，双方并行不悖、并驾齐驱，体现了中国古典舞对传统文化的审美取向和舞蹈复现。

第二节　价值高扬的艺术创作

主旋律本义指的是多个声部音乐中的主要旋律，但作为意识形态文艺范畴中的术语是1994年1月24日在全国宣传思想工作会议上由江泽民首次提出的。"主旋律"在中国政治与文艺方面有特定的所指，即把反映与弘扬新中国社会主义主流价值观念的思想和文艺都称为"主旋律"。本节将从音乐和舞蹈两种艺术形式方面谈谈北京主旋律的艺术创作。

一、新中国主旋律歌曲的历史构建与"北京创作"

主旋律歌曲根据作品表达形式或作品的体式来分，主要有五大类。

一是颂，即歌颂、赞美。根据颂的对象不同，又可分为颂人民（《革命人永远是年轻》，李劫夫词、曲，1950）、颂英模（《学习雷锋好榜样》，洪源词，生茂曲，1953）、颂社会主义（《社会主义好》，希扬词，李焕之曲，1957）、颂祖国（《祖国颂》，乔羽词，刘炽曲，1957）、颂领袖（《赞歌》，内蒙古民歌，胡松华填词、编曲，1964）、颂英雄（《英雄赞歌》，公木词，刘炽曲，1964）、颂首都（《北京颂歌》，洪源词，田光、傅晶曲，1971）等。

二是爱。爱的对象包括有政治寓意的地标性建筑（《我爱北京天安门》，金果临词，金月苓曲，1970）、领袖（《太阳最红，毛主席最亲》，付林词，王锡仁曲，1976）、国家（《我爱你，中国》，瞿琮词，郑秋枫曲，1979）、民族（《爱我中华》，乔羽词，徐沛东曲，1991）等。

三是誓，即表明态度、立场和决心，如《中国人民志愿军战歌》（原名《打败美帝野心狼》，麻扶摇词，周巍峙曲，1950）、《从头再来》（陈涛词，王晓峰曲，1997）、《永远跟你走》（叶旭全词，印青曲，2001）、《北京欢迎你》（林夕词，小柯曲，2008）、《不忘初心》（朱海词，舒楠曲，2016）等。

四是述，即描述、讲述、抒述，如《在希望的田野上》（晓光词，施光南曲，1981）、《春天的故事》（蒋开儒、叶旭全词，王佑贵曲，1993）、《走进新时代》（蒋开儒词，印青曲，1997）、《阳光路上》（甲丁、王晓岭词，张宏光曲，2009）等。

五是融，或"述"+"爱"，如《我和我的祖国》（张藜词，秦咏诚曲，1984）、《今天是你的生日，我的中国》（韩静霆词，谷建芬曲，1989）；或"述"+"誓"，如《走向复兴》（李维福词，印青曲，2009）；或"述"+"颂"，如《我们都是追梦人》（王平久词，常石磊曲，2019）等。

如果按照主旋律歌曲所反映的内容来分，主要有三类：反映时代精神与历史风貌的主旋律歌曲，反映时代国家或民族事件的主旋律歌曲和表达对民族、祖国、党与人民的爱与赞颂的歌曲。

（一）新中国70年主旋律歌曲与"北京创作"

新中国主旋律歌曲发展历经70年，从文化传播与歌曲体式来看分为3个阶段。

第一阶段是"声传"阶段（1949—1977）。所谓"声传"，就是以声音传播为主，包括广播传播以及遍及全国公社、厂矿、军营的毛泽东思想文艺宣传队的基层革命文艺演出。其主要的歌曲体是"颂""誓""爱"，比如为今日大众所熟知的《社会主义好》《学习雷锋好榜样》《中国人民志愿军战歌》《我爱北京天安门》《我爱五指山，我爱万泉河》等。

第二阶段是"视传"阶段（1978—2012）。这一阶段最大特点是以电视为主旋律歌曲的主要传媒。这一时代的文化符号是MTV（音乐电视）和"红旗歌手"，表现在主旋律歌曲作品中就是歌曲中形象要素的凸显。如"炊烟在新建的住房上飘荡，小河在美丽的村庄旁流淌。一片冬麦，（那个）一片高粱，十里（哟）荷塘，十里果香"（《在希望的田野上》）；"十五的月亮，照在家乡照在边关"（《十五的月亮》）；"泥巴裹满裤腿，汗水湿透衣背"（《为了谁》）；等等。

表现在歌曲体式上，就是"誓"体的消弭（如"语录歌"之类的歌曲再也没有出现）和"述"体的出现，如《亚洲雄风》（张藜词，徐沛东曲，1990）、《春天的故事》（蒋开儒、叶旭全词，王佑贵曲，1993），《在灿烂阳光下》（集体词，贺慈航执笔，印青曲，2011）等。

第三阶段是"网传"阶段（2013年至今）。这一阶段也称为中国特色社会主义新时代，其最大的主流传媒是互联网。这一阶段主旋律歌曲的最突出的特点是通俗化或流行化与融汇性。比如韩磊演唱的《再一次出发》，融合了"述"与"颂"，兼具写实与浪漫诗意表达；《走在小康路上》（陈道斌词，王黎光曲，2016）本身就是歌舞形式；等等。

现在我们再来谈谈这三个历史阶段中的主旋律歌曲的"北京创作"。

"北京创作"是一个宽泛意义的概念，分为"驻北京"作者的创作、"驻北京"作者合作创作与非驻北京作者写北京的创作3种类型。

这三种"北京创作"如果换一个视角，又可以分为两类：北京创作者的创作以及创作者关于北京的创作。这两类"北京创作"共同构成了主旋律歌曲的"北京创作"。

第一时期：社会主义探索建设（1949—1977）

这一时期，"北京创作"是主旋律歌曲无争议的主阵地、"火车头"。从数量上来说，这一时期的"北京创作"中有10余部当时红遍全国且至今仍在流传的作品，作品内容包括了"颂""誓""爱"等多种体式，题材基本涉及当时意识形态的主要观念、社会运动、重大事件和重要人物。可以说，这一时期的"北京创作"就是中国主旋律歌曲创作的缩影和中国社会意识形态演进的音乐化编年史。具体来说，这一时期分为三个阶段。

第一个是社会主义改造阶段（1949年至20世纪50年代中后期）。代表作品有《中国人民志愿军战歌》、《北京有个金太阳》（藏族民歌，禾雨填词、编曲，1953）、《社会主义好》（希扬词，李焕之曲，1957）等。

第二个是社会主义探索建设阶段（20世纪50年代中后期到60年代中后期）。代表作品有《敢教日月换新天》（纪录片《学大寨》插曲，吕致清词，巩志伟曲，1964）、《北京的金山上》（西藏民歌，马倬、常留柱改，1961）、《赞歌》（内蒙古民歌，胡松华填词、编曲，1964）、《学习雷锋好榜样》（洪源词，生茂曲，1963）等。

第三个是"文化大革命"阶段（1966—1976）。代表作品有《我爱北京天安门》（金果临词，金月苓曲，1970）、《北京颂歌》（洪源词，田光、傅晶曲，1971）、《太阳最红，毛主席最亲》（付林词，王锡仁曲，1976）等。

第二时期：中国改革开放（1978—2012）

这一时期同样分为三个阶段。

第一阶段即以邓小平理论指导下的改革开放建设阶段（1978—1988）。代表作品有《年轻的朋友来相会》（张枚同词，谷建芬曲，1980）、《在希望的田野上》（晓光词，施光南曲，1981）、《十五的月亮》（石祥词，铁源、徐锡宜曲，1984）等。

第二阶段即以"三个代表"重要思想指导下的改革开放发展阶段（1989—2001）。代表作品有《亚洲雄风》（张藜词，徐沛东曲，1990）、《从头再来》（陈涛词，王晓峰曲，1997）、《为了谁》（邹友开词，孟庆云曲，1999）等。

第三阶段即以"科学发展观"指导下的社会改革开放发展阶段（2002—2012）。代表作品有《北京欢迎你》（林夕词，小柯曲，2008）、《走向复兴》（李维福词，印青曲，2009）、《阳光路上》（甲丁、王晓岭词，张宏光曲，2009）、《国家》（王平久词，金培达曲，2009）等。

第三个时期：社会主义新时代（2013年至今）

这一时期属于正在进行式，代表作品有《不忘初心》（朱海词，舒楠曲，2016）、《走在小康路上》（陈道斌词，王黎光曲，2016）、《再一次出发》（屈塬词，王备曲，2018）、《我们都是追梦人》（王平久词，常石磊曲，2019）、《和祖国在一起》（陈涛词，王备曲，2019）以及

2020年出现的优秀"抗疫"歌曲，如《坚信爱会赢》（梁芒词，舒楠曲）、《大爱苍生》（胡占凡词，叶小纲曲）等。

（二）主旋律歌曲的"北京创作"与"北京经验"

通过以上梳理可见，在新中国主旋律歌曲创作70年"三时期七阶段"的发展历史中，"北京创作"始终在场，但在第一、二、四、六、七阶段中成就最为突出，因为推出了《中国人民志愿军战歌》（1950）、《社会主义好》（1957）、《在希望的田野上》（1980）、《阳光路上》（2009）、《再一次出发》（2018）这种直接揭示时代意识精神主题或主旨精神并广为流传的经典作品。

这些作品体现出"经典"的品质，具体来说包括3个方面："正的典型""情的深沉""乐的流行"。

"正的典型"，就是正确地把握了社会意识形态的时代内涵，准确地反映了社会发展的精神风貌，并做到了同类作品中的相对最典型，在社会功能上体现为社会维护或维护社会方面。"情的深沉"，就是真正体现了各个时代人民的集体普遍情感和心声。"乐的流行"，就是用人民群众最喜爱的流行于当下的音乐形式来表现主旋律歌曲作品。

为什么这些经典或优秀的主旋律歌曲会呈现"正的典型""情的深沉""乐的流行"的作品特质？从歌曲的社会功能、意义呈现和文化评价等方面来看，其内在的文化逻辑或原理在于其承载着"社会维护""历史构建"的职责。

主旋律歌曲对社会维护表现为功能与价值实现的两方面。社会是人与人关系的总和。从意识形态的角度贯穿起人与人之间的关系，形成具有共同政治理想、价值追求、情感态度的文化人类共同体是主旋律歌曲的文化使命或社会功能。只有达成这一使命，主旋律歌曲才具有真正意义的社会文化价值，也是其作为"经典"存在的必要前提。因此，经典的主旋律歌曲不仅要做到对社会意识形态的准确艺术"翻译"或阐释，同时要做到为广大群众普遍接受，引起他们的心灵共鸣与情感认同。举例来说，《中国人民志愿军战歌》赋予了百万志愿军战士"保家卫国"的信念和战斗的勇气,而《社会主义好》则在"阶级斗争"中维护了社会主义制度和无产阶级政权。

历史构建,即作品能够高度浓缩(仅用一首歌的时间容量)、高度准确地反映社会意识形态,同时又被广大群众普遍接受,因而流传开来,留存下来,以至于当后时代人们回顾社会历史的时候,只要脑海中想起某首歌就能够对当时的社会风貌作出整体把握。因此,经典的主旋律歌曲是民族社会史诗,而创作这种经典歌曲就是在书写民族的社会史诗。

这种经典作品的创作源于创作者的个人体验与创作才能。艺术是人的内在精神的本质力量的外在物化形式。要创作出经典的主旋律歌曲,创作者须做到两个视界融合下的创作。

第一个是与时代意识形态的视界融合下的创作,也就是说要站在党和国家的政治立场,从大局和维护社会的视角对时代政策作出准确理解与把握的基础上进行创作。同时,这种理解与把握不能仅仅是理性,还必须结合感性,即必须是体认式的理解与把握。因为艺术本质是感性的,没有这种对理性的体认,就不可能对意识形态作出最为精确与恰当的感性"转译"与"阐发"。另一个是与大众或人民的视界融合下的创作。任何艺术创作本质都是个性的本质精神力量的体现,所以主旋律歌曲要做到被人民喜闻乐见,被人民接受,被人们传唱,必须将个人与社会大众合一,具体包括情感合一、心态合一、认知合一、趣味合一等。只有合一,个体体验才可能反映大众体验,个体情感才可能偕同大众情感,个人的心声才可以表达大众心声。只有如此,个体创作的艺术作品才可能引发人民的普遍认同、情感共鸣,达到社会维护的目的,实现其社会功能或价值。

我们对经典的旋律歌曲的创作规律认识不是没有根据的,而是基于对"北京创作"中的经典作品的认识,其中包括成功的共性经验与比较中发现的不足。

具体来说,关于"社会维护",我们发现,上面遴选出的5首作品无一不和社会意识形态或党的政策的颁布有着密切的正相关。如

《中国人民志愿军战歌》的发表和抗美援朝战争爆发同年；《社会主义好》的发表与新中国完成社会主义改造，正式进入探索建设时期同年；《在希望的田野上》的发表是在党的十一届三中全会召开，实行改革开放和农村家庭联产承包责任制的第三年；《阳光路上》的首演时间是党的十六大提出科学发展观之后的第六年；《再一次出发》是党中央成立全面深化改革委员会的第二年。第一时间与社会同频共振，反映意识形态的新动变是最大限度发挥主旋律歌曲社会功用——"社会维护"的最佳时机，也是主旋律歌曲传播的最佳窗口期。从这5首作品的流传度来看，可印证这一判断。

关于创作者的体验与创作，我们提出的"视界融合"理论也可以在5首作品的创作中得到体现。

第一首作品的词作者麻扶摇是中国人民解放军炮兵第一师政治指导员，他本人就是志愿军的一员。所谓歌词，实际上是他的誓言："雄赳赳，气昂昂，横渡鸭绿江……"在团、师的誓师大会上，麻扶摇曾将这段文字作为誓词，写在黑板上。此后，这一誓词便在志愿军部队广泛地传播开来。在周巍峙创作出这首歌曲之前，事实上已经有了各种不同的版本，早期的几批中国人民志愿军就是唱着那些不同版本的歌曲跨过鸭绿江的。

第二首作品《社会主义好》的作曲者李焕之先生曾经这样回忆这首歌曲的创作经历："1957年5月里的一天，希扬同志到我家来谈创作……也谈论着当时国内的政治形势。当时正是资产阶级右派利用我们党进行整风的时机，向党、向社会主义制度猖狂进攻……面对着这样一个尖锐、激烈的阶级斗争的形势，我们一方面感到无比愤慨，同时也非常兴奋地看到广大工农兵群众和文教界中的革命力量。……群众的革命斗志激励着、鼓舞着我们，使我们迫切地感到有必要写一首富有战斗性的群众歌曲，这将是一首热情地歌颂社会主义、为坚决保卫社会主义而斗争的歌曲，让它在各种群众斗争的场合中传唱，以达到作为团结人民、教育人民、打击敌人、消灭敌人的有力武器。"①《在希望的田野上》的词作是晓光1980年在四川、安徽等地深入生活，有感于生机勃勃的农村生活而创作完成的。他回忆说："当年我就住在（四川）温江，还记得那时田野中点缀着一个个竹林盘，林盘中有不少农户盖起了新房，傍晚时分炊烟袅袅，那景象真美。"于是他写下了"炊烟在新建的住房上飘荡……"②可见，经典的主旋律歌曲写作不一定思想多么深邃，但一定要包含大义（时代意识形态观念）；辞章不一定多么有文采，音乐不一定多么复杂，但一定要体现人民群众的普遍的真实情感。

关于历史构建，我们提出"经典的旋律歌曲就是民族社会史诗，创作这种歌曲就是构建民族社会史诗"的观点。现在我们一一考察这5首歌曲会发现，每首歌曲中都有着党的重大战略或意识形态文化背景；有的直陈大义，如"科学发展为和谐的中国"（《阳光路上》），"新时代的号角中再一次出发""中国梦的旗帜下再一次出发"（《再一次出发》）等；有的托言譬喻，象征表意，如"我们的理想，在希望的田野上。禾苗在农民的汗水里抽穗，牛羊在牧人的笛声中成长"（《在希望的田野上》）通过禾苗与农民、牛羊和牧人的相互陪伴成长的理想关系来隐喻农村家庭联产承包责任制的政策实施。由此可见，经典的主旋律歌曲均做到了对国家意识形态发展变化与社会进程的记录，也就是遵循了史诗传统——"以长篇民间叙事诗来反映重大历史事件"③。所以，将经典的主旋律歌曲称为民族的社会史诗，创作经典的主旋律歌曲是构建民族社会史诗的论断是没有问题的。

与此同时，我们将经典的旋律歌曲的"北京创作"与70年来的"北京创作"以及"全国创作"相比较，会发现其经典性还有着"社会真实""最为典型""跨时代流传"三重要义。

---

① 音乐出版社编辑部：《革命歌曲解说〈大海航行靠舵手〉等十八首》，音乐出版社1965年版，第12页。

② 张慧瑜：《影像书写》，生活·读书·新知三联书店2012年版，第198页。

③ 斗南主编：《历史文化常识全知道》，中国华侨出版社2015年版，第440页。

"社会真实"就是主旋律歌曲所反映的社会历史要具有真实性。在创作之初,主旋律歌曲往往会从意识形态传布的角度出发来表达情感、态度,反映社会,但经过历史沉淀,会发现有些歌曲的描述、叙述等可能"言过其实",即社会发展并没有达到歌曲中的"描绘期待"。那这首歌曲对时代风貌的描述也就是失真的,在后时代将难以流传。

"最为典型"就是只选择能够最好地诠释意识形态的作品。实际上,无论是改革开放、科学发展还是"中国梦"题材的作品都为数众多,但同一题材的作品大概率只有一首会流传下来,就是那首"最为典型"的作品。作品的典型性包括时代观念、时代情感、时代风貌、艺术形式等多个方面。最突出的例子是"北京创作"中基本没有一首反映中早期中国改革开放的歌曲在典型性方面超过《春天的故事》(蒋开儒、叶旭全词,王佑贵曲,1993)。[1] 所以,虽然"北京创作"相关题材的歌曲也不在少数,但时至今日却已很少在人们的耳畔响起。

"跨时代流传"就是艺术作品能够长时段、跨时代地被历史接受。历经世事变迁依然流传,这是判断艺术"经典"的最重要依据之一。但对于主旋律歌曲而言,与此形成悖论的是,"虽然马克思主义在意识形态领域的主导地位没有变,但是国情的巨大变化带来国内意识形态具体主导理念的一系列发展转型"[2]。换言之,反映时代风貌的主旋律歌曲作为意识形态的组成部分,必然会随着意识形态的发展转型而让影响力和社会现实意义趋弱,也就难以实现跨时代流传。基于此,笔者认为,主旋律歌曲中的经典性在社会意识形态的反映方面有具体的规定性内涵,即主要作为民族社会史诗的文化流传与时代共同情感的符号化流传。通俗地说,就是当后时代的人们

---

[1] 两位词作者均为深圳人。1994年王佑贵创作这首歌曲时,在深圳工作,所以没有将其纳入"北京创作"之中。

[2] 袁真艳:《新中国六十年意识形态阶段演变的思考》,《黑河学刊》2010年第1期,第64—66页。

在回顾前时代的意识形态、文化历史和社会历史的时候,听一首经典的主旋律歌曲就可领略大概。所谓情感的符号化流传,就是在后时代文艺创作的时候,会"引用"式地再现前时代的经典歌曲,以体现文化的脉络并加以继承。换句话说,前时代的经典主旋律歌曲已经被"典故化"。举例来说,"我们唱着春天的故事,改革开放富起来"(《走进新时代》,"希望的田野开满了鲜花""春天的故事传遍了天涯"(《再一次出发》)这几句歌词中,分别两次引用了《春天的故事》,一次引用了《在希望的田野上》。为何引用而仍能够被后一时代的观众所理解?显然,被引歌曲已经"典故化"与符号化了,成为民族潜意识中的文化共识,原作品反映的意识形态观念与社会历史已成为符号的所指。

总体而言,主旋律歌曲主要有三类:一是反映时代精神与历史风貌的主旋律歌曲;二是反映时代国家或民族事件的主旋律歌曲;三是表达对民族、祖国、人民的爱与赞颂的歌曲。第三类是永恒的主题,经典的歌曲应做到跨时代的历史接受与音乐流传,而前两类更具有时代属性,要成为经典,需要发挥出"维护社会"与"构建历史"的功能,同时应做到"体现社会真实""最为典型""跨时代流传"。这就是新中国70年主旋律歌曲"北京创作"带给我们的"北京经验"与理论启示。

二、新中国成立以来民族歌剧精品剧目的"北京经验"

歌剧,即以歌唱与音乐为主要艺术手段构建的戏剧,简单地说,就是音乐的戏剧。它不仅包括文学、音乐、表演、语言、舞美等艺术元素,还包括情节、事件、行动、情景、人物形象等戏剧成分。可以说,它是一个可歌的综合性舞台戏剧艺术。

民族歌剧的传统定义是指用板腔体原则展开戏剧性的民族题材歌剧。在新时代,我们将凡是体现民族题材、民族精神、民族风格,或者说反映民族文化,讲述"中国故事"的歌剧都统称为广泛意义上的民族歌剧。

新中国成立70年来，中国的民族歌剧主要有四大类型：一是传统民族歌剧或狭义民族歌剧，通常借鉴运用中国传统戏曲的"板腔体"进行戏剧思维，用民族唱法来演唱，讲述"中国故事"的歌剧，最具代表性的是《白毛女》（1945）；二是严肃民族歌剧，指按照欧洲古典歌剧的艺术规范，用比较传统的音乐语言与技法写成，讲述"中国故事"的歌剧，最具代表性的是《原野》（1987）；三是用现代音乐语言和技法写作而成，具有先锋派艺术或当代艺术性质，讲述"中国故事"的歌剧，代表性的歌剧是《狂人日记》（1994）；四是风格诙谐、幽默、轻松、通俗，主要体现平民或"草根文化"，讲述"中国故事"的喜歌剧，较有代表性的是《小二黑结婚》（2019）。

所谓"北京创作"的民族歌剧，指的是北京或驻京文艺院团创作、出品的民族歌剧。北京是全国的文化中心，在民族歌剧创作方面是全国出品单位最多、出品剧目数量最大、创作人才最为集中的城市。在出品单位方面，北京有四大系统，包括地方与民间单位（如北京演艺集团、北京林兆华戏剧文化有限公司等）、中央单位（中央歌剧院、国家大剧院、中国歌剧舞剧院等）、驻京军队文艺院团（原总政歌舞团、原海政歌舞团、原空政歌舞团等）、专业艺术学院（如中央音乐学院、中国音乐学院、中央戏剧学院等）。在出品剧目数量方面，有《白毛女》《小二黑结婚》《刘三姐》《长征》《西施》《山村女教师》《红珊瑚》《江姐》《野火春风斗古城》《刘胡兰》《克里木参军》《芦花白木棉红》《党的女儿》《运河谣》《永乐》《伤逝》《玉鸟兵站》《我心永恒》《方志敏》《草原之歌》《阿依古丽》《第一百个新娘》《马可·波罗》等近百部作品。在创作人才方面，有阎肃、万方、邹静之等。在著名歌剧作曲家方面，有马可、金湘、郭文景、叶小纲、印青等。

在创作上，"北京创作"基本覆盖了所有的民族歌剧类型。由于精品剧目繁多，我们仅选取几部新中国成立以来最具代表性的剧目介绍一下"北京创作"的特色及其经验。

（一）传统经典民族歌剧的"北京创作经验"

新中国成立70年来，"北京创作"推出了众多优秀的传统民族歌剧剧目，其中最为经典的有3部：《红珊瑚》（原海政歌舞团，赵忠、钟艺兵、林荫梧、单文编剧，王锡仁、胡士平作曲，1960）、《江姐》（原空政文工团，阎肃编剧，羊鸣、姜春阳、金砂作曲，1964）、《党的女儿》（原总政歌舞团，阎肃编剧，王祖皆、张卓娅作曲，1991）。

这3部经典剧作的创作经验主要可归纳为"板腔体""民语作乐""简叙繁情""名段流传"四点。

"板腔体"，就是以某一曲调为基础，通过速度、节拍、节奏、旋律等要素的变化，在旋律、曲体上采用扩充和紧缩的手法，从而逐渐演变出一系列不同的板式，形成具有多种戏剧表现功能的唱腔。这种唱腔结构的总体称为板腔体。

板腔体作为传统民族歌剧的戏剧思维方式体现在寻腔定调和板式布局两方面。先说寻腔定调。这个调不是音乐调性的调，而是戏剧音乐的基调。腔在哪里？在中国民间戏曲音乐里。我国民间戏曲音乐主要有两种体式：一是板腔体，二是曲牌体。所以，寻腔首先就是到民间戏曲中找寻。比如歌剧《江姐》的曲作者羊鸣、姜春阳在1962年剧本初稿完成创作音乐时，就到四川学习川剧，1963年修改第二稿时，又到浙江、上海等地，学习了婺剧、越剧、杭剧、沪剧。歌剧《党的女儿》是"坐北朝南"的基调。南，从故事发生地，也就是江西的"茶腔""灯腔"轻盈、活泼、委婉的腔音中找到与女主人公桂英温婉性格一致的音乐气质；北，从山西蒲剧和南路梆子的高亢激昂的腔音中找到革命者田玉梅的英雄品格[1]。由此可见，寻腔定调，定的这个基调可以是整体，也可以是角色人物品格的音乐基调，具体在使用上，并非拘泥一地一戏一腔，而是具有鲜明

---

[1] 中国艺术研究院戏曲研究所、戏曲研究编辑部：《戏曲研究》第98辑，文化艺术出版社2016年版，第206页。

对比、彰显性格、富有张力的综合之腔。而板式布局则具有多重含义，从整体上来说，可以做到腔贯板变，如《江姐》中所有的江姐唱腔都贯穿了其主题——《红梅赞》（通过板腔技法，如节拍、节奏、旋律增减或变形等）。从唱段结构上来说，由于戏剧的核心要素是行动（包括人的情感、性格、品格的变化行动），所以将不同类型的板腔对应于不同的运动阶段，则契合行动的内在要求，如《江姐》第二场中的《革命到底志如钢》由8个板腔构成：①散板（"寒风扑面卷冰霜……"）；②慢板（"老彭啊，我亲爱的战友，你在何方？"）；③慢中板（"曾记得长江岸边高山上……战斗到五洲四海都解放"）；④快板（"你的话依然在我耳边响……谁知你壮志未酬身先亡"）；⑤散板（"风声紧锣声响……"）；⑥中板（幕后领唱、合唱《红梅赞》）；⑦小快板（"老彭的声音在耳旁，浑身添力量……"）；⑧快板转慢板（"誓把这血海深仇记心上，昂起头挺起胸奔向战场"）。这8个板腔布局合理，共同完成了一个戏剧事件的过程，再进一步走向微观具体。从唱句的体式构成上来说，也同时具有板腔体式，如《红珊瑚》中的主题歌《珊瑚颂》的唱词是"2+2+3"一句三逗的腔句体式（"一树红花照碧海，一团火焰出水来……"）；《江姐》主题曲的七（六）字两腔句体式（"红岩上红梅开，千里冰霜脚下踩……"）；等等。

"民语作乐"，这里的"民语"主要指的是音乐语言多采用民间音乐语汇、民间音乐表达，元素主要来自中国地方戏曲和地方民歌。举例来说，《江姐》的主题音乐《红梅赞》亲切感人、生动形象，这是因为其音乐语言主要来自四川民歌，写作中采用了戏曲中的拖腔，由此情感得以深化且易被人民群众所接受。《红珊瑚》中的唱曲《海风阵阵愁煞人》运用了河南豫剧的音调，而剧作音乐写作运用了帮腔手法。帮腔是高腔及某些戏曲音乐的特点，用这种方式不仅可以表达人物的内心感情、塑造人物形象，还可以很好地烘托戏剧气氛，突出高潮。中国民间戏曲唱词强调合辙押韵，这一点在3部作品中表现得很突出。如《血里火里又还魂》（《党的女儿》唱段）的唱词"是梦，是真,手被捆,血满身。玉梅我血里火里怎么又还魂……"用的是"人辰"辙,《珊瑚颂》(《红珊瑚》主题唱段)的唱词"一树红花照碧海,一团火焰出水来……"用的是"怀来"辙,等等。

"简叙繁情",就是指戏曲中人物与事件交代都是极其精练的,而在表现人物思想感情时毫不吝惜笔墨,尽情发挥。这一点,在《红珊瑚》《江姐》的剧本中可以体现出来。在《党的儿女》中,这一点更是如此,甚至以情来表现人物,以情来推动戏剧发展。比如在该剧中以很大篇幅精心设置并细描了玉梅和女儿生离死别的骨肉情,以及玉梅在遇难时和老书记的同志情,等等。

"名段流传",就是指有流传开来的知名唱腔唱段。这一点是很显然的,3部作品都达到了这一成就。如歌剧《红珊瑚》中的《珊瑚颂》《海风阵阵愁煞人》,《江姐》中的《红梅赞》《五洲人民齐欢笑》《绣红旗》,《党的女儿》中的《我走,我走》《万里春色满家园》等都是广受大众欢迎的名曲名段。

(二)经典民族严肃歌剧的"北京标杆"

如果要在中国歌剧里只举出一部最能代表创作高峰的作品,那一定是《原野》(万方编剧,金湘作曲,1987)。《原野》是一部真实主义歌剧,改编自曹禺三大名剧之一的同名话剧。这部作品的艺术成就得到了世界乐坛的认可,是一部叩开西方音乐歌剧大门并走入大厅中央的民族严肃歌剧作品。1991年,该作品成为著名的华盛顿歌剧院"1991—1992歌剧季"的7部作品之一。更为重要的是歌剧演出后,得到西方主流歌剧界的高度评价。《今日美国》认为,"中国歌剧《原野》在美国的成功演出,是20世纪以来,世界歌剧史上最主要的事件之一"。《华盛顿邮报》认为,"《原野》将成为在国际保留剧目占有一席之地的中国歌剧"。知名歌剧评论家杰姆斯·奥斯特雷查更是称其为"本年度歌剧季最佳作品""来自东方的普契尼的回声"。所以,我们将《原野》称为中国民族严肃歌剧的标杆,不是溢美,而是名副其实。

作为标杆,这部作品的成就或特色主要体现在以下三个方面。

一是真实主义的深刻表达。关于真实主义,20世纪70—80年代,美国已经形成了"不介入,不控制","如苍蝇作壁上观的创作美学"①。通俗地讲,真实主义就是态度中立,只是复现生活或生命本来的样子。仅仅有此,不算什么,最重要的是如何做到真实而深刻。举个例子。如果一个底层的且强壮的,浑身散发着血气和荷尔蒙的青年农民目睹了自己的家人受到欺凌,并眼睁睁地看着他们惨死在他人手上,自己又含冤入狱。出狱后,他会是什么心情?是的,仇恨,复仇。可是当他真的去找仇人的时候,发现仇人已死,只剩下孤儿寡母,文弱的孤儿还娶了自己青梅竹马的情人,又是什么心情?对,纠结,迷茫。就是背负着这份纠结,他动手杀了仇家的孤儿寡母,带情人逃亡时又是什么样的心理状态?崩溃,精神崩溃,是杀害无辜的负罪与终报家仇的酣畅,让一个正常人的精神失常了。最终在听到火车鸣响——希望到来时,侦缉队却围了上来。这一刻他砸碎了镣铐,似乎是自由了,却又是以死亡的方式——无尽的沉默。这就是歌剧《原野》的故事。它表现了人性的复杂,伦理与正义的伸张,命定与被命定的悲剧——以一种中立的态度,同时又是以一种哲学的态度,让人在观剧之后陷入深深的思考。

二是整体戏剧性歌剧思维的典范创作。关于歌剧思维,金湘有段精辟的阐述,归纳为两点。第一,歌剧思维是歌剧艺术特有的思维方式,包含在歌剧创作表演中的各个元素既特立独行又配合默契、运用自如。第二,歌剧思维体现在三个方面:结构——音乐结构与戏剧结构的同步设计与构思;语言——所谓戏剧的音乐,音乐的戏剧,音乐要唱出人物的不同情绪、心态,音乐要推动戏剧情节的展开,表现矛盾的激化等;技法——歌剧音乐是有属于自己技法特点的音乐,主要

---

① 丁旭东:《从纪录电影〈北平以北〉看历史的建构与介入的"真实"》,《中国文艺评论》2018年第4期,第61—65页。

体现为戏剧性、整体性、交响性的三者合一。① 简单地说，就是做到了戏剧的音乐与音乐的戏剧。所谓戏剧的音乐，主要是指戏剧文化的音乐性。音乐性就是心理性、情感性，如女号金子演唱的"黑夜变得是那么短，醒来心里阵阵欢喜……"（歌剧《原野》唱段《啊，我的虎子哥》）。这种语言，是一种人性本我的表达，其中的黑夜也属于心理时间，等等。从音乐语言来说，其贯穿了一种辩证的、立体的、多维度的、矛盾的、戏剧的表达，如第一幕焦母、金子、大星的三重唱和第三幕大星、金子、仇虎的三重唱，都是具有独立表现意义的音乐戏剧化场面，其各声部之间的冲突及其结果，都直接影响着全剧情节发展的方向，都是以"2主+1辅"的形式承载不同的戏剧使命。前者的主要冲突在焦母与金子两个声部之间阴一句阳一句地展开，大星作为这场冲突的在场者，其声部承载着哀求、劝解、无奈等情绪；后者的主要冲突则在大星和仇虎两个声部之间当面锣对面鼓地展开，金子作为这场冲突的在场者，其声部随着仇虎第三者身份的图穷匕见而承载着哀求、劝解、惊叹等复杂的情感变换。②

再如，《原野》中的乐队纯音乐与唱腔在戏剧发展中是并驾齐驱的，甚至《原野》的主题不是唱段，而是由长时段和短时段、宏观视角和微观视角相扭结的矛盾体，等等。

三是现代音乐技法的娴熟运用。歌剧《原野》的写作时间是1986年，正处于中国"新潮音乐"澎湃期，因此丰富多彩的现代音乐技法在这部作品的音乐中得到了充分体现。如在和声方面，以色彩的四五度叠置以及不谐和的小二度、大七度叠置和弦为主；在调性方面，有单一调性的（如金子爱情咏叹调）、多调性的（合唱《初一十五庙门开》）、交替调性的（如第一幕仇虎咏叹调）、近无调性的（如焦母咏叙调）等。此外，还用到了点描音乐、微分音音乐和偶然

---

① 金湘：《我写歌剧〈原野〉——歌剧〈原野〉诞生20周年有感》，《歌剧》2009年第2期，第53—56页。

② 居其宏：《施光南旋律思维与我国当代歌剧创作》，《星海音乐学院报》2017年第4期，第69—73页。

音乐的技法等。更重要的是，这些技法的使用不是生硬机械的，而是具有灵魂和戏剧中特有存在价值的，如表现仇虎躁动不安、纠结的心情时用的微分音技法；在焦母咏叙说唱时，用点描音乐技法表现阴森与不祥氛围；等等。①

（三）现代性与轻喜剧类型民族歌剧的"北京探索"

"北京创作"对中国民族歌剧类型化发展探索方面是具有开拓性贡献的，具体表现为两种类型两部歌剧。

第一种类型是喜歌剧，作品是《小二黑结婚》（田川、杨兰春编剧，马可作曲，1953）。这部作品原为中央戏剧学院歌剧系学生的教学实习剧目。据时任该系系主任兼作曲的马可回忆，这部作品写作于1952年，写了大半年，首演于1953年1月。作品当时是以新歌剧类型的探索之作来对待的。现在我们来欣赏这部作品，会发现其创作基本原则和我们前面提到的传统民族歌剧实属一路，也是从民间吸取音乐素材（晋东南黎城落子、武安落子、平调等），也留下了著名的唱段《清粼粼的水来蓝莹莹的天》，但其最突出的特点在于田川和杨兰春两位编剧是从"山药蛋派"作家赵树理的同名小说改编而来的。这样，该作品自然就有了浓厚的乡土气息，尤其是诙谐、幽默的乡土生活气息。因此，这部作品也就成了新中国成立以来的第一部中国民族喜歌剧，对于今后此类型歌剧的创作发展自然有了开山的意义。

第二种类型是现代音乐范畴中的室内歌剧，作品是《狂人日记》（曾力、郭文景编剧，郭文景曲，1994）。这部作品世界首演于荷兰阿姆斯特丹的荷兰艺术节（1994），后又推出英国版（伦敦，1998）、法国版（1999）、德国版（法兰克福，2000）和中国版（保利艺术剧院，2003）等5个版本，并在巴黎、鹿特丹、阿姆斯特丹、乌特勒支、都灵、柏林、爱丁堡、上海、北京等地演出。这部作品是继《原野》之

---

① 陈贻鑫、李道松：《歌剧〈原野〉音乐探究》，《中国音乐学》1988年第1期，第15—24页。

后，又一部赢得国际声誉的中国歌剧作品，被一些评论家称为"中国的《沃采克》"。这部作品的创新几乎是全面的，比如音乐语言是现代的创新的（采用了音色音乐技法、声乐与乐队水乳相融的音乐表达手段、核心音控制技法、音列发展技法、纯声音素材，如抽气、咳嗽等作为基本音乐元素使用，等等），歌剧结构是无分段的浑然一体的循环或拱形结构，以及结合中国戏曲而创新出的虚实相间的戏剧空间与叙事方法，等等。简言之，这是一部先锋派的现代性与探索性歌剧，其颠覆式的创新为中国民族歌剧创作开拓出一条新路，也因此在中国歌剧艺术史上有了不可替代的独立的价值或意义。

三、红色舞蹈的时代传承

红色经典主要是指新中国成立以来广为流传的反映中国革命历史的优秀文学艺术作品。由于涉及的艺术门类众多、表现形式多样及创作数量繁多，这些作品共同造就了中国文艺发展史上一个新的研究视点。在那个曾经超越一切物质的精神时代，让我们无法忘怀的就是那个充满了革命激情和崇高理想的红色经典。

新中国成立后，北京的红色舞蹈大放异彩。一批经典的红色舞蹈，如《人民胜利万岁》《和平鸽》《不朽的战士》《东方红》《红色娘子军》等相继诞生。北京的红色舞蹈以艺术的方式，表现对人性的思考、对生命的理解、对时代的憧憬及对历史的尊重，成为中华民族不朽的红色精神记忆。

（一）经典演绎：从《人民胜利万岁》到《奋斗吧！中华儿女》

新中国历史上第一部红色大歌舞是华北大学文艺学院创作演出的《人民胜利万岁》，它可以说是大型音乐舞蹈史诗《东方红》的前身。作为开国"大歌舞"，它不仅见证了新中国的诞生，而且点亮了新中国舞蹈的启蒙之光。这部结束在《在毛泽东的旗帜下胜利前进》的大歌舞，其实就是一部具有史诗性的歌舞艺术作品，是一部体现"人民需要"从而创建"人民文艺"的"优秀大歌舞作品"①。

1950年3月,以为保卫世界和平而发布的《斯德哥尔摩和平宣言》传到中国为背景,中国第一部舞剧《和平鸽》就此诞生,拉开了中国舞剧新时期的序幕。这是舞剧艺术形式的首次尝试,以芭蕾舞为主,同时结合了现代舞和中国民间舞等舞蹈动作,使得西方的芭蕾舞第一次正式出现在新中国的舞台。茅盾在题词中说:"这是我们第一次尝试综合中国民间舞蹈的宝贵传统以及西欧古典舞蹈的优点而创作的大型舞剧。"光未然也写道:"像《和平鸽》这样大型舞剧的演出,在我国还是第一次尝试;一次的尝试并不代表一种肯定的方向,肯定的方向是从多次的目的性明确的实践中总结与肯定下来的。虽然如此,我觉得这次大胆的尝试还是很有益处……"②

大型音乐舞蹈史诗《东方红》是新中国历史上最具影响力的红色经典,是第一部全面反映中国革命历史的歌舞作品,也是第一部全面反映党的斗争历史、展现毛泽东思想发展过程的大型作品,是真正意义上的一部政治性和艺术性都很高的红色主题作品。它以恢宏壮美的场景和波澜壮阔的气势展现了我国歌舞艺术发展的最高水平。同年上演的红色舞剧还有中央歌剧舞剧院芭蕾舞团创作演出的《红色娘子军》,它与当时的《白毛女》合称"一红一白"。《红色娘子军》主要塑造了琼花和洪常青两位革命英雄人物形象,其时代意义不仅在于中国舞剧的芭蕾民族化探索,更在于用西方的艺术形式来表达中国的政治话语。同一时期还有北京芭蕾舞蹈学校创作的《红嫂》及后来在此基础上创作的《沂蒙颂》,都成为继《红色娘子军》和《白毛女》之后的红色"样板戏"。

继《东方红》之后,又一部大型音乐舞蹈史诗《中国革命之歌》应时而生,于1984年在北京首演。该剧概括了140多年来中国各族人民的斗争史、革命史、建设史,同时也是第一次把众多的领袖人物艺

---

① 于平:《从〈人民胜利万岁〉到〈复兴之路〉:新中国舞蹈60年感思》,转引自《中文文艺论文年度文摘》,吉林人民出版社2010年版,第508页。

② 秦之:《革命的艺术,战斗的行动》,《北京日报》1965年5月29日。

术地再现于新中国的艺术舞台上，成就了红色经典中的多个"第一"。

2001年，空政文工团创作的现代舞剧《红梅赞》正式推出。一首《红梅赞》唱出了中国共产党人为了革命事业粉身碎骨的心声，一组红岩烈士群像铭记下了气势恢宏、荡气回肠的精神礼赞，一部凛然悲壮的舞剧铸就了中国革命历史题材的另一座划时代的红色丰碑。2010年原总政歌舞团创作演出的舞剧《铁道游击队》，取材自革命战争题材的同名长篇小说，讲述了抗日战争时期，活跃在山东省一带的抗日武装部队传奇般的英勇事迹。该剧呈现了激烈的战斗场景和壮烈的抗战群像，将经典的红色题材与现代的舞美设计观念以及极具观赏性的舞台装置相结合，打造了高质量的舞剧艺术精品。

《复兴之路》是继《东方红》《中国革命之歌》之后我国舞台艺术史上呈现的第三部具有重大政治、文化意义的大型音乐舞蹈史诗。该剧以"复兴"为主题，勾勒出中华民族伟大复兴的艰辛之路；以历史时间为脉络，讲述了1840年鸦片战争之后的国家记忆。2019年，《奋斗吧！中华儿女》在人民大会堂首演，以音乐舞蹈史诗的形式庆祝中华人民共和国成立70周年。该剧以"奋斗"为主线，以"人民"为表现主体，运用交响、合唱、舞蹈、朗诵、情景表演等手段，再现了一代又一代中华儿女为民族独立、国家富强不懈奋斗的伟大历程。党的十八大以后国家取得的历史性成就、发生的历史性变革，为该剧提供了丰富的创作源泉。

（二）时代传承：从意象主题到艺术形式

考索中国现当代舞剧的发展历程可以发现，红色舞蹈在中国70年的岁月当中总是遵循着这样一条必然的规律：以建国、建党的"逢十""逢五"庆典为契机，延续红色经典在不同历史时期的华彩篇章。历史的焦点成就了红色主题的革命历史题材的舞蹈创作，而1949年、1964年、1999年、2009年、2019年等特殊年份则成为红色舞蹈创作的主要历史时期。

综观北京红色舞蹈，我们惊讶地发现几乎所有的舞作都力图呈现红色意象主题，包括舞作名称、场幕段落、场景描述、服装道具等。大多数作品中都有"红"字蕴含其中，比如《东方红》《红色娘子军》《红旗颂》《红梅赞》等，就连相关的场幕名称和场景描绘中也时常出现红色主题词汇，如"东方的曙光""星火燎原""热血赋"等。红色舞作中也有大量的红色意象表现，比如《人民胜利万岁》中的大红花和大红绸；《东方红》序曲中"葵花向阳、人心向党"的舞蹈呈现及"东方红，太阳升"的歌词吟唱。红色意象贯穿舞蹈作品，并以活跃的姿态和频繁的信号闪现在艺术表现中，给人以强烈的视觉冲击和审美体验。

中国的红色经典在每一个历史瞬间都以各种不同的艺术形态进行着红色述说。《人民胜利万岁》是最简单的歌舞形式，采用载歌载舞的方式体现新中国的历史时期和新的精神风貌。《东方红》《中国革命之歌》《复兴之路》《奋斗吧！中华儿女》是以音乐舞蹈史诗的形式，《红色娘子军》与《白毛女》是以西方芭蕾舞剧的形式，而后期的红色舞蹈基本是以中国现代舞剧的形式呈现。从最初的大歌舞到中期的音乐舞蹈史诗，再到后期的中西现代舞剧的表现方式，可以看到北京红色舞蹈正随着社会意识形态的进步及舞蹈艺术形态的成熟，变得越来越具有艺术的独立品格。

红色经典永远不会褪色，是因为在这些经典作品中寄托了民族的精神和对国家的情感，也寄托了每个个体生命的人生信仰与追求。正是这种坚忍不拔的精神意志，感动了一代又一代的中国人，使得中华儿女不得不在每一个历史时期都重新打量中华民族的未来与希望。红色经典随着时代的步伐渐行渐远，而英雄主义的红色主题却浩气长存，构筑起中华民族自我反省的一面镜子。

第三节　彰显中国文化的国际传播

北京不仅是中国的文化中心，体现着中国主流文化，同时也是国际文化交流与汇聚中心。因此，北京文艺具有典型的外向性与国际化特征。本节我们将通过音乐与舞蹈中的典型作品，介绍一下体现中国文化的北京创作的国际化传播状况。

一、中国交响音乐的"世界奏响"

交响乐是编制规模最为庞大、体裁形式最为多样、题材内容最为丰富、艺术效果最具张力、情感表现最为深厚的大型管弦音乐作品的统称，被誉为艺术桂冠上最耀眼的明珠。

交响乐是一种世界通用的艺术语言，其创作水准可以直接体现音乐文化的发展水平。中国交响音乐文化的历史大约百年，真正走向现代不过40余年，而真正原创的现代交响音乐作品走向国际的时间仅有30多年。

反观西方，从18世纪中叶奥地利作曲家海顿创作出《第一交响曲》确立近代交响乐结构形式、编制与配器原则算起，距今已有260多年（比中国早了140多年）；从美国作曲家艾夫斯开启现代音乐之门算起，至今也已有110多年历史（比中国早了半个多世纪）。相比之下，单纯从历史的角度来说，交响音乐已经成为西方的传统艺术，而中国现代交响音乐创作尚处于茁壮生长的"青少期"。

虽然中国交响音乐的历史不长，但从20世纪初以萧友梅、黄自为代表的中国音乐家开创近代专业音乐高等教育开始，便将其理论分为"四大件"建构其音乐教育教学体系，从而培养了大量的音乐创作人才。据统计，目前我国已有200余名交响音乐作曲家，创作了2万余首交响乐作品。虽然如此，真正"打"入世界乐坛的中国交响音乐作曲家依然很少，且以北京、上海的作曲家为主。下面我们就分为三大类型，以北京的3位代表性的作曲家及其代表作品为个案，以点带面地介绍一下北京交响音乐创作的发展状况。

（一）"奏响世界"的"中国故事"

此类作品的代表人物是中国音乐家协会主席、中央音乐学院教授、德国朔特（SCHOTT）音乐出版社签约作曲家叶小纲。

从20世纪90年代以来，叶小纲的创作已经形成了成熟的个人风格。他不仅主要继承了西方新浪漫派的创作技术，更凸显了中国化风格的音乐创作，具体体现在"中国故事""中国风韵""中华美学"3个方面。

"中国故事"，首先指的是其创作大多为中国题材；其次是指他对诗乐合一的声乐交响曲题材的偏好或遵循。"诗言志。"（《尚书·虞书·舜典》）叶小纲不是那种隐藏自己观点的作曲家，他的作品总是表现出鲜明的文化立场、情感态度。

"中国风韵"，指的是其作品的创作技术广泛吸收中国传统音乐素材，形成了具有中国色彩的和声、织体、音色、结构，或者说，他的作品是西方现代音乐技术的中国化，一听就是中国味道。

"中华美学"，指的是其作品有孔孟学派的风骨，有魏晋风度的俊逸、洒脱，也有佛家禅学的顿悟妙思，体现在思维上，就是始终没有放弃中国传统的线性思维、意象思维、意境表现。

叶小纲是相对专注于交响乐体裁创作的作曲家，是目前已进入世界乐坛主流的中国作曲家。他访演过全球四大洲（除了澳洲）的诸多著名音乐厅（如美洲的林肯中心、纽约卡内基音乐厅、圣何塞国家音乐中心、秘鲁利马国家大剧院，欧洲的慕尼黑音乐厅、德国柏林音乐厅、爱尔兰国家音乐厅、意大利斯卡拉剧院、英国爱丁堡厄舍大厅，亚洲的日本东京歌剧城、新加坡滨海艺术中心音乐厅等），合作过众多世界著名的交响乐团（如费城交响乐团、底特律交响乐团、克利夫兰交响乐团、纽约爱乐交响乐团、德意志交响乐团、英国皇家爱乐乐团、德国班贝格交响乐团等），已在国外演出的交响乐作品有14部，共演出40余次，是目前在国外演出作品数量最多的中国作曲家。

叶小纲在国外奏响的作品分为四类。

第一类是体现中国多彩民族文化、各地自然风貌与人文风情的作品，代表性作品有《青芒果香》（1998）、锦绣天府（2014）、《峨眉》（2015）、《喜马拉雅之光》（2012—2013）等，其中描写南国风情的《青芒果香》演出次数最多（7次），《喜马拉雅之光》获得的荣誉最高（美国古根海姆大奖）。

第二类是体现中华民族优秀传统文化的作品，代表作品有《大地之歌》（2005）、《悲欣之歌》（2012）。《大地之歌》通过对唐代诗歌名作的交响乐再创作，展现了中国盛唐文化与今人的文化感怀；《悲欣之歌》通过对一代高僧李叔同（弘一法师）的诗歌进行再创作，展现了民国文人的精神境界与文化追求。其中，《大地之歌》是目前中国作曲家中单首作品与世界级著名交响乐团合作最多的作品。

第三类是展现社会主义新中国的时代风貌作品，最具有代表性的是《星光》（2008）。这首作品是钢琴协奏曲。2008年北京奥运会开幕式上，国际著名钢琴家郎朗的演奏让世界上约30亿观众同一时间欣赏到了这部作品。

第四类是少数杂类作品，如《冬》《最后的乐园》等。

总体来说，叶小纲的交响音乐作品在国外传播最广的是他讲述"中国故事"的系列作品。毫无疑问，他是在交响乐领域传播中国文化的使者。

（二）"奏响世界"的"中国情韵"

此类作品的代表人物是中央音乐学院教授、意大利出版社CASA RICORDI-BMG的签约作曲家郭文景。

郭文景是坚守故土的作曲家，作品中有着地道的"中国情""中国境"，被《纽约时报》评说为"唯一未曾在海外长期居住而建立了国际声望的中国作曲家"。

目前，在郭文景的作品中，进入世界著名交响乐团演出季并被国外乐团经常性演出的是两部与"山"题材相关的交响乐作品：竹笛协奏曲《愁空山》（1992）与打击乐协奏曲《山之祭》（2009）。这两部作品在国外的传播十分广泛。据竹笛演奏家唐俊乔、魏思骏不完全统计，2004—2020年，《愁空山》先后在美国、日本、新加坡、罗马尼亚等国演出30余次，登上过美国卡内基音乐厅、柏林爱乐大厅、马赛歌剧院等世界著名音乐厅，合作过班贝格交响乐团、BBC交响乐团等世界著名交响乐团，是中国作曲家中单首交响音乐作品在国外演出频次最高的作品。另一首《山之祭》在国外的演出频次也很高，访演过德国柏林艺术节、丹麦艺术节等欧洲著名艺术节，合作过葡萄牙古本江交响乐团、丹麦国家交响乐团、捷克交响乐团等诸多欧洲乐团，是中国国外传播最为广泛的中国作曲家创作的打击乐协奏曲作品。

《愁空山》分为3个乐章，分别使用了婉约抒情的曲笛、高亢激越的梆笛、低沉浑厚的大笛，从"愁""灵""峻"3个角度细腻生动地描绘了"空山"之色。《山之祭》原为北京交响乐团出访欧洲时接受该团艺术总监谭利华和打击乐演奏家李飙委约而作。作品用3个乐章（"马林巴的托卡塔和悲歌""一面锣的三重奏、四重奏与八面锣的托卡塔""鼓的宣叙调"）表达了对"5·12"汶川大地震罹难者的祭奠追思。第一个乐章描绘了一个阴阳并置、虚实与共的幻真之境。在河断山崩、墙倒房塌、满目疮痍的灾难场景中描绘了渐渐远去的美丽逝者魂灵。第二个乐章用一场盛大、原始、神秘的祭山之礼表现了对逝者的追念、慰藉与祝福。第三个乐章表现了作者对人间灾难的沉痛思考，最后引用四川民歌《太阳出来喜洋洋》的主题音调表达了对光明未来的信心希冀。

（三）"奏响世界"的"中国创新"

此类音乐的代表人物是中央音乐学院教授、德国Sikorski音乐出版社的签约作曲家秦文琛。

目前，秦文琛在"世界奏响"的交响音乐作品已有10余部（包括在国外首演和多次复演的作品），代表作品有3部，即《际之响》、《行空》和《云川》。这3部作品笔者称为"天空"之作，不仅因其题材与天空相关，更重要的是作品体现了作曲家对音乐技法的独特创造与极致追求——只有天空才是极限。

最有影响力的作品是秦文琛留学德国埃森国立音乐大学第三年时创作的《际之响》（2001）。这部作品一经推出，就获得德国Buerger Pro A管弦乐作曲大赛第一名，为作曲家赢得了国际声誉。这部作品最为独特之处在于仅仅使用了一个B（不同音区和音色）作为核心，通过音的装饰、变异、并置、转换、偏移，多重节奏与音色的变化等极致性技法运用，创造出了一个新的音乐世界——微分音结构的音乐世界。这个世界就像孔子所言，"从心所欲不逾矩"，精微而自由地表达了作曲家的美学追求、文化思考与哲学观念。目前这部作品的2个版本已经在2个国家（德国、波兰）的3个城市（卡塞尔、柏林、华沙）3次上演，时间跨度12年（2002—2014），尤其以2014年世界著名的日裔作曲家、指挥家细川俊夫指挥德国柏林交响乐团的演出版本最为经典。

《行空》（2012，为琵琶与管弦乐队而作）是一首在国内鲜为人知但却享有世界声誉的作品，原为俄罗斯圣彼得堡爱乐乐团委约之作。作品对琵琶的演奏技巧和表现力有着极致的发掘，所以演出难度颇大。2012—2016年，该作品已经走过两大洲（欧洲、南美洲），并由3个国际知名乐团在3个知名的音乐厅演出过，其中最为经典的是2016年由哥弗里德·拉伯尔指挥维也纳广播交响乐团演奏，兰维薇担当琵琶独奏的版本。英国著名的古典音乐杂志《留声机杂志》曾对此曲给予了专门评论，认为《行空》（2012）琵琶协奏曲，同样充满神秘和想象力：这个类似琉特琴的乐器的猛烈动作，背景中琴弦上唤奏大量的纯五度和弦，产生了富有共鸣的泛音。这些闪烁的弦乐泛音反过来打开了一个空间。随着乐曲的进展，琵琶的有节奏的击奏发展成铿锵有力的舞蹈。意大利著名的现代音乐评论家Ettore Garzia更是对该曲给予了高度评价，认为"该曲展现或提供了一种哲学态度……对琵琶的处理，使其以完美而深入的方式与乐队营造的场景相呼应……仿佛重现西方交响乐最活跃的20世纪"。

《云川》(2017,为笙与管弦乐队而作)是作曲家受第60届"华沙之秋国际音乐节"委约而创作的一首精品力作。虽然国内少有人知,但3年来,该作品却分别由3个不同的乐团奏响在三大洲(欧洲、北美洲、南美洲)的三大音乐厅。这首作品相对经典的是Jacek Kaspszyk于2017年9月23日指挥波兰国家爱乐乐团首演于华沙国际音乐节的演出版本(笙:郑杨)。笔者听过我国著名指挥家俞峰挥棒中央音乐学院交响乐团于2019年在卡内基音乐厅演出的版本,认为单从对笙乐的现代演奏技术的极致发掘使用的角度来说,这部作品可谓现代笙乐的绝品之作。在作品中,作曲家采取近乎自然主义的写作思维,取静动虚实合一、张力内聚一体的云川为写作意象,选择"从宏大观精微"的独特视角,书写了素至极灿却接通至理的融极世界。这里所讲的世界并非自然宇宙,而是禅学中"一花一世界"似的文化空间。通过对笙乐块状音响微分音技术的极致发掘,尤其是块状音响的颤音与震音的对比性律动的贯穿使用,给人带来别具新意的听觉体验与旷阔的召唤性审美空间。

通过以上介绍可见,在交响乐领域以叶小纲、郭文景、秦文琛为代表的"北京"作曲家的"北京创作"已经奏响世界,展现了中华民族悠久的传统文化、多彩的民族风情和时代文化精神与创新精神。但同时,我们也会发现一个共同点:这3位作曲家的作品均由国外著名的音乐出版社代理和推广。这或许就是他们的作品能够在国外广泛传播的重要原因之一。而反观大多数的中国交响乐作曲家,他们的作品在世界乐坛还处于难得一闻的状况。其中一个很大的原因可能就是中国目前缺少可以普及全球的国际交响音乐文化传播渠道与机制。比如2012年,原国家新闻总署颁布了笔者参与制定的出版行业标准——中国乐谱出版物号(ISMN)号。这一专门针对乐谱出版物的标识系统目前仍未切实付诸实施,因此导致国外交响乐团艺术总监、节目经理没有合适的渠道获得中国作曲家的音乐作品出版物信息和版权(当前中国普遍使用的ISBN号的中国乐谱出版物无法纳入国家ISMN检索系统)。不过,随着国家改革开放的进一步深入,人类命运共同体理念的世界推行,这种情况会得到改观,届时呈现的将是中国交响音乐作品在世界乐坛上百花齐放的文化景观。

二、展现中华魅力的国家文化盛典

党的十八大以来,习近平总书记所倡导的"一带一路"建设和构建人类命运共同体的中国智慧和中国方案逐渐被世界人民普遍接受和国际社会高度认可。在这样的时代背景和国际局势下,中国真正开始从一个文化输入大国转向文化输出大国,这为中国音乐、舞蹈艺术的繁荣发展和走上国际舞台提供了重要的历史机遇和展现平台。音乐和舞蹈作为重要的交流手段,不仅促进了世界各国文明和文化的交流与合作,而且促进了中国歌舞艺术的繁荣与发展。

(一)文化盛典展现中华文明

2006年11月4日晚,中非合作论坛北京峰会文艺晚会《友谊颂》在人民大会堂举行。舞台中央,巨大的红色幕布上用中、英、法3种文字写着"友谊颂"。晚会由"喜迎""欢聚""向往"三部分组成,由中非国家的近400名演员同台表演。

2008年8月8日晚8时,举世瞩目的北京第29届奥林匹克运动会开幕式在国家体育场隆重举行。具有2000多年历史的奥林匹克运动与5000多年传承的灿烂中华文化交相辉映,共同谱写人类文明气势恢宏的新篇章。"有朋自远方来,不亦乐乎!"中国人民以具有浓郁中华文化内涵的方式,热烈地欢迎来自全世界的宾朋。这届开幕式历时4个小时,全球共有40亿观众观看了这一盛典,共有1.5万名艺术家参与其中,经历了长达13个月的精心筹备和创作。

2011年11月9日晚,第六届中国北京国际文化创意产业博览会在人民大会堂开幕。博览会以"文化融合科技·创新驱动发展"为主题,全面展现中国文化体制改革和文化创意产业发展的新成果、新业态、新思想和新的发展态势。开幕式演出了《琴键上的芭蕾》《太空漫步》《北京的记忆》《琵琶语》等舞蹈作品,展现了中西文化的交融和科技与艺术的结合。来自联合国教科文组织、世界知识产权组织、世界休闲组织、世界贸易中心协会、国际博物馆协会等8个国际组织以及26个国家和地区的50多个境外代表团专程赴会，开展文化创意产业的国际合作与交流。

2014年11月，亚太经合组织第22次领导人非正式会议在北京举行。为了表达中国政府和人民对各位贵宾的热烈欢迎和诚挚问候，组委会安排了文艺演出——"花开北京"2014年亚太经合组织第三次高官会文艺演出。演出在国家大剧院举行，京剧、杂技、舞蹈、琵琶与钢琴等精彩节目，让中外嘉宾掌声四起。

"一带一路"国际合作高峰论坛于2017年5月14—15日在北京举行，这是2017年中国重要的主场外交活动，对推动国际和地区合作具有重要意义。论坛当晚，文艺晚会《千年之约》在国家大剧院上演。晚会运用多种艺术形式展现陆上丝绸之路和海上丝绸之路等商旅贸易之路的过去、现在和未来，体现出中华文化历史的纵深感，以及"和平合作、开放包容、互学互鉴、互利共赢"的丝路精神。"一带一路"沿线国家和地区的嘉宾们欢聚一堂，共同欣赏了一台精美的演出。

2018年中非合作论坛北京峰会欢迎晚宴文艺演出在人民大会堂举行，开幕式主题为"合作共赢，携手构建更加紧密的中非命运共同体"。

为第二届"一带一路"国际合作高峰论坛欢迎宴会特别准备的文艺演出活动，于2019年4月26日在北京人民大会堂演出，演出了《丝路芳华》《敦煌》《盛装萨玛瓦尔》等舞蹈作品。这一高峰论坛是"一带一路"框架下最高规格的国际合作平台。这次会议是中国2019年最重要的主场外交，也是一次具有标志性意义的国际盛会。

2019北京世界园艺博览会开幕式以"绿色生活，美丽家园"为主题，依托世园会的自然之景，巧妙融合山、林、湖、草、木，运用多重立体光影技术，打造全方位、沉浸式的视觉体验，展现美丽中国生态文明。开幕式共有8个节目，五大洲都分别表演了代表性的舞蹈，其中舞蹈《彩翼的国度》集中展现了来自世界多国的经典舞蹈，包括摇曳生姿的弗拉明戈、热力四射的探戈、整齐一致的踢踏舞、动感十足的非洲鼓舞、优美柔和的中国扇子舞等。

（二）歌舞表演彰显国家形象

"观看各国歌舞表演，这种习俗自古以来就是文化外交的重要形式，也是民族文化的直接展现。作为民族特征最浓的文化品种，舞蹈因其身体动作的表达优势而跨越了语言障碍，所以此习俗保留至今。舞蹈是民族文化的重要表征，成为各国各民族文化的'代言人'。"[1] 历史与现实表明，歌舞艺术始终与人类的进步与发展形影相随。音乐和舞蹈作为全世界通用的语言，在高速发展的全球化时代促进了不同国家、不同文明之间的相互理解与尊重，发挥着促进民族文化繁荣与发展的重要作用。

歌舞作为一种展现文明的方式，将"连手而歌、踏地为节"的传统体验转嫁到了现代社会"歌舞升平"的情感寄托中，将人们的祈福、期盼和祝愿绘制成"普天同庆"的五彩图案。歌舞是综艺节目中最普遍的一种艺术形式，"歌舞升平"是文化盛典中最常见的审美基调。歌曲中带有风调雨顺、幸福安康、繁荣昌盛的祝福贺语，舞蹈则具有节日狂欢体验的酒神精神，在载歌载舞的交流互动中，营造出盛世太平、国泰民安、普天同庆的美好图景。

2006年中非合作论坛北京峰会、2008年北京奥运会、2011年中国北京国际文化创意产业博览会、2014年亚太经合组织第22次领导人非正式会议、2017年"一带一路"国际合作高峰论坛、2019年北京世界园艺博览会等重大政治事件以及相关的文艺演出，成为塑造和传播中国形象的重要手段。开幕式上的文艺晚会借助中国传统的歌舞表演形式成功地塑造了新时期中国的国家形象，并得到国内外主流媒体的称赞。人们所能感知到的文化盛典，正是通过科技的手段传达到

---

[1] 吕艺生、毛毳:《舞蹈学基础》，上海音乐出版社2014年版，第14页。

世界各地，使各国人民共同参与这一"全球性庆典"。同一时间语境下的文化盛典可以在不同的空间地域中得到集体性的"狂欢"，使得全世界人民全方位地投入盛典的仪式中。

面对世界多极化、经济全球化、文化多元化、社会信息化的趋势，文化盛典的传播方式日益多元，传播内容更加广泛，传播受众更为普及，传播效果更为明显，从而影响国际公众对中国的认知。文化盛典展现璀璨的华夏文明，彰显大国的国家形象，在新时期具有特殊的历史意义和现实意义。"文化的价值在于它的有效性，即一种文化能够吸引凝聚人民，被长期广泛接受，并为接受此种文化的群体与个体提供更好的生活质量，提供更好的人与社会关系，提供人类和平与进步的前景，提供发展的成果与动力。"[1]文化盛典是面向世界的一个窗口，通过歌舞的形式向世界展示了中国的传统文化与古老文明，向世界展现了一个合作共赢、开放包容、创新发展、多元和谐的大国形象，向世界呈现了"各美其美，美人之美，美美与共，天下大同"[2]的伟大愿景。

---

[1] 王蒙：《王蒙谈文化自信》，人民出版社2017年版，第5页。
[2] 苏格：《平易近人——习近平的语言力量》(外交卷)，上海交通大学出版社2018年版，第244页。

第四节　引领时代的艺术探索

一、"北京摇滚"的"中国"代言

摇滚乐起始于西方20世纪40年代末50年代初，是一种结合了当时流行的美国黑人的布鲁斯音乐（Blues）、爵士乐（Jazz）、福音音乐（Gospel），以及白人的西部摇摆乐（Western Swing）和乡村音乐（Country Music）风格的流行音乐形式，最早得名于1951年。当时美国俄亥俄州克利夫兰电台的主持人阿兰·弗里德（Alan Freed）把这种音乐称作"摇滚乐"。

经过70多年的发展，摇滚乐领域出现了许多世界级的歌手和乐队，如猫王、鲍勃·迪伦、滚石乐队、披头士乐队等，同时产生了许多分支类型，如朋克、蓝调摇滚、英伦摇滚、重金属摇滚、视觉摇滚等。

对于摇滚，通常人们总愿意把它和叛逆、放纵、不羁联系在一起，其实那只是表象。从本质来说，它所表现的是独立的思想和自我的精神体系，是直面社会、直击心灵的艺术表现形式。现在，摇滚作为一种独立精神的标签，已经成为独具特色且流行于全世界的音乐文化。

中国摇滚是在西方摇滚出现30年之后，与改革开放同时起步的，起源在北京，领潮是北京，轴心是北京。"北京摇滚"可谓中国摇滚的代言者。下面，我们就分三部分谈谈"北京摇滚"。

（一）为何"北京摇滚"可以代言中国

这里的"中国"指的是中国摇滚乐。中国摇滚乐分为大陆和港台两大文化区。中国大陆摇滚乐走过了3个历史阶段。

第一个阶段是萌兴阶段（1979—1989），有的乐评人称之为"无名时代"①。所谓"无名",就是有实无名,也就是存在摇滚乐,但大众却不知是摇滚乐,因为"摇滚乐"这个概念还没引入中国。据目前材料,中国大陆第一个摇滚乐队是北京的万里马王乐队。这个乐队是在1979年冬天,由北京第二外国语学院的4位年轻人万星、李世超、马晓艺和王昕波组成,以翻唱披头士乐队、比·吉斯乐队和保罗·西蒙的歌曲为主。因此,我们把1979年中国第一支摇滚乐队的出现作为中国摇滚乐萌兴的起点。不过,万里马王乐队所做的事情主要是翻唱,只能说明中国开始引入西方摇滚乐文化,而不能说中国有了自己的摇滚乐。

中国真正意义上的第一部原创且产生广泛社会影响的摇滚乐作品是崔健创作的《一无所有》。这首歌是在1986年首都体育场崔健演唱会上首次亮相并由他自己演唱的。很快,这首歌就传遍了中国大街小巷。1986年,也因此具有了特殊的意义,被称作中国摇滚元年而写入史册。

不过,即使崔健唱红了《一无所有》,人们也并不知道他唱的是摇滚乐。让公众普遍知道"摇滚乐"这个概念的时间是1989年。这一年,崔健出版发行了音乐专辑《新长征路上的摇滚》,这是中国第一张以摇滚命名的专辑。从此,中国大众都开始知道"摇滚",中国音乐人对摇滚也有了从感性到理性认识的一次飞跃,这是中国摇滚文化发展的重要坐标年。

1979—1989年,中国摇滚走完了它的兴起阶段,其中北京万里马王乐队和北京音乐人崔健的音乐演唱与创作是其标志与关键。

第二阶段是繁盛阶段(1989—1999),有的乐评人称之为中国"摇滚时期"②。"繁盛"的表现主要体现在四个方面:风格细分化发展基本完成;代表性明星或乐队基本出现;代表性名作名专辑迭出;出现标志性的大事件。具体来说,黑豹乐队的抒情摇滚、唐朝乐队的激进摇滚、轮回乐队的民族摇滚、诱导社乐队的朋克、地下婴儿乐队

---

①② 李皖:《中国摇滚三十年》,《天涯》2009年第2期,第162—169页。

的新朋克、脑浊乐队的硬核朋克、超载乐队的鞭挞金属、窦唯的后朋克、鲍家街43号的流行摇滚等均在这一时期集中出现。

最具代表性的明星及其作品有黑豹乐队的《无地自容》（1991）、张楚的《姐姐》（1992）、唐朝乐队的《梦回唐朝》（1992）、轮回乐队的《烽火扬州路》（1993）、何勇的《垃圾场》（1994）、零点乐队的《爱不爱我》（1996）、鲍家街43号的《晚安，北京》（1997）等。

最有代表性的品牌专辑是《中国火》三部曲（1991—1998）、《摇滚北京》三部曲（1993—1997）以及《黑豹》（1992）、《梦回唐朝》（1992）等。

最具有文化高峰表征意义的事件是1994年"魔岩三杰"（窦唯、张楚、何勇）和唐朝乐队在香港红磡体育馆的"中国乐势力"演唱会。

可以说，中国摇滚这10年走完了西方摇滚30年走过的发展道路。当然，这种井喷式发展也留下了隐患，即"兴也勃焉，其亡也忽焉"。

这一阶段的断代，起点为1989年。这一年，不仅崔健发行了《新长征路上的摇滚》，同时丁武带着唐朝乐队参加了北京首都体育馆举办的"90现代音乐会"，从此摇滚作为一个音乐概念得到了大众的普遍接受。但是，这一阶段的终点是有争议的。有人认为1994年轰动乐坛的香港红磡体育馆的"中国乐势力"演唱会让中国摇滚走向了高峰，同时，崔健这一年新发的作品《红旗下的蛋》市场遇冷，这时中国的摇滚时代已经结束。笔者认为这个观点值得商榷，因为中国摇滚乐发展史并不等同于崔健的摇滚发展史，其后的几年，北京的零点乐队、鲍家街43号、超载乐队、地下婴儿乐队等知名的中国摇滚乐队才刚刚推出了自己的代表作。《摇滚北京Ⅲ》（1997）、《中国火Ⅲ》（1998）等著名的品牌专辑还在持续推出；许多中国摇滚的新生力量，如地下婴儿乐队（1997年，推出代表作单曲《觉醒》《种子》）、脑浊乐队（1995年成立）等才刚刚步入正轨……所以，1994年只是一个新老交替年，如崔健这样的中国摇滚第一代音乐人的确已显老态，但新生力量却正在崛起。不过1999年之后就不同了，几乎再难听到一首广为流传的中国摇滚歌曲，再也没有大的轰动性事件发生。1999年之后，大量的中国摇滚乐队开始或归隐，或转型，如这一年窦唯加入译乐队，虽然发行专辑《幻听》，但影响力已不可与其在黑豹时期的作品同日而语。轮回乐队主创兼主唱吴彤1999年在美国结识大提琴家马友友后，成为丝绸之路乐团的核心成员……所以，笔者将1999年左右断代为中国摇滚第二阶段的结束时间。其间，1989—1994年是蓬勃发展阶段，1994—1996年是巅峰时期，1996—1999年是趋势走弱阶段。

在中国摇滚的繁盛时期，"北京摇滚"扛起了发展的大旗，具体体现在诸多北京摇滚音乐人是这一时期中国摇滚最具影响力的乐队灵魂与类型化音乐代表，如崔健（硬摇滚，崔健乐队灵魂人物）、丁武（激进摇滚，唐朝乐队的灵魂人物）、周晓鸥（流行摇滚，零点乐队核心人物）、窦唯（抒情摇滚，黑豹乐队第二代灵魂人物）、何勇（第一代朋克代表人物）、吴彤（民族摇滚，轮回乐队灵魂人物）、汪峰（流行摇滚，鲍家街43号灵魂人物）、高旗（鞭挞金属摇滚，超载乐队灵魂人物）、高氏兄弟（高幸、高阳，新朋克摇滚，地下婴儿乐队灵魂人物），以及肖容和涂强（硬核摇滚，脑浊乐队灵魂人物）等。同时北京音乐人也创作出这一时期最具代表性的作品，如单曲《无地自容》（窦唯填词）、《梦回唐朝》（唐朝乐队谱曲、编曲）、《晚安，北京》（汪峰词、曲）、《烽火扬州路》（吴彤改编词作、谱曲）以及专辑《摇滚北京》《垃圾场》《梦回唐朝》《鲍家街43号》《超载》《觉醒》等。即使说到中国摇滚的巅峰时刻——香港红磡"中国乐势力"演唱会也是以"北京摇滚"的集体形象出现并广为人知的。不仅如此，实际上"魔岩三杰"中唯一的非北京籍摇滚音乐人张楚（湖南人），以及来自陕西的许巍、郑钧和来自江西的罗琦等并不占多数但具有较大全国知名度的音乐人，其摇滚事业中起步或重要的突破性发展也都是在北京实现的。我们可以说，"北京摇滚"代言了中国摇滚，支撑起了20世纪80—90年代的摇滚时代。

第三个是趋寂与守望阶段（2000年至今）。这个阶段在许多人眼里，中国摇滚已经消失了，实际上并非如此，只是走出了大众音乐的视野，少数中国摇滚音乐人依然守望着这一文化厚土。

这一阶段的中国摇滚乐状况可用5个词来描述："趋寂""离散""转型""冷淡""消隐"。

要说中国摇滚乐队的"离散"与"消隐"，可以列出长长的名单：2000年，鲍家街43号解散，主创兼主唱汪峰单飞；2002年，窦唯离开译乐队，从此消隐；曾经的"魔岩三杰"，用何勇自己的话说，一个"死"了，一个"疯"了，一个"成仙"了……

在这一阶段，老牌的中国摇滚明星的"转型"也是普遍的，如2004年吴彤离开轮回乐队后，创建了一支全部由中国演奏家组成的乐队——中国喜鹊，从摇滚转型到民乐与古典。零点乐队实际上从1996年《爱不爱我》起就开始转向流行化的多元风格，早已不是原来的自己。周晓鸥2008年离开零点乐队后，转型影视创作，偶尔上上电视综艺，演唱会基本没有……

21世纪以来，摇滚在乐坛上的"冷淡"是显见的，比如唐朝乐队的吉他手张炬离世后，刘义军重返"唐朝"，乐队重组，但歌声里已失去《梦回唐朝》的激情，代之以《呐喊：为了中国曾经的摇滚》（2003年合辑），代之以《唐朝乐队最后的晚餐》（2004年合辑）；重组的诱导社乐队（2009）再唱出的声音里已经没有了叛逆，代之以《美好时代》（2010年专辑）；复出的张楚（2004）再也没有多少人听他唱什么……中国摇滚乐已不再有当年的辉煌与棱角，音乐人也仿佛失去了当年的热血与激情。

不过，少数的音乐人还在坚守着摇滚的土地，其中最为突出的就是汪峰。这些年他可谓佳作不断，如《飞得更高》（2005中歌榜"中国年度最受华人欢迎十大金曲"）、《怒放的生命》（2010蒙牛酸酸乳音乐风云榜十年盛典"十年内地十大金曲"）、《春天里》（2010第十七届东方风云榜"年度十大金曲"）等。逆势生长的北京朋克——脑浊乐队还在世界各地巡演，并推出了自己的专辑《欢迎来到北京》（2007），等等。

由此可见，第三阶段就是趋寂与守望的中国后摇滚时代。以北京摇滚音乐人为主体的文化守望者如红梅般在寒冷冬日依然绽放，成为此时一抹亮丽的景色。

总而言之，无论是萌兴阶段的崔健，繁盛阶段的丁武、窦唯、何勇，还是趋寂与守望阶段的汪峰等，这些北京摇滚音乐人都作为主导者参与并推动了中国摇滚的发展，他们的歌声和作品书写了中国摇滚历史的主要篇章，所以我们说"北京摇滚"可谓中国摇滚的代言者。

当然，港台摇滚音乐人像罗大佑、庾澄庆等也有一大批，也取得很高的成就，但归结起来，却没有像崔健、丁武、窦唯、何勇、汪峰那样在持续地坚守，摇滚得也没有那么纯粹。所以，即使将海峡两岸的摇滚乐算在一起，"北京摇滚"依然无愧为中国摇滚的代言者。

（二）为何"北京摇滚"会成为中国摇滚的代言

这个问题的答案依然没有走出古人所言的天时、地利、人和三方面。

第一方面是天时。成就中国摇滚时代的天时，主要有两个。

一个是开放包容的社会文化气候。改革开放政策的落地实施以及社会现代化建设思潮是形成这一文化气候的主因。前者是后者存在的保障，后者是前者在文化领域落地的标志。现代化思潮中存在一个先驱者理论，就是落后一方要进步总是从对先进者的学习开始的。日本的明治维新如此，中国新时期的现代化建设亦如此。表现在文化领域就是西方现代主义思想、西方现代文艺形式的大量引入，比如20世纪80年代的中国"美学热"，大量译介西方美学家的思想论著，海德格尔、康德等人的著作成为畅销书。在艺术上，中国效仿西方形成的"先锋戏剧""先锋小说""新潮音乐""新潮美术"等系列现代主义文艺思潮。回过头看，1979年，北京第二外国语学院的万里马王乐队翻唱披头士乐队、比·吉斯乐队等西方摇滚乐不就是这种文化译介、文化引入的表现吗？

另一个是独立精神的文化基因。摇滚，从美学的角度来说，就是说着糙话的严肃思考。它的内在文化气质与现实批判主义一脉相通,只不过是以一种俗的直接的音乐方式来表达而已。它和陈寅恪曾提出过的"独立之人格,自由之思想"的知识分子的精神理想追求是同道的。这一点可以通过世界摇滚乐标志性人物约翰·列侬和鲍勃·迪伦的创作看得清楚,比如迪伦的《没事妈妈(我只是在流血)》用"午休的间隙也满布黑暗,银制的汤勺也留有阴影"这样的语言对现实的痛点作出最直接的表达;列侬的《想象》用"想象一下没有天堂,一切就会变得简单,没有底下的地狱,在我们之上就唯有蓝天;想象一下活在当下的所有人们,如果没有国别,其实一切都会变得简单:再没有杀戮牺牲的借口,也不需要皈依神祇……"这样天马行空似乎又喃喃自语的方式唱出了对人类战争问题的最深沉的思考。这就是摇滚的内在精神,就像安徒生《皇帝的新装》中的小男孩一样,用一种无畏的勇气和最简短的话语,道出众人不能、不敢或不愿言说的真相。迪伦这位摇滚歌手2016年获得诺贝尔文学奖不仅没有争议,反而被戴锦华教授评论说:"这次诺贝尔文学奖因为颁发给迪伦而抬高了自己的声誉。"

我们再回头看20世纪我国改革开放时的社会背景。1978年5月11日,《光明日报》发表本报特约评论员文章《实践是检验真理的唯一标准》。1987年4月26日,邓小平在接见外宾时指出:"搞社会主义,一定要使生产力发达,贫穷不是社会主义。"1992年,邓小平在南方谈话中指出:"市场经济不等于资本主义,社会主义也有市场。"……习近平总书记曾引白居易诗文说:"文章合为时而著,歌诗合为事而作。"由此可见,中国摇滚时代的出现不是中国引入了摇滚,而是时代选择了摇滚精神,然后才有了崔健等人的摇滚。

第二方面是地利。北京对摇滚乐的孕育与成长而言,在交流与创作经典化和制作与商品品牌化两个方面具有特别优势。

首先是交流与创作经典化。

北京是国际文化交流中心城市,在中国,世界各民族的文化往往首先在这里得到呈现、接受与传播。回到中国摇滚萌兴时期,当绝大多数中国人民还不知道摇滚为何物的时候,1980年北京第二外国语学院的万里马王乐队已经唱起了披头士。也许很少有人知道,1982年吉他手艾迪和来北京的几个外国人组建了一个中西合璧的摇滚乐队——大陆乐队。这个乐队虽然没有推出什么太轰动的作品,但已经具备了中国摇滚的雏形。从某种程度上,它就是中国摇滚这棵大树破土之前的第一粒种子。大家都把崔健尊为"中国摇滚之父",却不知1984年北京歌舞团演员曾成立了一个七合板乐队,崔健就是其中成员,唱的是欧美流行歌,包括摇滚乐。这个乐队可以说是崔健这个中国摇滚第一人得以成长的音乐根基……可见,摇滚在北京孕育与其作为国际文化汇聚地的城市之地利息息相关。

不仅如此,前文我们已经介绍了摇滚的本质是表达一种独立精神。它要直面政治、经济、人文等问题的社会现实及其思考,而不是表达那种男女私情、一隅民风,而北京是中国的政治、经济、文化中心,因此在这个城市里可以感受到中国社会改革发展的主流脉动,也因此,崔健才能写出改革开放初期人们的旁落心境——《一无所有》,唐朝乐队才能写出回荡在民族精神长空的呐喊——《梦回唐朝》,汪峰才能写出离开家乡漂泊打拼者的普遍心声与内心的呐喊——《晚安,北京》《春天里》……关于摇滚的文化表达问题,还可以用一个小插曲来佐证。有人问张楚"你写的《姐姐》是哪个人"的时候,张楚沉默很久说:"既然没人能听懂,我以后就不再唱了。"这件事就可以佐证我们的判断:摇滚是对宏大社会问题的独立思考与表达,它不是小格调,而是大格局,有着悲天悯人的大格局,直面的是社会最敏感的神经。所以,在北京,摇滚人能从生活中获得创作灵感,写出真正伟大的作品。从另一个角度来说,真正伟大的摇滚乐可以作为人类社会精神史诗或作为人类精神发展历史的见证。

什么是音乐?音乐是人的内在精神的一种艺术外化形式,而敏锐的创作者会将其所处的生活现实通过情感外化的方式反映在创作中。在中国摇滚时代,北京这个城市可以说就是造就经典摇滚创作的最好的外在之师。

其次是制作与商品品牌化。北京作为全国文化中心，从20世纪80年代起相较于全国大陆范围内其他各地区是率先建设健全音乐工业产业生态系统的。摇滚乐的发展离不开音乐会与唱片发行，而这一点正是北京特有的资源优势。

举例来说，北京拥有很好的场馆资源，这是演唱会举办所需要的基本硬件。1986年崔健在北京工人体育馆"世界和平年"首届百名歌星演唱会上首唱《一无所有》，1989年在北展剧场举办个人演唱会。1989年，中国第一张以摇滚命名的音乐专辑《新长征路上的摇滚》（崔健）最早由中国旅游音像出版社出版发行，后由北京京文唱片公司（北京京文音像公司）于1999年再版发行；《摇滚北京》1993年由国际文化交流音像出版社出版发行；《摇滚94》由中国音乐家出版社出版发行；等等。实际上摇滚音乐史是由著名摇滚音乐人的经典音乐构建而成的，而这些音乐几乎都是通过演唱会和唱片、磁带的出版发行而产生影响力的。所以，我们会说没有红星音乐生产社就可能没有郑钧、许巍，没有北京京文就可能没有零点、子曰、鲍家街43号，没有北京树（北京树音乐文化传播有限公司）就没有地下婴儿，因为这些知名的音乐人的成名作都是由这些公司出版发行的。有时候，我们还会说某某公司培养了某某艺人。确实，两者有依存关系，因为两者处于音乐工业的同一生态系统，"谁也离不开谁"。事实上，除了少数如"魔岩三杰"是由台湾地区的魔岩文化推出的，大部分中国摇滚音乐人和他们的音乐都是由驻北京的唱片公司包装推出的。强大的品牌影响力和发行网络，专业的艺人经纪与包装人才队伍、录制配器团队等是这些品牌唱片公司的核心竞争力，同时因为这些公司的驻地大都在北京，也构成了北京特有的资源优势。这些优势资源聚集在一起，使北京形成了文化高地、竞争优势以及集群效应和品牌效应，就像美国电影在好莱坞，英国的音乐剧在伦敦西区一样。

最后是人和。北京的人和主要体现在创演队伍与受众群体两方面。

先说创演队伍。回顾世界摇滚音乐史会发现，几乎能够列入史册的摇滚人物都是集创演于一体的。从列侬到迪伦，从崔健到汪峰，莫不如此。其原因在于，摇滚的本质是一种批判现实主义的通俗文艺，所以直面社会现实问题进行创作表达是摇滚乐成功的重要因素。举一个例子。经过40年改革开放，中国人民富起来了，崔健如果现在再去唱《一无所有》已不复为时代人民的心声，也难以形成大众传播效应。这首歌必须出现在中国由贫转富的历史时刻，才能体现社会的根本问题和大众情感。从社会文化角度来看，他的这首歌和邓小平所说的"贫穷不是社会主义"，不正是一种互文的时代心声表达吗？由此，我们可以说，要搞好摇滚实际上对人的音乐与文化素养要求是很高的。

摇滚的音乐表现首要注重的是现场，这个现场又往往以乐队的形式出现。一般而言，摇滚乐的持续发展需要集创演于一体的团队。具体来说，需要有主唱、吉他手、贝斯手、鼓手、键盘手等人才的通力合作才能很好地演绎出摇滚乐的艺术魅力。由此，高水平且具有相同艺术美学追求的创演队伍是人和的第一要素。这一点，北京具有独特的人才资源优势。首先是专业音乐院团多，不仅有两个专业的音乐学院，还有许多民办音乐教育机构；不仅有众多隶属中央部委的国家音乐演艺团体，还有许多隶属北京地方的音乐团体，以及民营的音乐团体，等等。这些院团的人才或培养的人才构成了摇滚乐发展最重要的人才基础。例如，以北京歌舞团演员为主体的七合板乐队，以中央音乐学院毕业生为主体的鲍家街43号等。

其次，由于北京文化高地的集群效应，全国的摇滚音乐人才也往往需要到北京才能圆梦，如张楚、栾树、郑钧、许巍等都是离开他们的家乡来到北京最终才取得他们的演艺成就的。

再说受众群体。摇滚乐，从某种程度上可以理解为露天艺术。它和传统的剧场艺术不同之处在于场域，相同之处在于都离不开自己的受众群体。受众群体实际上就是这些艺术赖以生长的文化土壤。比如说，交响乐、歌剧艺术为什么会在大城市中发展较好？为什么都市艺术会被看作一个城市品格的重要标志？显然，这和都市里拥有欣赏与消费力的观众人群直接相关。摇滚乐是一种直面社会的独立思考的通俗艺术表达，因此它一般不去倾诉那种小情小调。它不是小富则安之人的"菜"，也不是小资人群的"菜"，而是那些关心社会问题或身处问题之中的人的欣赏与接受的艺术。北京能够接受摇滚并让其扎根，显然是与北京的人文化接受倾向有直接相关，因为北京是全国高等教育最发达的地区，拥有数量最多的重点高等院校，每年毕业近百万大学生，从而形成了庞大的"家事、国事、天下事，事事关心"的知识群体。许多人对老北京人的刻板印象是"侃爷"，可见其民风里就有着对社会诸事的普遍关心的传统。在中国摇滚时代，北京不仅是全国的文化中心，也是经济中心，这里漂泊着大量的打工者和临时就业者，俗称"北漂"，他们远离家乡、怀揣梦想，同时大多处于现实的"骨感"之中。这一庞大群体中的部分人是摇滚的忠实拥趸，滋养着中国摇滚的发展，也因此形成了"北京摇滚"现象。

通过对中国摇滚40多年发展历史的耙梳与分析，可见"北京摇滚"无愧于中国摇滚的代言人。在萌兴阶段，中国第一支摇滚乐队、第一首摇滚原创歌曲、第一张以摇滚命名的音乐专辑都在这里诞生——北京是中国摇滚的出生地；在繁盛阶段，北京会聚了以北京音乐人为主体的全国最优秀的摇滚音乐人，创作出品类丰富的中国经典摇滚乐作品，影响了全国，成就了中国摇滚时代；在趋寂与守望阶段，中国摇滚时代虽然谢幕，但以汪峰等为代表的摇滚音乐人依然守望着这片土地，让中国摇滚的文化基因得以传续。

二、北京电子音乐的"创新引领"

从器乐的发展历史来看，如果给中国的农耕时代、工业时代和网络信息时代分别给予一种音乐对应，那就是中国传统民乐（"八音"）、西方管弦乐和电子音乐。电子音乐是我们这个时代特有的音乐。

世界电子音乐的发端可以追溯到1948年法国皮埃尔·舍菲尔创作的具体音乐《地铁练习曲》。中国电子音乐的发端可以定位为1984年中央音乐学院研究生陈远林、谭盾等用法国音乐家让·米歇尔·雅尔赠送的电子合成器"演奏"的电子音乐作品音乐会。虽然起步比西方整整晚了36年，但从北京开始，中国电子音乐开启了属于自己的发展历史。这个历史至今不过36年，其间经过了探索起步（1984—1993）、开拓发展（1994—2003）、创新发展（2004至今）3个阶段。在3个历史阶段中，北京电子音乐人通过创作、学科建设、机构与组织建设等不同方式引领或推动着中国电子音乐的发展。

（一）1984—1993：以陈远林为代表的北京电子音乐家引领中国电子音乐探索起步

任何事物的发展都有一个从无到有的过程，这个过程就是发轫。促成中国电子音乐发轫的人叫陈远林，他是1977年我国恢复高考后中央音乐学院第一届作曲系大学生。1984—1986年，陈远林在中央音乐学院攻读硕士研究生，1986年留校创建了中央音乐学院计算机音乐、电子音乐实验室，并担任实验室主任。陈远林也被称为中国第一代电子音乐的先驱人物。

1984年，陈远林等举办了中国首场实验性的电子音乐会。虽然这只是一场实验性的非专业音乐会，音乐作品的创作思维是传统音乐创作思维+新的音色或音源，采用的是非创造的预置声音，但不可否认这场音乐会对中国电子音乐发展的开创性意义。

这一阶段，以陈远林为主要引领者的北京电子音乐家做了许多开创性工作。

1986年，陈远林联合马丁·维斯利·斯密斯、伊万·费德里克斯在中央音乐学院建立中国第一个计算机音乐工作室，并为本科生开设计算机音乐基础课程，这在全国属于首例。

1987年，陈远林和张小夫合作为三集电视连续剧《生死场》制作的电子音乐在中央音乐学院电子音乐实验室完成。该剧音乐是中国作曲家第一部整体使用电子音乐音响化语汇，集创作、制作于一体，全部使用模拟与数字合成器，用电子音乐制作的方式与16轨模拟磁带录音机录制合成的影视音乐作品。同年，中国早期流行电子音乐家张大为的电子音乐作品《天作》于北京工人体育馆首演。这是中国第一次使用MIDI技术录音并面向公众的现场演出。

1990年，陈远林赴澳大利亚参加电子音乐学术交流与讲学活动。这是中国电子音乐首次参与国际学术对话。同年，中国首场个人电子音乐会——张大为电子音乐会在北京展览馆剧场举办，并由EMI（百代）唱片公司发行了中国首张个人电子音乐专辑《天作》。

1992年，张小夫的电子音乐作品《天问》在法国开始世界首演，这是中国作曲家混合技术类电子音乐作品在国际艺术舞台上的首次亮相。《天问》体现了传统形式和现代科技相结合的创作风格——使用了男中音演唱，由此开启了中国电子音乐类型化发展道路。同年，张小夫获得法国巴黎高等音乐师范学院（ENMP）高级作曲家学位（相当于博士学位）。这是中国电子音乐作曲家首次获得国际最高文凭。

1993年，张小夫在法国作曲家、法国国家视听研究院电子音乐研究中心研究员让·舍瓦兹（Jean Schwarz）的指导下，完成法国瓦列兹音乐学院电子音乐作曲大师班学业并获毕业证书（相当于硕士）。这是中国电子音乐作曲家首次获得电子音乐专业文凭。

综观这一时期中国电子音乐的探索成绩，北京电子音乐家陈远林、张大为、张小夫在音乐教育、音乐创作、文化传播、国际交流和人才建设方面发挥了主要引领作为，为中国电子音乐未来的学术发展开辟了空间，积累了经验，积蓄了力量。

（二）1994—2003：北京电子音乐家和全国同行共同开拓推进中国电子音乐发展

1994年，张小夫留法学成归来。此时，陈远林已经赴美深造，北京电子音乐处于青黄不接的时期。这一时期，张小夫申请成立中央音乐学院中国现代电子音乐中心，随后又联合竺一平、朱一工、孙维佳创建了中央音乐学院中国现代电子音乐中心第一工作室。从此之后的相当一段时间内，这里逐渐成为中国电子音乐学术交流的中心。

1994年，张小夫策划发起创办了首届北京电子音乐周。中国有了第一个国际化的电子音乐艺术与学术交流平台。

1995年，张小夫在首届中国计算机艺术会议上发表论文《高科技时代的音乐——现代电子音乐》。文章首次对现代电子音乐做了较为系统的梳理与明确的分类，即专业化的电子音乐、社会化的电子音乐和家庭化的电子音乐，以及由这3个平行发展的不同层面所构成的世界电子音乐发展现状，为中国电子音乐的发展指出了发展方向。

1996年，张小夫创作的中国现代电子音乐代表作《诺日朗》（为组合打击乐与电子音乐而作）在法国巴黎梅西安音乐大厅首演，这意味着中国本土电子音乐创作发布已经开始对接世界。

1997年，中央音乐学院建设了3个教学工作室。在张小夫的带领下，中央音乐学院中国现代电子音乐中心首开电子音乐专业课。这意味北京电子音乐在高等专业人才培养方面已开始引领全国，尤其是电子音乐作曲干部研修班的开办，对提升全国各地的电子音乐水平成效显著。这个班里也走出了第三代的中国电子音乐人，如原江西师范大学小提琴教师王铉，参加这个班之后改行进入电子音乐学习道路，现为中国传媒大学音乐与录音艺术学院音乐系主任，主授《电子音乐作曲与制作》及其相关课程。同年，中央音乐学院中国现代电子音乐中心率先在全国招收"电子音乐技术理论"专业硕士研究生（张小夫为指导教师，黄枕宇是首位研究生）。这意味着北京电子音乐高等教育领域已经开始探索建设中国电子音乐理论系统。

1999年，国际计算机音乐协会年会首次在清华大学举办。这意味着以北京为首的中国电子音乐已经进入"世界俱乐部"。

2001年，中国音乐学院程伊兵撰写的国内首部电子音乐领域专业教材《MIDI全攻略——技术理论与实践》出版。

2002年，中国音乐家协会数字化音乐教育学会在北京正式成立。这意味着以北京为中心的全国数字音乐人才队伍初步形成。

2003年，首都师范大学音乐学院创设音乐科技系，其中录音艺术、数字化音乐制作、音乐传媒与管理、计算机网络音乐与游戏音乐制作均为其教学和人才培养的重要方向。同年，中国音乐家协会电子音乐学会成立，张小夫当选首届会长兼秘书长。

总体来说，这一阶段，中国电子音乐呈现的是多"点"开花、全面发展的态势，主要"点"有4个：北京、武汉、上海、广州。其中，1999年星海音乐学院设立的音乐与音响导演系是中国首个院系建制；2003年武汉音乐学院"录音艺术"专业为全国大专院校排名第一的学科。这一阶段的早期，北京在电子音乐发展上存在一个青黄不接期。客观地说，许多地方省市的学术实力都可以和北京抗衡，甚至超越。不过，中央音乐学院张小夫、中国音乐学院程伊兵等北京电子音乐家通过建立北京电子音乐周、出版教材、多校协同、成立学会、举办国际会议等，让北京重新成为全国电子音乐发展的中心区。其中，张小夫、程伊兵、李西安等人的贡献尤为突出。

（三）2004年至今：张小夫等领军带动北京电子音乐实现跨越式创新发展

事物发展到一定阶段后，往往会碰到天花板，而一旦突破这个天花板，未来将是广阔空间。这一阶段，北京电子音乐家以张小夫为领军实现了对天花板的突破，也使中国电子音乐获得了跨越式发展，主要体现为"四化"：平台常态化、教育体系化、作品品牌化、话语国际化。

平台常态化。2004年，张小夫团队抓住"中法文化年"的契机，将北京电子音乐周正式更名为北京国际电子音乐节，并固定为每年举办一届，为期一周，于10月下旬在北京举办。这是中国电子音乐国际文化交流平台建设的一个重要转折，从此实现了平台的品牌化与常态化发展：音乐节形成了"大师班讲座""新技术、新设备展演""专题学术论坛""优秀电子音乐新作评比与展演""电子音乐论文评比"五大活动单元。从此，北京国际电子音乐节成为国际电子音乐学术活动的重要组成部分，成为中国与国际电子音乐学术界信息传播交流的品牌平台。在这一平台建设中，组委会成员常有更迭，因此张小夫作为艺术总监始终不变的坚守很是关键。

教育体系化。2004年，中央音乐学院正式面向全国招收电子音乐制作专业本科生；2005年，中央音乐学院中国现代电子音乐中心率先在全国招收"电子音乐作曲"专业博士研究生。至此，中央音乐学院电子音乐教学形成从中学到本科、硕士研究生、博士研究生阶段所有层次的电子音乐专业教育体系，包括电子音乐作曲、电子音乐制作、音乐录音和音乐声学4个方向。与此同时，首都师范大学音乐科技系也开始招收博士生；中国音乐学院音乐科技系开始招收音乐声学、乐器学、录音与扩声和电子音乐制作等4个专业方向的本科生、硕士研究生以及音乐声学专业博士研究生（韩宝强教授担任导师），等等。至此，可以说北京电子音乐学界已经率先形成了编制完备的高等人才教育体系。教学教材体系建设在这一阶段也实现了跨越式发展，建立了基本完备的体系。2009年，教育部颁发给张小夫、韩宝强等全国电子音乐主要专家参与的"构建实施应用'大学文科计算机教学基本要求'推动文科大学生信息素质教育"项目（电子音乐为其中一组，张小夫任组长）国家级教育成果奖二等奖。这一奖项是中国电子音乐教学、教材与课程体系建设成果的权威认证。

作品品牌化。自从电子音乐引入中国，长期以来除了应用型电子音乐外，由"学院派"教育教学主导的专业电子音乐实际上在国内与国际上的影响力并不大。这一时期实现了突破：2007年，应中国文联和奥地利教育艺术文化部的邀请，由中国现代电子音乐中心主任张小夫带队的一行10人参加了"中国—奥地利文化年"的"今日中国"艺术周演出活动，在奥地利维也纳音乐厅演出了电子音乐序曲《今日中国》以及多媒体电子音乐《北京咏叹》。这是中国电子音乐第一次作为国家的现代文化品牌进入国际文化交流活动。同年，国际电子音乐联合会2007主席年会和2007科拉克夫国际声音艺术节同时拉开帷幕。张小夫作为国际电子音乐联合会中国分会主席，代表中国电子音乐学会参会并演出了《来自北京》中国电子音乐作品专场音乐会。这是中国电子音乐作为集体品牌首次亮相国际，之后逐渐常规化，如2010年中国电子音乐作品专场音乐会在英国成功演出。这一年，中国电子音乐作品在古巴哈瓦那之春音乐节上演；中国戏曲学院姜景洪为2008年北京奥运会火炬宣传片作曲。中国电子音乐的声音在世界最重要的体育赛事中出现也是一个彰显品牌的标志性事件。

话语国际化。2004年，张小夫担任会长的中国音协电子音乐学会集体加入国际电子音乐联合会（ICEB）；2005年，加入国际计算机音乐协会（ICMA）。目前，中国音协电子音乐学会已成为国际电子音乐俱乐部的重要成员，直接参与筹划世界电子音乐的未来发展。

在这一阶段，全国电子音乐呈现出全面开花、繁荣发展的局面，比如四川音乐学院、西安音乐学院、沈阳音乐学院、上海音乐学院、南京艺术学院等学校建立了电子音乐系，或成立了相关的中心，并开始了本科招生与教学。不仅如此，上海音乐学院还创办了国际电子音乐周，承办了2010国际电子音乐研究会（EMS）年会，举办了首届"eARTS"数字音频大赛；西安音乐学院联合瑞士苏黎世数码艺术周组委会等举办了国际数码艺术周；南京艺术学院教授庄曜出版了高等学校艺术类专业计算机规划教材《计算机应用作曲》；等等。

总体而言，我国电子音乐的发展历史较短，甚至比国家改革开放还晚了几年，因而无论是艺术本身还是学科等各个方面呈现了整体性创新特征。通过对北京电子音乐30多年来发展历史的全景式描绘，可见其在中国电子音乐探索起步、开拓发展和创新发展3个阶段，尤其是第一、第二后半段和第三始终发挥了引领发展的重要作用。

三、新时代大众舞蹈的多元生态

从1983年开始，中央电视台春节联欢晚会以一道独特的视觉景观走进了国人的艺术审美视野，在近40年的连续播出中推出了大量脍炙人口的舞蹈作品。1983年，意味着以春节联合晚会为代表的综艺节目的诞生，同时歌舞艺术也借助电视媒介手段开创了电视歌舞艺术的表演形式。

春节联欢晚会通过电视媒介把除夕夜的年俗节庆活动压缩在一个共同的时间和空间里，使电视艺术成为当代中国人为共同庆祝传统年俗所营造出的一种重要方式。"自从1983年、1984年两次春节联欢晚会之后,人们就改变了过春节的老习俗。千百年来都是用吃饺子、放鞭炮来庆祝春节,现在则变成吃饺子、看电视、放鞭炮三大活动了。"①电视歌舞的时代到来,将传统的庆祝结构方式彻底打破,节庆体验的镜像化模式已渐渐被观众接受。

(一)春晚舞蹈的开创与探索

20世纪80年代,舞蹈处于开创的新时期。许多舞蹈作品都不成熟,只有一些零星的纯舞蹈类节目。"1984年'春晚'比较特殊,这一年没有舞蹈节目。可以说,舞蹈在八十年代的春晚里尚处在可有可无的位置,舞蹈节目少且没有形成一定的'气候',也没有引起观众过多的注意。"②在整个80年代的春晚舞蹈当中,给人留下最深印象的是1989年舞蹈家杨丽萍表演的《孔雀舞》,这为春晚舞蹈打下了一个坚实的基础。湖北省歌舞团的《长袖舞》、山西省歌舞剧院的《看秧歌》以及1988年的《民族大联舞——节日之夜》等节目成为那个时期零星的舞蹈记忆,但因数量较少,并没有造成什么社会影响。

90年代,舞蹈艺术蓬勃发展。人们的文化生活日益丰富,对春晚及春晚中的舞蹈也有了更高的标准和要求。春晚舞蹈的比重日益加大,尤其是歌舞类节目中的"歌伴舞"。人们逐渐喜欢用电视的方式来欣赏这种艺术形式。这个时期也吸纳了许多纯舞蹈类的节目,如杨丽萍的《两棵树》、陶金的《闻鸡起舞》、张玉萍的《金蛇狂舞》、沈培艺的《春梦》、黄豆豆的《醉鼓》、周洁的《春韵》、刘敏的《春》等。很多舞蹈作品也因春晚而让更多的人所熟知,成了春晚舞蹈的精品。

21世纪的舞蹈,多彩繁荣。随着观众审美标准的提高,纯舞蹈

---

① 黄一鹤:《难忘除夕夜——从1983年春节联欢晚会谈起》,《电视研究》1999年第5期,第59页。

② 耿文婷:《中国最后的狂欢节——春节联欢晚会审美文化透视》,文化艺术出版社2003年版,第126页。

作品呈曲线上升趋势。特别是中后期的春晚舞蹈备受赞誉，如2005年敦煌舞蹈《千手观音》及《岁寒三友——松、竹、梅》，2006年民俗舞蹈《俏夕阳》，2007年武术舞蹈《行云流水》《小城雨巷》《进城》《飞弦踏春》，等等。正是由于春晚舞蹈的前期探索以及对观众群的悉心培养，舞蹈在春晚中的数量、比重、质量及其作用也正在逐渐增强，成为春晚中不可或缺的一种艺术形式。"与其说舞蹈作品因'春晚'走向成功，不如说'春晚'因舞蹈而更加精彩，或者可以说，春节联欢晚会使优秀的舞蹈作品走出深闺，吸引了更多的观众来分享这份美丽。"①

（二）春晚舞蹈的多媒体技术运用

春晚舞蹈在21世纪的前十年可谓是突破重围、破茧成蝶，彰显了艺术的独立品格，受到了社会舆论的广泛好评。随着社会经济和科技的高速发展，多媒体技术在舞蹈中的作用日益凸显出来。从近几年春晚的舞台设计中可以看出，多媒体技术和LED视频、LED屏幕舞台的使用成为21世纪舞台艺术领域的最大变革。舞蹈从中受益并呈现出梦幻般的视觉冲击力。

2005年，春晚首先迈出了改革步伐，舞台有所简化，主体使用LED大屏幕。2006年，大屏幕的面积增大，呈长方形，舞台进一步简化。2007年，采用高清晰LED大屏幕。2008年，舞台大屏幕旁的8个立柱上面铺设了LED屏幕，在央视大楼外部也呈现特殊动画效果。2009年，春晚舞台借鉴2008年北京奥运会开幕式的高科技"卷轴"，为观众带来了震撼性的视觉感受。2010年，随着CCTV高清频道的开播，春晚实现高清直播。2011年，舞台升降机增加了舞台的空间感，灯光效果更梦幻，激光灯大出风头。2012年，采用3D投影虚拟演播厅，整个舞台是由很多LED屏的方柱组成，每个方柱的每个方向都是一个屏幕可以上下移动，既有整体效果又可以化整为零，突出个体的

---

① 孟梦：《人人开口说"春晚"》，《舞蹈》2008年第2期，第21页。

视觉，非常炫目逼真。2013年至今的春晚舞台大量运用AR技术，利用计算机生成一种逼真的视、听、力、触和动等感觉的虚拟环境，把实体舞台无法传达的空间变化、意象环境等呈现在电视屏幕上。

春节联欢晚会从1983年开始已经走过近40年的历程，每一年都有我们难以忘怀的舞蹈作品。春晚舞蹈见证了中国舞蹈从纯粹走向综合，从单一走向丰富，从肢体表现走向多元再现的过程。特别是多媒体技术对当今的春晚舞蹈发挥了非常重要的作用，不仅使作品在电视屏幕上呈现了立体感的效果，而且打造了不可思议或不敢想象的创意空间。随着3D影像科技的日渐成熟，多媒体技术一定会加速舞蹈的发展进程，创造出既符合舞蹈自身规律的艺术作品，又具有科技含量和时代审美特征的多媒体舞蹈作品。

四、小剧场舞蹈的实验探索

北京的小剧场舞蹈是传统舞蹈艺术创作步入瓶颈期后，艺术实践者们尝试破解其困境的产物。小剧场一般分为国家经营管理、享受政府补贴的小剧场和以艺术院团、民营企业、工作室为核心的小剧场。前者以国家大剧院小剧场、东方先锋剧场、海淀文化馆小剧场为代表；后者以人艺实验剧场、北京舞蹈学院黑匣子剧场、蓬蒿剧场和朝阳9剧场为代表。另外，北京现代舞团、北京当代芭蕾舞团、陶身体剧场、雷动天下舞团等都有属于自己的实验性剧场，成为推动小剧场舞蹈发展的中坚力量。

（一）自由开放的剧场空间

小剧场舞蹈不再限定对物理空间的所有权，而是消解了传统的剧场空间和舞台意义，将观赏空间和表演空间融为一体，为观众和舞者搭建起一个平等交流的自由空间。先锋艺术的实践者们亦对小剧场舞蹈的实验剧场提出了各种各样的想法，其中不乏新颖而独特的剧场空间设计。例如，朝阳9剧场是一种"伸出式"的空间设计，观众环绕在演出空间的三面，第四面为幕布，可容纳152位观众。舞台与观众的空间紧密贴合，这种向心式的围合也有助于消解传统剧场中演员和观众的孤独感。环绕型的观众区域有利于观众之间视线上的沟通，相同高度和相似位置的观众席位有利于增强群体共识。同样，演员也可以感受到来自不同方位的关注，拉近与观众之间的心理距离。

传统的固定舞台在小剧场舞蹈的空间设计中消失了，取而代之的是形式多样、设计先锋的自由剧场空间，较为典型的是"中心式""延伸式""散点式"。编导可以根据作品主题的需要来设计观众席位和表演空间。演员和观众的空间是自由开放的，观众的观赏空间具有不确定性，可以是两面、三面、四面，甚至零散式的，具体的设置取决于舞者传达作品内涵的具体形式。小剧场舞蹈以一种整体的、自由的、近距离的空间样式，将所有的艺术表现形式都填充在这个特殊空间当中。演员、道具、舞台、装置、灯光等一切作品构成要素都装载在一个"集装箱"式的整体空间中，所有艺术手段和艺术形式都包围着观众，甚至连观众也在无意识的状态下参与到作品的完成中，与整个作品融为一体。

（二）交互沉浸的观演模式

随着实验艺术的发展，舞台空间也有了多样化的探索，各领域的先锋艺术家们不断改变传统的"楚河汉界"式的空间结构和"镜框"式的观演模式，尝试提出新的剧场概念和艺术设想。"交互沉浸"是目前小剧场舞蹈最普遍的观演模式：舞台空间与观众空间基本没有间隔，比邻而立，融为一体。观众和舞者之间不再有华丽冰冷的幕布作为高雅神圣的隔离物，两者的物理距离也极大限度地拉近。舞者的姿态、动作、调度以及微乎其微的表情，都无法逃脱观众的眼睛，同时舞者亦将在第一时间感受到观众的审美状态。观众的身份已经被改变，不再是"看"的主体，而是与舞者共享同一空间甚至参与到作品的呈现中，最终与作品融为一个整体。

舞台和演员更加透明化地呈现于观众眼中。主导观众的不是演员，也不是"镜框"式舞台下发生的行为，而是由观众主动进行逻辑排序和自由选择的审美过程。作品的生命力不再由演员全权决定，而是观众的审美意识起主导作用，由观众选择接受还是搁置信息，由观众选择审美的区域和视点。以小博大、以一当十地充分利用整体空间，是现代小剧场舞蹈的最大特点：小剧场的"小"能最大幅度地拉近观众与演员之间的物理距离，从而引发观众最强烈的艺术共鸣；小剧场的"小"能最大限度地压缩观演过程的空间障碍，以艺术实验的方式引导观众进行审美主体的"内模仿"；小剧场的"小"能最大限度地跨越无形中的"第四堵墙"，为编导建构起创作的自由王国，促使舞者和观众之间的观演模式具有无限的可能性。

小剧场是对舞蹈艺术有着本真追求的一方净土，是众多舞蹈家探索艺术本体、挖掘创作潜能的独立空间。小剧场舞蹈，让现代舞蹈家远离物质的叨扰，在有限但自由的空间里建构自己的精神家园；让先锋派舞蹈家创造新的表述方式，将舞蹈艺术推向新的进步，将作品表达引向新的高度；让前卫舞蹈家追随时代的脚步，不断调整艺术功能，实现传统向现代的转换；让众多有创意的舞蹈家解放人的思想，通过思想的解放达到身体的解放，最终实现人的心灵乃至人性的解放。

第六章

快速发展的网络文艺

时至今日，网络文艺已成为社会主义文艺的重要组成部分，也是人民群众文化消费的重要方式。北京作为众多网络文艺企业的重要集散地，是当之无愧的网络文艺重镇。多年来，北京网络文艺的发展呈现出独具特色的北京风貌，它整体上具有总量大、作品优、效益佳的特点。另外，作为建设全国文化中心战略部署的重要组成部分，北京网络文艺在抓导向、出精品、促融合等方面也走在了全国前列，从整体上引领和带动着中国网络文艺的繁荣发展。

第一节　全媒体时代网络文学的兴起与发展

一、北京网络文学的现状与亮点

20多年前，当作家蔡智恒写下《第一次的亲密接触》时，他肯定不会料到，不小心由他开创的中国网络文学能有今天这样繁荣发展的局面。正如人们所说，一个时代有一个时代的文学。网络时代则有网络文学。有人戏言，这是与好莱坞电影、日本动漫、韩国电视剧并称的当今世界四大文化奇观。这样的说法多少有些夸张，却是对网络文学巨大影响力的高度肯定。无论如何，中国网络文学20年，让我们见证了一种文学形态从小众到逐渐成熟、从边缘走向主流的完整过程。

时至今日，网络文学已然成为当代文学体系的重要组成部分，也是人民群众文化消费的重要方式。中国互联网信息中心发布的《第44次中国互联网络发展状况报告》显示，截至2019年6月，我国网民规模达8.54亿，而网络文学用户数量则是4.55亿，网民使用率达到53.3%。此外，中国音像与数字出版协会发布的《2018中国网络文学发展报告》显示，国内网络文学创作者已达1755万。如此庞大的读者群体和创作队伍，堪称人间奇迹，同时也意味着中国网络文学具有庞大的市场容量和发展潜力。

北京作为网络文学企业的重要集散地，是当之无愧的网络文学重镇。多年来，北京网络文学的发展呈现出独具特色的北京风貌，它整体上具有总量大、作品优、效益佳的特点。另外，作为建设全国文化中心战略部署的重要组成部分，首都网络文学在抓导向、出精品、促融合等方面也走在了全国前列，从整体上引领和带动着网络文学的繁荣发展。

北京网络文学发展具有得天独厚的优势。首先，从技术上来看，北京具有全国领先的计算机网络技术，通信技术，移动互联网、云计算以及智能化技术。科技的有力支撑，为北京文化资源利用和文化产业的融合发展提供了有力的支持。其次，北京的文化消费综合水平一直全国领先，多年来的全民阅读工作持续深入发展，阅读水平居于全国领先地位。最后，文化产业早已成为北京的支柱产业。北京市委、市政府高度重视网络文学及相关产业的繁荣发展。与此相关的鼓励政策陆续出台，相关法律法规相继制定。这些都为网络文学的迅猛发展奠定了坚实的基础。

就像北京在传统文学领域占据的人才优势一样，首都的人才吸附效应在网络文学领域体现得更加明显。据了解，北京市网络文学企业数量占全国总量的2/3。2015年国家新闻出版广电总局认定的18家网络文学试点单位中，有8家来自北京。而到了2020年，全国最重要的3家网络文学上市公司中，有2家在北京：一个是中文在线，另一个是掌阅科技。即便是总部设在上海的阅文集团，同样在北京设有分部，并将其核心业务留在了北京。另外，北京还聚集了诸如纵横文学、点众科技、凤凰互娱、天下书盟、塔读文学、爱奇艺文学、铁血网等一批在全国具有较大影响且极具行业特色的网络文学企业。

北京网络文学发展的亮点颇多，其中最主要的方面体现在成熟的IP（Intellectual Property）运营模式，以及由此而来的网络文学"走出去"的坚定步伐上。近些年来，北京地区网络文学企业在"走出去"方面，取得了极为瞩目的成就，中文在线、掌阅科技等龙头企业均在积极拓展海外市场业务。就拿中文在线来说，它在美国市场推出的视觉小说平台"Chapters"便堪称壮举。该平台具备内容培育、作家聚合、粉丝互动等多元功能，因此不仅是推动中文IP走入国际化市场的有益尝试，也是相关产业的一次创新探索。这里所谓的"视觉小说"其实是将文字作品转化成图文并茂的方式，与西方的电子小说、超文本颇为相似，这种方式无疑能够在这个"读图时代"里更方便地将读者带入其中。2017年，中文在线又投资了英文世界最大的中国文学网站Wuxia World（武侠世界），其IP作品《修罗武神》《斩龙》等授权在该平台发布以后，迅速成为网站的热门作品。

在拓展海外市场方面，晋江文学城也有不俗的表现。这里就不得不谈到2015年热播的电视剧《花千骨》，其原著小说的作者"Fresh果果"自2008年开始在晋江文学城连载该作品。当时的仙侠题材小说正处于市场冷遇期，但网站对作品保持了较大的包容性，给予了充足的生长空间。令人没有想到的是，小说顺利完成出版后，市场反响极为强烈，广获好评。电视剧的改编更是让其成为当年的收视冠军，堪称最火爆的IP产品。而作为版权输出的典范，《花千骨》图书及电视剧在越南、泰国等东南亚国家也广受欢迎，十分畅销。甚至在泰国，电视剧中女主角的妆容都流行一时，以至于泰国影响力最大的华文报纸《星暹日报》将其定义为"花千骨"现象。评论者更是将其视为中国文化软实力的生动体现，认为该作品为泰中文化交流贡献了重要力量。

北京网络文学还有诸多亮点值得总结：首先是政府层面对现实主义创作题材的鼓励，以及在创作实绩上的体现；其次则是对网络文学扎根北京生活和北京悠久的历史文化传统的鼓励和引导。另外，在打击盗版、健全IP运营生态，加强网络文学研究和评论等方面，北京都做了卓有成效的工作。

二、网络文学引导机制的创新

倘若要谈到北京在网络文学引导机制上的创新，就不得不提到已成功在北京举办多届的"网络文学+"大会了。这一大会被业内人士称为中国网络文学发展史上的一座里程碑，引起各界的广泛关注与热烈反响。2017—2019年，连续三届"网络文学+"大会均在北京成功举办，这无疑是北京作为全国文化中心城市战略的重要体现。

在2017年的首届中国"网络文学+"大会上，"网络正能量　文学新高峰"是大会的主题。专家学者、知名网络文学企业负责人和网络文学作者共500余人参加了大会开幕式。正是在此次大会上，网络文学企业和网络文学作者共同发布了《中国"网络文学+"大会北京倡议书》。倡议书的具体内容包括坚持以人民为中心的创作导向，坚持百花齐放、百家争鸣方针，坚持自觉遵守国家法规和社会公德，坚持把好网络文学质量关,坚持合作共赢融合发展,以及建设德艺双馨的作者队伍6个方面。这实际上从行业层面对中国网络文学的创作发展作出了规范性的指导。

正是借助"网络文学+"大会,北京网络文学的诸多引导机制,能够非常具体地落到实处。比如就社会各界一直所关心的网络文学创作题材问题,这里有着极为详尽的应对举措,这也是对现实主义题材网络文学创作的积极鼓励和探索。众所周知,网络文学在其野蛮生长阶段,多是以"爽"为主要文学趣味,因此非现实主义题材创作,比如玄幻、修仙、穿越等题材居多,并不具有严肃的文学意味。为此,一方面,国家注意到了网络文学的巨大辐射力,迫切希望能够驯服其野性的力量;另一方面,随着行业发展的逐步深化,题材的多样亦成为网络文学内容发展的必然趋势。于是,反映时代风貌、贴近社会热点和百姓生活便成为新时代网络文学的必然选择。因此近些年来,加强现实题材创作成为网络文学发展的重要诉求,而北京网络文学在这方面做了许多积极引导的工作。

为了实现这种积极引导,政府层面会有意识地征集特定题材的文学创作,以便从主流价值的高度彰显示范效应。正是在首届"网络文学+"大会上,北京市委宣传部、北京市新闻出版广电局为认真贯彻落实习近平总书记重要指示精神,鼓励引导网络文学企业以大力传承、阐释大运河为主题,启动了作品征集活动。他们决定重点培育并孵化一批大运河文化题材的网络文学作品,并以此为契机向影视、动漫、游戏等领域转化,积极打造大运河文化精品IP。倡议发出后,掌阅科技、中文在线等重要网络文学企业积极响应,大会现场就启动了作品征集活动,鼓励网络文学作家围绕论题展开选题策划,创作优秀作品。关于这一活动,后续入围重点选题孵化项目的作品很多,其中以点众科技选送的作品《运河天地之大明第一北漂》为代表,而"一路狂吃"的《运河武工队》、"苏家大小姐"的《运河造船记》等作品则入选了北京市新闻出版广电局发布的"2018年向读者推荐的21部优秀网络文学原创作品"名单。在大运河IP之外,还有诸如

《一路走过：改革开放40年纪实》《大明长城风云》等一批聚焦纪念改革开放40年和全国文化中心建设的现实题材作品纷纷涌现，体现了北京市委、市政府对网络文学创作题材和方向的积极引导。

北京网络文学引导机制的创新还体现在政府牵头实现大型国有企业与网络文学公司的战略合作，目的当然是实现优势互补，将北京的文化产业做大做强。比如在2018年的第二届中国"网络文学+"大会上，北京文投集团与纵横文学签署了战略投资协议。该协议的目的是为优质网络文学内容从生产到制作、传播开辟绿色通道。通过首都文化创意产业核心的投融资与资本运作实现资源整合，无疑有利于实现优质成果的加速生产，这对于推进北京文化创意产业发展有着重要的推动作用。此次投资是北京文投集团在网络文学版权领域的首次尝试，也是国有文化企业入资民营网络文学企业的一次探索，其机制创新的意义不言而喻。

网络文学的引导机制创新还体现在充分挖掘北京传统文脉底蕴，以及为更好地实现"网文出海"做准备。2018年6月，北京市委、市政府发布《关于推进文化创意产业创新发展的意见》，提出充分发挥北京的文脉底蕴深厚、文化资源集聚的优势，激发传统优秀文化的创造性转化和创新性发展，从而将以网络文学为核心的创意文化产业与北京文脉底蕴紧密结合起来。而正是在弘扬传统文化的基础上，向世界讲好中国故事成了网络文学的重要使命。"网文出海"作为中国文化走出去的重要组成部分，开始在世界文明交流中发挥越来越重要的作用。

三、北京网络文学的媒介融合

网络文学的媒介融合，已不算多么新颖的概念。早在2015年，国家新闻出版广电总局印发的《关于推动网络文学健康发展的指导意见》就曾强调，要加大推动网络文学与新媒体的融合力度，支持网络文学企业加快相关环节的技术研发、应用与更新。众所周知，网络文学本身就是伴随互联网而产生的一种新媒介文学。尽管它最初只是在网络上呈现的某种通俗文学的样式，但是随着近年来新的发展，一种区别于传统纸质文学的"网络性"开始逐渐彰显。

关于这种"网络性",不同的人有着不同的描述,大致来看有以下几点:其一,超文本和多媒体特性。网络文学往往是集文字、图像、声音于一体的文学形式。其二,视觉性与趣味性。网络文学的特殊传播介质使其拥有更好的视觉效果。其三,交互性与即时性。网络文学平台往往赋予作者较大的自由度与便捷的互动性。其四,开放性与融合性。在数字化场景中,文学作品不再是作者个人的事情,而是作者与编辑、媒介技术人员甚至读者共同努力的结果。北京大学的邵燕君老师将这一文学形态的形成过程描述为从"PC时代"到"移动时代",再到"IP时代"的历史变迁①。这里逐渐改变的网络文学的具体形态,便鲜明体现出它逐渐实现的媒介融合的特征。

对消费者来说,媒介融合体现为一种深刻的交互性。对于北京网络文学来说,随着微信公众号、小程序等在手机网民中的普及,网络文学阅读实质性迈入了移动时代。同时,一些网站也不断更新程序功能,使得社交通道更加快捷便利,网络文学的交互性进一步增强,为用户提供了一种深度的沉浸式体验。

而对于网络文学的跨媒介传播来说,这就是后来广为流行的IP开发。在商业模式上,IP转化已成为网络文学除付费阅读外最重要的模式。对网络文学进行改编变现,衍生出游戏、影视、有声读物等多元文化形态,以IP运营的方式实现网络文学产品的价值最大化,显然比单纯的付费阅读盈利更多。IP直译为"知识产权",但比印刷文明系统之下的著作权含义更加丰富,大体涵盖具有长期生命力和商业价值的跨媒介内容的运营模式,以及关于这种运营模式的所有权。换句话说,IP运营就是要进行跨媒介文艺生产,这样便能够围绕某一作品,将不同媒介背后对应的不同消费群体"一网打尽"。具体到网络文学的IP版权开发来说,则是要提示人们,如何将单纯的文学作品阅读者向影视、

---

① 邵燕君:《网络文学:媒介融合背景下的"主流化"与"多样化"》,《文艺报》2016年11月18日,第2版。

漫画、游戏产品的消费者和使用者靠拢。

那么具体到北京网络文学，这种媒介融合的效应究竟如何呢？传统网络文学的付费模式，显然不足以支撑大规模的产业开发，必须探索更加多元的商业模式。比如，帮助网文作家进行包括影视生产、纸质出版，以及其他有声读物、网络电影、网络电视剧、大电影等产品在内的IP衍生运作，已成为今天特别流行的产业模式。早在2016年底，有关北京网络文学企业IP转化改编的各项数字就居于全国领先地位。他们着力探索的目标在于，打造以网络文学为核心，以影视、游戏、动漫、有声读物、文创周边等文娱产业相结合的立体生态模式。比如中文在线就致力于加强IP全产业链的布局，一方面入股新浪阅读，强化IP的宣发能力，另一方面分别与奥飞娱乐、华策、唐德、万达等影视公司签订战略合作协议，进行IP衍生品的多方位开发。为此，中文在线还专门成立了影视公司中文光影，目的就是提升在IP开发运营上的主动性和运作能力。

这种媒介融合中的IP开发，不仅体现在从网络文学向影视作品的转移，更有从影视向文学生产这一产业上游的开发形式。比如爱奇艺早在2015年就成立了文学事业部。同年，爱奇艺文学正式上线，并于2016年5月启动原创文学生产，同时发布"爱奇艺文学奖励计划"，以吸引优秀作者和作品。2017年，爱奇艺文学在首届"网络文学+"大会上启动了"云腾计划"，签约作品在爱奇艺上进行连载，并通过该计划免费输出到影视，采取成品播放后分账的盈利模式。这便让以网络文学为核心的IP运营产业链上下游联系更加紧密，产业合作共赢理念日渐加强。

受爱奇艺文学的影响，一些网络文学企业还尝试以IP为核心，将制作公司、内容平台、作家、读者乃至资本方等产业链上下游各方串联起来，打造起相互扶持以求共赢的IP生态圈。在这个过程中，网络文学企业不再是单纯的版权商，而是以制作者、合作者、投资者等多种身份参与到IP运营中，围绕网络文学作品进行其他文娱产品的开发。这种全产业链结构，几乎已成为北京网络文学发展的新常态。

第二节　北京网络影视剧的繁荣与走向

21世纪以来，以数字技术和流媒体播放平台为基础的视频文艺产业开始勃兴，最具代表性的是网络剧及网络大电影的快速发展。北京作为众多影视公司、网络视频生产商及播放平台的聚集地，成为网络影视作品生产的重要基地。2010年，中国的网络影视剧制作开始进入相对专业化的阶段，微电影《老男孩》《指甲刀人魔》成为当时的网络热议话题。"11度青春"和"四夜奇谈"两个短片系列标志着网络影视剧制作进入专业化水准。同年，各大视频网站开始自制剧的生产，网络影视剧从投资、广告投放、拍摄制作到播放机制、观众互动各环节都快速走向成熟。2014年，各大视频网站生产的自制剧数量已达之前5年的总和，《万万没想到》《泡芙小姐》等获得大量粉丝。2015年，网剧数量再次井喷，较2014年增长95%，出现了《太子妃升职记》《盗墓笔记》等"爆款"。2019年，网剧年产量已达到了221部。网络大电影也在同期获得迅猛发展，其中2014年达到400部，2015年达到700部，2016年单在爱奇艺平台播放的网络电影数量就超过了2000部……此外，随着制作水平越来越精良，网络影视剧开始反哺传统的卫视剧集和影院电影产业链。网剧《他来了请闭眼》和《无心法师》都实现了"网台联动"，被卫视台收购，网络大电影《万万没想到西游篇》和《煎饼侠》则打入院线。目前在竞争之下形成的三大网络视频平台——爱奇艺、腾讯、优酷，依托BAT（百度、阿里巴巴、腾讯）的资金与实力，也具备了更强的资源整合能力。

近些年来国内网络影视剧产业繁荣的原因是多方面的。从政策上讲，2015年的中央文件《中共中央关于繁荣发展社会主义文艺的意见》中明确提出大力发展网络文艺，而视频文艺作品相对于文学、美术等更能从网络环境中获得发展潜能。同时对于网络影视剧的监管，尤其在初期，主要以生产商自我监管为主，这让影视剧的生产方式更加灵活自由。随着2014年之后国家对于引进海外剧集审查和限制力度的加大，以及2010年之后因版权政策而提高的卫视剧集购买价格，自制剧和自制电影成为网络媒体的合理选择。从需求上讲，网络视频形式的灵活性很好地适应了当代年轻人压力大、节奏快的生活方式，如《万万没想到》《泡芙小姐》等热门网剧每集只有十几到二十分钟，填充了上班族生活中的碎片时间，而以弹幕、粉丝反馈机制等为主要形式的互动模式增加了观众的参与度和存在感。同时，网络视频生产是以大数据为基础的内容生产，可以非常精准地把握观众趣味、满足多元化需求。从制作上讲，门槛低、回报快的创作环境为非专业人员提供了更多的从业机会，也为低成本项目提供了更多可能。《万万没想到》一集的成本只有不到5万元，但这一事实非但没有阻碍剧组的创造能力，反而成为剧组刻意营造的主要"槽点"。看到用二维文字打上的武侠特效，观众不仅没有失望，反而在看够了炫酷奇观和各种"五毛特效"之后，被这种自嘲文化所吸引。此外，相较于许多为院线拍摄的电影最终不能在院线上映的事实，网络电影的上线就要容易得多，为投资和创作营造了更为宽松的环境。

虽然目前网络影视剧在数量和市场规模上发展迅猛，但由于成本低、政策宽松，以及通过赚取注意力来盈利的模式，网络影视剧的内容在一定程度上出现了低俗化、软色情化、低质量、蹭IP的现象，还有大量剧集和网络大电影出现内容雷同、原创性差的情况。在网络影视剧经过一段时间的野蛮生长之后，管理部门也对一些主打软色情和低俗内容的剧集进行了下架整治，在一定程度上遏制了这一趋势。

在未来，网络影视剧无疑拥有广阔的发展空间。依托5G技术和大数据，网络影视剧的制作形态将更加丰富、多样化，进而影响整个影像文化产业的结构。近年来出现的"后电影"概念便是对这一趋势的理解。目前，网络影视剧总体上呈现出的年轻化和亚文化特质。一方面，随着青年亚文化的演变以及管理规则的完善，网络影视剧开始进一步演化；另一方面，随着网络环境与社会环境的深度融合和网络影视剧目标对象的扩展，青年亚文化也将不再是网络影视剧最突出的文化特质。届时，网络影视剧或将成为主流文化与亚文化共荣共生的空间。

一、北京网络影视剧的现状与亮点

网络影视剧指的是网络媒体组织投资、拍摄、制作，且以互联网为第一投放平台而生产的剧集及电影（大于60分钟）。因管理模式和目标观众的差异，网络影视剧相较传统电视剧和电影呈现出不同的运作机制和文化样貌。目前，网络影视剧在内容制作上呈现出以下几种倾向。

题材多样性与年轻化。目前网络影视剧的目标观众主要是年轻网民，因此在题材上，相较于传统电视剧和电影，网剧和网络大电影依然凭借其在制作上的灵活性，填补着青年观众的趣味取向，其中恐怖/惊悚、犯罪/刑侦、魔幻/穿越、爱情、喜剧成为数量最多且最受欢迎的类型。据统计，大约从2016年开始，刑侦悬疑剧就超过喜剧和情感剧的播放量，成为最受欢迎的网剧类型。[1]《暗黑者》《无证之罪》《白夜追凶》《心理罪》《法医秦明》《余罪》《犯罪嫌疑人X的献身》《他来了请闭眼》都是近几年热映的犯罪/刑侦题材网剧。此外，适于放置幻想性情节的古装剧也一直备受青睐。大热的《太子妃升职记》《花间提壶方大厨》《延禧攻略》等古装剧，都在一定程度上颠覆了传统古装剧如《甄嬛传》所展现出的严肃性，更多地成为"爽"文化的载体。剧中主角也往往是有点"混不吝"的泼辣女子，而感情戏的处理也更加符合当代男女平等的价值观。

娱乐性与平民化。当代年轻人的生活节奏快、压力大，在信息充塞和娱乐化的社会文化环境中，人们的注意力更加分散，因此利用短暂的娱乐和刺激来填充在交通工具或工作间隙的时间成为一种普遍需求。在时间安排上，网剧每集从几分钟到几十分钟不等，网络大电影

---

[1] 汪静一：《新媒体环境下网络剧的亚文化生成特征及其表现》，《当代电视》2019年第2期，第87—91页。

从一个小时到一个半小时不等。从娱乐性的角度讲，网剧和网络大电影不仅以青年人喜欢的类型为主，而且较少选择严肃的、贯穿始终的剧情安排，有的剧集选择每集讲述不同的小故事，如《泡芙小姐》《灵魂摆渡》，而选择连贯剧情的网剧则倾向于密集地安排槽点和笑点，以及刺激性和奇观性的情节、画面，以此持续吸引观众注意。许多网络影视剧的制作者都是熟知网络段子的深度网民，他们熟谙网民趣味，可以很好地将时下热点与幽默调侃的态度结合起来，制造娱乐效果。除了内容上的娱乐性，观众观影的方式也是网络影视剧区别于传统影视剧的重要特质。借助弹幕、观众的留言反馈机制，以及粉丝经济的一整套环节，观众真正地参与到了影视作品的评论、互动和制作环节。例如，利用弹幕，如"hhhhh""特效感人""××到此一游"，观众可以交流对于剧情和人物的看法，或直接表达一种情绪，甚至仅仅是刷存在感。弹幕文化的魅力不仅在于观众可以在网络空间找到一种抒发情绪的方式，还在于网民在观看同一部剧集或电影时实际上处于一种兴趣爱好的部落之中，他们彼此的交流已经构成一种亚文化的生产空间。

对大IP的依附性。目前，许多爆款网剧和网络大电影改编自热门网络文学或游戏、娱乐节目等其他大众艺术形式，如《盗墓笔记》《太子妃升职记》都改编自网络小说。这种生产模式是对现有文化产品IP的再利用，被视为一种较为安全的盈利模式。这一模式使得优秀的文化产品进一步增值，也更加深入地挖掘了其市场价值和文化价值。同时，这种对于IP的惯性依赖也为网络影视剧带来一些不良影响，在一定程度上阻碍了产品的创新，形成同质化现象，甚至有一些网络大电影为了蹭IP，使用接近热门院线电影的片名来博取关注，以最廉价的方式赚取点击量。2016年，《我不是潘金莲》上映前后，就出现了一批片名相似的网络大电影，如《我不做潘金莲》《潘金莲复仇记》《拯救潘金莲》《潘金莲就是我》《我是潘金莲》《我不叫潘金莲》《暴走的潘金莲》等。

总体来说，独特的生产机制塑造了独特的网络影视内容，为青年从业者提供了广阔的创作可能和空间,为影视行业注入新的创造力和活力,使网络影视剧呈现出一种青年亚文化特质,成为粉丝经济、二次元文化以及小众观影趣味的载体。同时,网络影视剧也面临着内容同质化、创新不足、过度依赖旧有IP的问题。

二、网络影视剧的文化表征与价值追求

作为行业主要所在地,北京是网络影视剧主要的生产基地。而作为历史悠久的文化名城和承载年轻人梦想的国际化大都市,北京也成为当代网络影视剧所描绘的主要文化空间。在一定程度上,网络影视剧与传统影视剧整体性地处于同一个社会政治文化环境中,二者具有相似的叙述基调。北京在网络影视剧中呈现出老北京和消费都市的形象,如在网剧《古董局中局》中,北京被呈现为传统文化承载地的老北京,代表了中华民族的文化根基和历史源头,历代古董不仅以其精美和价值连城显现出一种具有历史韵味的美感,海外古董归国的情节也象征着当下中国在早已雪耻并已经恢复国际大国的政治经济地位之后,民族尊严和自豪感的复归。再如热门网络大电影"山炮进城"系列处理了乡村青年在面对国际的大都市北京时的无措、无知以及可贵的天真,表现了当代青年渴望获得自我实现的纯真理想与社会现实之残酷的矛盾。

一方面,网络影视剧呈现出与传统影视剧相似的文化叙述基础;另一方面,许多具有青年亚文化自觉的热门网剧也以更具个人色彩的方式对主流文化逻辑进行改写、重塑,在整体上体现出一种戏谑式的后现代风格。北京在网络影视剧中主要呈现为以下几重文化空间。

1. 魔幻现实的古代宫廷——用超现实抵抗现实

如在具有代表性的传统古装剧《后宫·甄嬛传》中,后宫是当代职场、官场的隐喻,而一个个依靠钩心斗角来争宠和晋升的妃子,则让职场白领观众产生了强烈的代入感:只有步步为营,在遵循既有秩序的条件下博得圣宠、碾压同辈,才能获得晋升机会。这种后宫故事对原有的展现个人奋斗、开疆拓土的帝王剧的取代,展现出20世纪

90年代中期以来，通过自由竞争开拓商业蓝海的企业家逻辑逐渐转向了在稳固的秩序中寻求晋升的职场逻辑。

而在具有颇高人气的网络古装宫廷剧《太子妃升职记》中，职场小白通过奋斗实现晋升的逻辑也成为被解构的对象——排除万难与真心相爱的人在一起，从此归隐山林才是一条"正途"。剧集主角张鹏是生活于当代北京的富家少爷，以玩弄女性为乐，难以在恋爱中投入真情。在一次派对上，遭到多位女性报复的张鹏意外落水受伤，穿越回古代，变成当朝太子妃张芃芃。张芃芃原本与太子不睦，且两人都处于多角感情关系当中，但在一番权力斗争与夫妻相处后，女儿身男儿心的张芃芃渐渐爱上了高冷太子齐晟，最终二人归隐山林。而所谓的"升职"，即太子妃如何成为皇后，并不是主角的主要动机，也完全不具任何严肃性，更多的是一种大众文化的互文空间当中对既有宫斗剧类型的指涉。换句话说，通过尔虞我诈来获得圣心早已是既定的程式，已没有过多阐释空间，而对这一秩序所产生的巨大压迫力进行狂欢式解构才是重点，恋爱与情感成为唯一具有严肃价值的探讨对象。

段子迭出、搞笑轻松的《太子妃升职记》触及了两个主要的亚文化形式。一是耽美文化。女儿身男儿心的主角在刚刚穿越时与太子后宫的女子厮混，以及后来爱上同性的太子，过程中的性别错位和必然的同性情节成为剧集最主要的"梗"，而同性恋情的终成眷属，和爱情对于权力斗争的稀释，建构了一种情感的乌托邦，形成对于秩序化的权力结构和社会化两性关系的抵抗，而错综复杂的多角情感关系、张鹏原本作为"渣男"的悔过自新，则质疑着传统意义上才子佳人、两情相悦的爱情标准，揭示了现实中情感的复杂性，并试图从中挖掘出新的理想化的情感模式。二是段子文化。与传统帝王剧、宫廷剧和古装剧不同，《太子妃升职记》并不企图通过营造精致的历史场景来建构某种历史真实感，反而刻意显露服饰道具的粗陋、媚俗，表演的夸张无度，形成一种反讽效果。同样，网络古装宫斗剧《延禧攻略》也在一定程度上体现了段子文化的解构力，如主角魏璎珞一路过关斩将不仅靠自己的智慧和权谋,更依靠泼辣直爽,甚至些许蛮横无理的个性。这种敢爱敢恨制造了无数笑料和"梗",也为她带来众人的青睐甚至是上天的眷顾:魏璎珞只需要叩问苍天,天雷便会降临在敌人的头上。

2. 历史悠久的皇城北京——国族历史的见证

网剧《古董局中局》改编自马伯庸的鉴宝题材小说,讲述了20世纪90年代,日本在归还给中国国家级古董玉佛头时,牵连出一桩桩扑朔迷离的案件,而两位主人公通过高超的鉴定技术,一步步揭开谜团。剧中的北京城宛如双重历史叠合的空间,一重是90年代充满市井味的、充斥假货的潘家园古玩市场,敲诈勒索、偷奸耍滑的商家比比皆是,就连深藏绝技的主人公许愿也是一个小奸商;另一重则是真古董所代表的来自国族历史血脉深处的文化源流,它用其精美、价值连城的实体存在勾连起几千年的中国历史,上自玉佛头所处的唐朝武则天时代,下至许愿的爷爷因将佛头交予日本人而被当作汉奸的抗日战争时期,再到许愿的父亲被打成"右派"的"文化大革命"期间,以及许愿作为一个小古董商所处的90年代。古董玉佛头已经成为见证中华民族历史的证物。许愿凭借高超的鉴定技术和过硬的人品,洗刷了自己家族的卖国罪名,也让真正的玉佛头最终现身。

同为考古、鉴宝题材的热门网剧还有《盗墓笔记》和《老九门》。在这些剧集中,与其说古董、文物的价值是故事发展的基础,不如说一种连贯的中国历史叙述是故事合理性的支撑。这一叙述一方面体现为来自20世纪80年代以来的寻根热,另一方面体现为当下民族复兴语境中的中国形象赋予了包括年轻群体在内的大众以自豪感和作为民族主体的认同感。

3. 消费主义的都市北京——职场人士的自我认同与奋斗精神

从2008年前后,国内荧幕上出现了一系列讲述职场尔虞我诈,以及职场人士艰难挣扎的故事,如《后宫·甄嬛传》《蜗居》《蚁族》《裸婚时代》等。这些电视剧对都市青年白领,特别是拥有"北漂梦"的外地青年的生活窘境进行了深刻的揭示,同时也在一定程度上合理化了故事所包含的现实秩序，就像《蜗居》中的宋思明所说的："光鲜亮丽的背后，就是衣衫褴褛……这是一种趋势，我们回不去的。我还是愿意生活在今天，至少它有一种变化，它给予相当一部分人以希望。"

一些热门网剧也选择了讲述都市青年人的状况，只是相较《蜗居》等电视剧所展现出的严肃、消极的现实主义基调，《极品女士》《煎饼侠》《山炮进城系列》等网剧则直接选择了从都市青年的主观视角来进行故事的讲述（这些网络影视剧原本就是由一些拥有梦想但尚未实现梦想的年轻人制作的）。

三、北京网络影视艺术的创新机制

未来，网络影视行业的发展在多方面拥有新的可能和契机。

在政策管理方面，对于低级趣味的审查，以及行业乱象的管理是趋势。在内容上，一些网剧为了快速盈利，使用打擦边球的涉及色情、暴力的海报和标题一味追求博人眼球的低俗内容。2015年大热的《太子妃升职记》就曾经因为过多涉及色情内容而被下架。对于低俗内容的有效管理，有利于督促实施"自审自播"政策的网络影视进行内容创新。此外，由于网络影视的盈利与点击量直接相关，因此存在伪造点击量的行为。通过严格的技术管控，基本可以杜绝这种危害网络影视剧质量的行为。

在网络环境和数字技术发展方面，5G技术和网络环境的交互性为网络影视剧提供了巨大的发展空间。美国网络视频公司奈飞生产的《黑镜：潘达斯奈基》就采用了网络互动的模式，使得真人出演的网剧像游戏一般，观众可以选择不同的结果。而国内已经有剧集做了相关尝试。2019年，五元文化和互影科技与《古董局中局》合作，推出了互动电影《古董局中局之佛头起源》。在现有的尝试中，虽然剧集能给出不同的选择结果，让观众在一定程度上影响剧情，但影响方式还相对简单，真正的互动网络影视剧还需进一步探索。

在内容制作方面，网络作为相对自由的环境催生着各种不同类型的影视剧。在美国，在网络上播出的影视剧已经开始成为主流文化的一部分，如政治题材剧《纸牌屋》就是最早、最成功的网剧之一。同时，因为成本低、上架快、回报快、回报周期长，网络影视剧不仅可以利用大数据生产主流影视产品，还可以精准地满足一些较为小众的观影需求，比如艺术电影。由于艺术电影在影院的号召力较弱，生产艺术电影对资方来说风险较高，而且许多观众已习惯在网络上免费观看艺术电影，因此若艺术电影在制作、播放、观看的环节都在网络付费模式中运行，则能更好地促进高质量影片的生产。

第三节　新文创中的北京网络音乐

新文创是当前数字文化领域的发展主流，其核心要旨在于五点：关注IP"产业+文化"的二元价值；生态化地连接多元的文化主体；构建立体的综合数字文化体验；对前沿科技进行紧密关注和前置准备；打造精品文化IP。简言之，新文创是一种更加系统的发展思维，即通过广泛的主体连接，推动文化价值和产业价值的相互赋能，从而实现高效的数字文化生产与IP构建。

网络音乐泛指在网络上传播的各种类型的音乐。当代网络音乐主要体现为两大类型：一是流媒体音乐，即在网络传输数字音乐的同时，无须终端用户获取全部文件便可持续接收并聆听的音乐；二是融媒体音乐，即音乐融合了文字、图片、声音、视频、游戏等信息之后，所产生的可视听、可交互的泛艺术音乐，如网络音乐短视频、网络音乐综艺、网络音乐游戏等。

新文创时代的网络音乐，按照腾讯音乐的界定，音乐不仅仅只为听，而是多元化的音乐社交娱乐产品，通过"发现、听、唱、看、演出、社交"在内的全场景音乐体验，让用户能参与到音乐的创作、欣赏、分享和互动中。从目前网络音乐的产业生态来看，网络音乐主要分为网络音乐创作、网络音乐技术提供与服务、网络音乐平台三大组成部分。下面，我们就聚焦北京，谈谈北京的网络音乐。

一、北京网络音乐发展现状与亮点

北京网络音乐发展现状可用3个词来表示：全生态、高水平、有亮点。

全生态，即具有完全的网络音乐产业系统。首先，表现在具有完整的网络音乐产业链。如在网络音乐创作/制作方面，全国大量的音乐创作/制作人聚集在北京，有的签约于驻北京的唱片公司，如索尼音乐娱乐（中国）有限公司、北京太合音乐文化发展有限公司、北京环球唱片公司、中国唱片总公司、北京华数唱片公司等，有的签约在抖音、酷我等网络音乐平台，有的供职在北京的音乐院团、媒体单位，如中国歌剧舞剧院、京演集团、中央音乐学院、北京现代音乐学院、中央电视台等，有的就是自由音乐创作人，等等。在网络音乐的技术服务方面，不仅有众多驻京唱片公司会为他们签约或合作的艺人提供音乐制作、艺人包装、音乐产品上线等专业服务，还有大量的原创音乐工作室、音乐公司面向社会、企业、个人等提供词曲创作、影视配乐、音频处理、记谱制谱、混缩、MIDI音乐编曲、录音等音乐制作服务。在网络音乐营销推广方面，抖音、酷我、爱奇艺、千千等网络音乐平台都拥有海量音乐版权与规模流量（付费音乐用户）。其次，中国电信、中国联通、中国移动三大无线业务运营商总部均在北京，且都与国内主要在线音乐平台达成版权合作，拥有海量并持续增加的彩铃、炫铃库，可以满足手机用户的个性化音乐需求。再次，北京具有国际一流的音乐文化产业园区——北京国家音乐产业基地。该园区由朝阳区的1919音乐产业基地、北京音乐创意产业园，西城区的中国唱片总公司创作园等多个园区组成，立足北京，服务全国，面向国际，承担并提供音乐创作制作、音乐出版发行、数字音乐制作及传播、音乐版权保护及交易等产业职能与社会服务。最后，在新文创时代，网络音乐产品的融媒介应用和创意产品的持续开发、研发是体现核心竞争力的重要因素。这一点，北京的平台企业也是坚守力行，比如抖音以"记录美好生活"为理念，推行视频音乐化，采用视频配乐以及最新引进的音乐AI实现个性化专属自动配乐的短视频制作；唱吧以"手机里的KTV"为理念，推行音乐场景化，APP提供自动混响等专业化技术支持以及音乐内容社交应用功能；酷我以"音乐生活化"为理念，将"时光列车"开进食堂；等等。由此可见，面对日益增长的网络音乐消费市场，北京网络音乐产业从人才聚集、生产制作、技术服务、科技创新、营销传播、产业集群等方面已构成多维立体的区域网络化产业生态系统。

高水平。北京网络音乐产业的发展水平可以通过数据比较得到总体的了解。根据智研咨询发布的《2020—2026年中国唱片公司行业市场专项调研及销售渠道分析报告》，中国唱片行业排在前十的公司有4家在北京，分别是环球音乐（北京环球唱片公司，排名第一）、索尼音乐（索尼中国有限公司，排名第二）、华谊兄弟（华谊兄弟传媒股份有限公司，排名第八）、海蝶音乐（北京太合音乐文化发展有限公司，排名第九）。虽然中国台湾地区的上榜公司和北京一样多，但北京的公司排名更高。由此可以看出，在音乐制作生产质量和产业水平方面，北京居全国之首。中娱智库发布的《2019年中国网络音乐市场发展报告》显示，2019年，驻北京的网络音乐平台中，有3个已经进入国内在线音乐APP月活人数排名前十：酷我的用户规模位列全国第三，月活人数超过1亿人（11130.5万人）；爱音乐（隶属中国移动集团）和千千音乐（隶属太和音乐集团），排名第九、第十，月活人数均逾400万（421.3万人，411.9万人）。这一数据虽然与酷狗音乐（广州）、QQ音乐APP用户月活2.6亿人相比有很大距离，但依然位于全国前列。在版权音乐的持有量上，北京也占有绝对优势，其中腾讯音乐娱乐集团（酷我属于其北京子公司）的版权库已拥有国内外音乐唱片公司的超过3500万首歌曲；太合音乐集团旗下DMH数字音乐分发平台，截至2019年下半年，已有16万个厂牌，169万张入库专辑，入库歌曲上架1345万首，总使用次数超100亿；豆瓣音乐（隶属北京豆网科技有限公司）旗下的数字音乐版权交易平台已与来自50多个国家的3000多位音乐人建立合作关系，拥有超过18万首歌曲的版权。除了流媒体音乐平台，许多北京融媒体音乐平台在全国也占据龙头地位，如抖音已经具有百亿流量和4亿用户，在其平台上推出的原创歌曲第一名《你笑起来真好看》（周兵词，李凯稠曲，李昕融等演唱）总播放量过百亿，作为短视频的配乐使用量为1800万；第二名《爱你三千遍》（南铃子、邓天羽词，南铃子曲，邓天羽演唱），其总播放量也过10亿，使用量达到400万以上。爱奇艺采用音乐融合综艺的方式，打造的《偶像练习生》《中国新说唱》《青春有你》等音乐综艺已经成为现象级爆款节目。这些数据无不显示了北京在融媒体音乐创意与产品营销方面所具有的超强实力。不过，网络音乐虽然属于大众文化，但和一般的大众文化不同，它更多指向网民尤其是"90后""00后"。它是一种青春文化，具有时尚、流行、娱乐、商业的特质，因此从产业市场与发展空间来说，更契合像深圳这样的年轻城市的文化气质，这一点从流媒体平台的销售数据上可以看出来。如2019年蔡徐坤的数字音乐专辑《YOUNG》在各个平台上的总销售额为4500多万元，同样是在腾讯音乐旗下平台，QQ音乐的销售额占比为98.4%，酷狗音乐占比为1.3%，酷我音乐的占比仅为0.27%。再举一个更具有普遍性的例子，2019年林俊杰的数字音乐专辑《将故事写成我们》总销售额约为1000万元，其中QQ音乐占比为57.7%，网易云音乐占比为31.5%，酷狗音乐占比为9.8%，酷我音乐的占比仅为1.1%（销售量为37878张）。通过以上分析可见，北京网络音乐产业的发展水平较高，具有完善的产业生态和雄厚的音乐创作/制作人才与技术优势，但在较为传统的流媒体音乐领域，北京在全国产业中的份额很低。出现这种现象的主要原因之一是城市文化的侧重不在于此。

有亮点，主要表现在两个方面。一是北京具备最为强大实力的音乐创作制作人才队伍。这些人才，我们前面已经提过主要在"唱片公司""艺术院团"和相对自由职业人群中。至于这个队伍有多么强大，我们可以通过几个具体的小例子看出一斑。例一，仅仅华谊兄弟音乐公司总监文雅一人创作出的流行歌曲就有黄征《爱情诺曼底》《一个人的战役》《地铁》，孙悦《倾城之恋》《热带鱼和仙人球》《因为我是女人》《百合花情思》《野火》，张靓颖《光芒》《这该死的爱》《Dear Jane》《梦想》《我们说好的》《木脑壳》《Midnight, Goodnight》，李慧珍、张靓颖《你叫什么名字》，赵薇《我和上官燕》，丁薇《再见，我爱你》，张含韵《想唱就唱》，安又琪《你好，周杰伦》，爱乐团《天涯》，杨坤《牧马人》，李泉《流浪狗》，BOBO组合《光荣》，等等。例二，北京自由音乐创作人王备是《大旗英雄传》《倚天屠龙记》《香粉传奇》《芈月传》等数十部热播热映剧集、电影的主题曲、插曲的创作者，如韩磊演唱的《再一次出发》、毛阿敏演唱的《天之大》、韩红演唱的《千年之约》、费翔演唱的《拉住我的手》、那英演唱的《心路》等都是其作曲、编曲作品。例三，中国歌剧舞剧院的作曲家张宏光创作了《精忠报国》《向天再借五百年》《美人吟》《你》《等待》《爱的相遇》等流行金曲，同时是《春天的故事》《天不刮风天不下雨天上有太阳》《两只蝴蝶》《窗外》《常回家看看》《儿行千里》《狼爱上羊》《青藏高原》《在那东山顶上》等众多广为流传的歌曲的编曲者。仅仅通过这三人的创作，我们就可以对北京音乐创作人的实力有一个初步的认识。实际上，他们仅仅是其中三类人之中的代表而已。在这三类人中，每一类都有着数以十计、百计，甚至千计的音乐人，每个人都有自己的代表作品。二是以音乐AI为代表的音乐科技走在全国最前列。音乐AI是基于计算机深度学习和大数据的人工智能音乐作曲，具体是指利用海量的歌词歌曲数据，训练出计算机多样复杂的神经网络，让计算机能够学习到作词作曲的方法，实现人工智能作曲或辅助音乐人创作。这一技术可以让人在短短几秒时间内获得个性化定制的、风格和情感与自己需要相符的歌曲作品，未来在网络音乐，尤其是融媒体音乐应用中有着极大的空间和市场需求，其普遍化应用将彻底颠覆目前的网络音乐产业格局。2019年，中央音乐学院设立音乐人工智能与音乐信息科技系，并把音乐AI作为该校"双一流"学科建设的重点。同年，抖音收购英国音乐AI初创公司Jukedeck，该公司的技术在平台上的应用将会实现个性化自动配乐。虽然音乐AI引入北京的时间并不长，但其产业价值巨大，发展迅猛，估计不出几年，中国绝大部分的网络音乐创作将由音乐AI所逐步替代。

二、北京网络音乐的创作生产模式

网络世界是平的，一方面从机会上来说是去地域中心化的，另一方面从主要经济模式（明星经济、IP经济和社群经济）上来说又是具有头部聚焦特征的。因此，北京的网络音乐在流媒体音乐与融媒体音乐领域呈现出不同的音乐生产模式。这种模式指的是头部的、具有引领性的典型模式，而不是一般的创作生产模式。下面我们从两方面予以介绍。

（一）以作品IP为导向的流媒体音乐创作生产模式

这种模式实际上是网络音乐1.0时代的创作生产模式，其流程是音乐人创作，然后在网络音乐平台发行。这种模式与唱片音乐时代最大的区别就是省却了压制唱片等一系列音乐载体物质化流程。

为什么这么说？前面我们已经提到两个重要原因：一是网络音乐作为青年时尚流行音乐和北京主流城市文化不契合；二是事实上，酷我音乐作为北京重要的流媒体音乐平台，其在数字音乐专辑销量上已经远远落后于网易云等平台。除此以外，还有一个原因，就是主流网络音乐生产与经典音乐文化生产之间的文化背离。当下主导网络音乐生产的核心资本评估就是音乐人的IP价值，也就是音乐人可变现流量的规模。这个流量是粉丝带来的。粉丝，过去有个说法叫作追星族，其实两者是同义。追星族是通过购买明星的相关物来表达情感的，这具有很强的崇拜色彩和非理性。反之，网络音乐流量明星为了增粉、扩张流量，要不断更新，快速持续地生产出新的音乐作品来。突出的表现是，现在流媒体的网络音乐作者往往是唱作人，甚至集歌词创作、作曲、编曲、演唱于一体。只有这样，才能根据市场需要，不断推出新作品。这种作品显然具有"快商品"的性质，与厚重的经典作品是不同的。反之，国家主流文化需要的不是"快商品"，而是"思想精深、艺术精湛和制作精良"的作品，是能够与时代同频共振、反映社会、书写社会主义新史诗的作品。过去，这种主流价值作品与流行音乐各行其道。现在，网络音乐成为社会大众音乐接受的主体，已经越来越少有人听"黑胶"、听"唱片"，越来越多的人开始用移动终端来欣赏与消费音乐。因此，主流音乐作品生产为了适应这种需要，也开始走流行化道路。国家文化安全、文化发展也要求这种作品的创作有受众面、影响力。因此，原本在北京各大唱片公司、艺术院团等机构的专业音乐人还要坚持他们的音乐创作生产，但他们中的多数人却不能转型为网络音乐流量明星。因此，他们的创作主流就只能走作品IP发展之路。这一点我们可以通过具体事例得到印证。在2019年QQ音乐华语新歌榜单TOP10中，只有一位北京音乐人李荣浩。他的《麻雀》上榜，排名第三，总评论数为4万条（截至2020年7月14日）。而TOP1是陈雪凝的《绿色》（2019年2月14日上传），总评数约为7.2万条（截至2020年7月14日）。2019年度在Spotify播放量最高的中文歌曲TOP10中，北京的音乐人只有薛之谦（北京海蝶音乐经纪）。他的《演员》上榜，排名第七，播放量约为3400万。中国台湾地区有5个歌手/组合的7首歌上榜，第一名是周兴哲的《你，好不好？》，播放量约为5000万……这是从音乐人角度的比较。可见北京音乐人的数量较少，且不占头部。当然，这并不意味着北京音乐人的实力不足。相反，21世纪以来许多红遍全国的作品均出自北京音乐人之手，如李健的《传奇》、汪峰的《春天里》等。他们的歌曲无疑是大IP，只不过可能在社群（粉丝）经营上不足，所以在平台上的歌曲播放和订阅量才不那么突出。总而言之，北京的网络音乐创作就应是这样：不追求个人IP，追求作品IP；不追求"轻快"，追求"厚重"；不追求一时流行，追求传之久远。

（二）有无限创新可能的融媒体音乐创作生产模式

融媒体音乐的本质是融媒体的音乐，即音乐可以和各种媒体融合而形成新的融合艺术或其他融合性形式。因为媒体是广泛的，所以这种音乐创作也是广泛的。比如，音乐是听的，但是和表现音乐情感或内容相一致的动态视像结合起来，出现了MV；将音乐技巧等要素（如节奏、旋律、音强、装饰音等）进行强化、情境化、竞技化，出现了"音游"；将音乐作为特定行动，有预谋无组织，出现了"快闪（音乐类）"；等等。在新文创时代，音乐功能的开发和创作方式可以是一个完全开放的、容得下各种合理想象的创意空间，因为音乐实际上是一种维度，因其不同的特性可以和各种媒体结合。比如抖音可以发挥音乐烘托氛围的维度，创造出充满情调情感氛围的视频呈现方式；酷我音乐的音乐食堂，发挥了音乐情怀维度，创造出具有情怀体验的生活方式；爱奇艺的音乐综艺，发挥了音乐观念维度，创造出一种用价值观与生活态度引领下的社群交际性的综艺方式；等等。在音乐本身的创作方式上，目前有以平台购买版权音乐，用作他媒背景音乐的方式；有委约音乐人专门进行创作的方式；有召集原创音乐人入驻平台，"众筹"式的音乐生产方式；有私人定制（设置参数，借助人工智能进行音乐创作）的方式；等等。应该说，在融媒体音乐创作上，北京创意领先、富有前瞻性，作出了许多样板式的产业模式与节目形态。

后 记

　　北京是千年古都，有着丰富的文化积淀。古都文化的源远流长，红色文化的丰富厚重，京味文化的特色鲜明，创新文化的蓬勃兴起，构成了首都文化发展的独特景观。为了深入挖掘北京创新文化内涵，特别是党的十八大以来在推进北京全国文化中心建设方面的文化成就，根据全国文化中心建设领导小组总体部署，在中共北京市委宣传部统筹指导下，决定编纂"北京文化书系·创新文化丛书"。《北京文学艺术的创新与发展》是"创新文化丛书"之一。当下中国正在进行史诗般改革创新的社会实践，文艺领域更是承担着讴歌和弘扬当下生活中涌现的新事物、新景观、新经验的独特使命。本书首次系统性地深入挖掘北京文艺在各个历史时期创作生产活动中展现中国故事、中国形象呈现出的引领时代潮流、开拓超前风尚，在中国文艺发展史上具有典型意义的文艺现象，以及对北京乃至全国人民的精神文化生活产生深远影响的创新成果。分门别类地记录下这浓墨重彩的一笔，不但可以积累首都文艺事业改革、发展、创新的宝贵财富，同时也可以为后来者研究北京文艺的过去、现在与未来提供可供参考的详细资料。直观呈现各艺术门类的发展规律和创新亮点，使广大文艺工作者触类旁通，从中找到文艺创作活动中的规律趋势，激发创作热情和内在动能，实现更大的创新发展，就是编写此书的目的所在。

　　为使内容突出重点及更具代表性，且受制于篇幅，本书仅选取了北京文艺发展史上创新性强、发展较为突出的文学、戏剧、影视、美术、书法、音乐、舞蹈、网络文艺等艺术门类进行创新发展分析研究。

本书由北京市文联组织编写，北京市文联研究部具体实施。为打造精品力作，兼顾学术性与可读性，特邀请中国人民大学文学院教授程光炜担任主编，撰写本书前言部分，并设计全书结构，确定具体写作章节，最后统稿。全书共6章22节，由中国社会科学院文学研究所徐刚（第一章），中国国家话剧院颜榴（第二章），北京大学新闻与传播学院张慧瑜（第三章），国家博物馆研究院博物馆管理研究所李万万（第四章），中国音乐学院"中国乐派"高精尖音乐研究中心丁旭东、首都师范大学音乐学院舞蹈系胡伟（第五章），徐刚、张慧瑜、丁旭东（第六章）共同撰写。

本书在编写过程中，得到了北京市社科联、北京市社科院等多家单位、多位专家学者的指导斧正，在此一并表示衷心感谢。

由于时间仓促和水平有限，书中难免存在疏漏和不足之处，敬请广大读者批评指正。

编者

2020年12月

附 录

作者名单

主　编　程光炜（中国人民大学文学院教授）

前　言　程光炜（中国人民大学文学院教授）

第一章　徐　刚（中国社会科学院文学研究所副研究员）

第二章　颜　榴（中国国家话剧院研究员）

第三章　张慧瑜（北京大学新闻与传播学院研究员）

第四章　李万万（国家博物馆研究院博物馆管理研究所负责人，副研究员）

第五章　丁旭东（中国音乐学院"中国乐派"高精尖音乐研究中心特聘研究员，山西师大音乐学学科带头人，副教授）

　　　　胡　伟 （首都师范大学音乐学院舞蹈系教授）

第六章　徐刚、张慧瑜、丁旭东